머리로 철학하는 선생을 세상으로 끌어낸
불법 이민 아이들

푸른봄 문학 ⑱

머리로 철학하는 선생을 세상으로 끌어낸
불법 이민 아이들

바벨탑의
쪽방

엘리아세르 칸시노 **지음** | 김정하 **옮김**

초판 인쇄일 2014년 10월 1일 | **초판 발행일** 2014년 10월 8일
펴낸이 조기룡 | **펴낸곳** 내인생의책 | **등록번호** 제10-2315호
주소 서울시 강서구 가양동 52-7 강서한강자이타워 A동 306호
전화 (02)335-0445 | **팩스** (02)6499-1165 | **전자우편** bookinmylife@naver.com
편집장 이은아 | **편집1팀** 신인수 이다겸 이지연 김예지 | **편집2팀** 박호진 조정우
디자인 양은정 심재원 | **마케팅** 이성민 서영광 | **경영지원** 김지연

Original Title : *UNA HABITACION EN BABEL*
ⓒ Grupo Anaya, S.A., 2009. Madrid, Spain
ⓒ Text : Eliacer Cansino, 2009
All Rights Reserved.
Korean translation copyright ⓒ 2014 by The Book In My Life
Korean translation rights arranged with ANAYA PUBLISHING GROUP
through EYA(Eric Yang Agency).

ISBN 979-11-5723-098-3 43870
(CIP제어번호:CIP2014026294)

* 책값은 뒤표지에 있습니다.
* 잘못된 책은 구입처에서 바꾸어 드립니다.

머리로 철학하는 선생을 세상으로 끌어낸
불법 이민 아이들

엘리아세르 칸시노 지음 | 김정하 옮김

내인생의책

가장 중요한 문제를 계속 생각하도록 이끌어 준
나의 학생들에게

앙헬은 모든 것을 잊고
다른 사람인 듯이 살고 싶었다.
그러다 값이 싸고,
가장 가진 것 없는 사람들이 사는 곳,
바로 바벨탑에서 살기로 했다.

그 건물은 바벨탑이 아니었다. 그러나 바벨탑일 수도 있었다. 건물 안에 휘도는 열망과 혼란을 보면 분명 바벨탑이었다. 마을에 도착하면 바벨탑이 먼저 눈에 띄었다. 60년대 개발 정책 아래 당당히 들어섰던 건물인데, 지금은 다른 건물 옆에서 은퇴한 거인처럼 꼴사납게 보였다. 바벨탑 앞에서는 누구도 2분 이상 머물지 못했다. 삶과 혼돈의 강물이 끊임없이 물결치며, 그곳 사람들을 쉴 새 없이 안팎으로 몰아냈기 때문이다.

"다시는 건물을 이렇게 짓지 맙시다."

도시 계획 관계자들이 입을 모아 말했다. 그냥 하는 소리인지 아닌지 알지 못할 말이었다. 사실 오늘날 믿을 수 있는 말은 없다. 내일이면 다른 마을 모퉁이에 똑같은 건물이 지어질지 몰랐다.

이 마을 이름은 알파라체였다. 지도에는 표시되어 있지도 않을 보잘것없는 마을이었다. 그래도 그곳 주민들에게 알파라체는 온 세상이었다.

바벨탑은 마을에서 가장 큰 건물로, 수많은 사람이 빽빽이 살았다. 바벨탑 하나에 들어찬 사람 수는 교외에 갓 지어진 으리으리한 주택 단지의 거주자 수와 맞먹을 정도였다.

바벨탑을 책장으로 치면, 이곳 사람들은 바벨탑에 꽂힌 책과 같았다. 기분 좋은 이야기든 기분 나쁜 이야기든, 저마다 이야기를 지녔다. 이제 막 시작하려는 이야기도 있고, 막을 내리려는 이야기도 있었다.

파타출라는 온종일 목청 높여 개인 복권을 팔며 살아갔다. 비 오는 날에는 바벨탑의 현관에서, 보통 때는 판지로 대충 가판대를 만들어 길거리에서 팔았다. 파타출라는 다리를 절며 힘겹게 움직였다. 파타출라가 파는 복권은 판매 금지된 복권이었다. 그러면서 당첨금이 500유로라며 뻔뻔스럽게 '파타출라'라는 서명까지 곁들여 이웃에게 팔고 다녔다. 딱 한 번, 누군가 운 좋게 복권에 당첨되자, 파타출라는 자신이 팔았던 종이에 대한 대가를 엄숙히 치렀다. 그 뒤로 당첨금을 진짜로 주는지 의심하던 사람들도 복권을 신뢰하기 시작했다.

바벨탑에는 인도인, 모로코인, 에콰도르인, 스페인인, 기니인, 나이지리아인 등 세계 곳곳에서 온 사람들이 살았다. 그들은 물건을 팔며 이쪽저쪽으로 옮겨 다녔다. 또 그들 삶의 양식이 되고 의식을 채워 주는 이야기들, 사막의 먼지 같은 기억들, 달팽이들, 옥수수와 쿰비아 춤, 서로를 부르는 외침, 이슬람 사원에서 흘러나오는 묵시록 같은 목소리들을 간직한 채 이리저리 오갔다.

바벨탑에서는 때때로 이웃이 나누는 대화가 토막토막 들려왔다.

"남편이 바르셀로나에서 올 때까지만."

"당신 남편은 돌아오지 않아. 모르겠어?"

"뭘 안다고 그래! 도대체가 마음에 들지 않아."

······

"버스에서 주웠어."

"돌려줘야지."

"어떻게 돌려주란 말이야? 미쳤어?"

······

"이 개는 핏불테리어 종이에요. 오백 유로 이하로는 팔 수 없어요."

"사납나요?"

"네?"

······

"이 아이한테 다시는 손대지 마."

"뭐라고? 다시 말해 봐!"

······

"의사들은 그가 어떤 상태인지 몰라."

"안색이 나빠."

……

공중으로 떠올랐다가 복도에서 섞여 버리는 대화들이다.

밤이 되면 개미집도 평온해지건만, 바벨탑에서는 아직 몇몇 사람들이 소리치고 있다. 그런 뒤에 비로소 고요가 찾아든다.

바로 이곳에 베르타와 루시아, 라시드, 스테파노, 힐, 앙헬 그리고 노르가 살아갔다. 서로가 하나의 이야기에 얽혀 있다는 사실을 모른 채.

2

"어떻게 그런 일이 일어났는지 모르겠어. 첫 번째 환영은 잘 기억
나지 않아. 진열대에서 통조림이 한 아이 머리 위로 떨어지려고 했
다는 것만 기억나. 난 환영을 본 대로 엄마한테 말씀드렸지. 엄마
는 '바보 같은 소리 하지 마.'라고 하셨고. 그때 갑자기 산처럼 쌓
인 통조림들이 쏟아져 내렸고, 아이는 그 아래로 깔려 버렸어. 통
조림들은 아이 머리 위로 계속해서 떨어졌어. 엄마가 내 탓이라는
듯 소리치기 시작했어. 나는 그 일이 일어나기 전에 알려 줬을 뿐
인데……. 통조림 진열대는 엉망이 됐고, 점원들은 어떻게 해야 할
지 몰랐어. 엄마는 나를 적당히 혼내다 말았어. 다른 사람들이 내
실수라고 생각하지 않을 만큼만. 엄마는 살짝 때렸지만 난 아파
죽겠다는 시늉을 했지. 바닥에 쓰러져 몸을 비트는 축구 선수처럼.
매니저가 나한테 뭐라고 할까 봐 엄마가 선수 친 거야. 매니저가

다가와서 이렇게 말했어. '그냥 두세요, 아주머니. 아이잖아요. 애들이야 늘 이렇지요.' 이게 내가 기억하는 첫 번째 환영이야."

마르코스가 작년에 베르타에게 건넨 말이었다. 자신을 비웃지 않을까 하는 두려움 반, 자신은 뭔가를 예견할 수 있다는 우월감 반을 가지고. 그러나 아무 일도 일어나지 않았다. 베르타는 웃지도 않고 조롱하지도 않았다. 다만 차분하게 들은 뒤, 뭐든 기록해 두는 '메모린'을 꺼내 이렇게 썼다.

마르코스가 얼마 전부터 예언할 수 있는 능력이 생겼다고 얘기했다. 때때로 무슨 일이 일어날지 알게 된다고 말이다. 그러나 나는 믿지 않는다. 내 마음을 사로잡고 관심을 끌기 위해서다.

'관심을 끌기 위해서다……. 그건 사실이지.'
마르코스가 생각했다.
마르코스는 오늘 새로운 환영 이야기를 공들여 펼쳤다.
"베르타, 네 어머니가 보여. 더는 지저분한 꼴을 못 보시겠다며 방마다 다니고 계셔. 그러면서 보이는 건 모조리 집어 던지시고. 백화점 쇼핑 봉투, 스타킹 포장지, 구두 상자까지. 화가 나서 죄다 쓰레기통에 던져 버리셨어. 저 멀리 쓰레기차 트럭이 오는 게 보여. 트럭이 다가와서 모조리 삼키려고 해. 청소부들이 쓰레기통을 크랭크에 매달고 버튼을 눌렀어. 쓰레기통이 위로 올라가 뒤집어졌어. 쓰레기들이 우르르 쏟아져 나와 뒤엉켜 버렸어. 구두 상자가 열리더니 그 안에서 메모린이 튀어나와. 메모린은 운 좋게도 기계의 이빨은 피했어. 트럭은 메모린을 태우고 교외로 출발했어. 별이 빛나는 하늘은 티 하나 없이 깨끗해. 달빛은 연인들에게나 쓰레기 청소부에게나 똑같이 빛을 비추지(이 문장이 마음에 들면 좋겠는데……). 트럭이 안에 있던 것들을 죄다 비워 냈어. 열두 개나 되는 메추라기 머리들이 털실 뭉치처럼 쏟아져. 개들이 보면 신이 나겠지. 그다음에는 봉투, 생리대, 몸통이 없어진 석고 다리 한 짝, 과일 껍질, 뼈다귀, 신문, 죽은 새가 들어 있는 새장 같은 것들이 던져져. 눈이 없어서 장님이 된 곰 인형도 있어. 그 옆쪽 (이 말은 꼭 해야 해) 과자 상자 위에 너의 메모린이 있어. 아직 깨끗해. 고무 밴드는 사라졌고, 속지가 풍차 날개처럼 바람에 날리고 있어. 봐. 날짜가 지나가는 게 보여. 팔월, 오월, 이월, 십이 일, 십일 일, 칠일. 그리고 이런 글이 있어. '마르코스가 얼마 전부터 예언할 수 있는 능력이 생겼다고 얘기했다. 때때로 무슨 일이 일어날지 알게 된다고 말이다. 그러나 나는 믿지 않는다. 내 마음을 사로잡고 관심을 끌기 위해서다.' 네가 쓴 거지? 맞지, 베르타?"

베르타는 마음 아파하겠지만, 마르코스는 이 말을 해야 했다.

"네 어머니가 메모린을 쓰레기통에 버리셨어."

마르코스는 베르타의 얼굴을 살폈다.

"왜 그런 말을 하니?"

베르타는 가방에 손을 넣고 메모린을 찾으면서 말했다.

"안 버리셨어. 봐, 여기 있잖아."

"작년에 쓴 메모린을 말하는 거야. 네 어머니가 버리셨어."

"그럴 리 없어. 네가 어떻게 알아?"

"내가 어떻게 아는지가 뭐가 중요해? 뭐가 쓰여 있길래 그렇게 안달이야?"

"우리 엄마가 메모린을 버린 줄 어떻게 아느냐니까!"

"내가 봤어. 내 눈에 보인단 말이야. 이제 알겠지?"

"말도 안 돼! 그 메모린은 절대 안 돼. 다른 해에 쓴 메모린은 괜찮아. 하지만 작년 거는 안 돼."

베르타는 마르코스가 본 환영이 정말일까 걱정이 됐다. 직접 확인하기 위해 집으로 발길을 돌렸다. 급히 길을 건너다가 자동차에 치일 뻔했다. 좌우를 보는 둥 마는 둥 자동차 사이로 뛰어들었기 때문이다. 운전자뿐만 아니라, 길을 건너려고 기다리던 사람들까지도 베르타에게 소리를 질렀다.

"저렇게 뻔뻔스러울 수가!"

"못된 것 같으니라고. 누굴 죽이려고 그래!"

"쯧쯧, 저러고도 학교에서 애들을 가르친다는 말이 나와?"

베르타는 길을 가다가 손수건 파는 사람과 부딪혔다.

"좀 보고 걸어!"

마침내 아파트 단지가 보였다. 그러나 또 신호등을 기다려야 했다. 마을 중앙 네거리에 네 모퉁이가 있었고, 그중 한 모퉁이에 바벨탑이 있었다. 라시드와 볼펜 파는 소년이 보였다. 베르타가 건널목을 건너 문 앞에 도착하자, 라시드가 걸음을 막았다.

"어디를 그렇게 급하게 가시나, 금발 머리 아가씨!"

"무슨 상관이야? 길 비켜."

"볼펜 여섯 개가 일 유로입니다."

라시드의 친구가 말했다. 언제나 모퉁이에서 온몸에 볼펜을 휘감고 서 있는 아이였다.

볼펜은 남자아이의 주머니에도, 손에도, 허리띠 아래에도, 셔츠 뒤에도, 심지어 신호등 옆에 놓여 있는 가방에도 가득 차 있었다.

"지나가게 해 줘."

"나는 라시드야. 내 이름 한번 불러 봐, 금발 머리 아가씨야!"

"내 이름은 금발 머리 아가씨가 아니거든."

마침내 라시드가 길을 비켜 주자, 베르타는 바로 초인종을 눌렀다. 베르타의 할머니는 귀가 먹어 한참이 지난 뒤에야 초인종 소리를 듣곤 했다. 천천히 소리가 나기 시작했다. 할머니가 수화기를 한두 번 떨어뜨린 뒤 가까스로 귀에 가져갔다.

"누구요?"

마침내 퉁명스러운 목소리가 들렸다. 라시드가 한 걸음 물러나서 볼펜 친구와 낄낄댔다.

"할머니, 저예요."

"누구냐고오오오오!"

"할머니, 저라니까요!"

"기다려라."

수화기 너머로 다시 소리가 났다. 베르타는 라시드에게 눈길 한 번 주지 않았고, 라시드는 베르타에게서 눈을 뗄 줄 몰랐다.

"뭘 눌러야 하냐?"

"아래 있는 거요. 할머니, 아래 있는 거. 빨간 점이 있는 거요."

마침내 할머니의 손가락이 마법처럼 빨간 스위치에 내려앉았다. 그러자 '탑의 여왕 베르타'가 들어갈 수 있게 문이 활짝 열렸다. '탑의 여왕 베르타'는 '피자의 시인'으로 불리는 스테파노가 붙인 이름이었다.

라시드와 볼펜 친구가 키득거렸다.

"차라리 '열려라, 참깨!'라고 말했다면 더 빨리 열렸을 텐데."

라시드는 스페인에 오자마자 《아라비안나이트》의 한 단락을 읽고 이 농담을 배웠다. 그때부터 무언가가 닫혀 있을 때마다 이 말을 하곤 했다.

"열려라, 참깨!"

스페인어를 잘 모르는 볼펜 친구는 하나도 이해하지 못하면서, 친구가 하는 대로 따라 웃고 따라 말했다.

베르타는 엘리베이터를 타고 4층을 눌렀다. 엘리베이터 벽에는 모욕적인 말과 낯부끄러운 낙서로 가득했다. 읽지 않는 게 나을 것 같았다. 하지만 베르타는 언제나 그 낙서들을 읽었다. 읽지 않을 수 없었다. 이미 다 외우고 있었다.

'금발 머리 아가씨, 너에게……'

베르타는 이 낙서가 자신에게 쓴 것임을 알고 있었다. 끝에 E라는 서명이 있지만, 정작 이 글을 쓴 스테파노는 자기 이름이 E로 시작하지 않는다는 사실을 몰랐다. 그 옆에는 아랍어로 긴 문장이 쓰여 있었다. 베르타는 이해할 수 없는 말이라 라시드에게 물어보고 싶었다. 하지만 라시드가 하는 말은 믿고 싶지 않아서 묻지 않기로 했다.

엘리베이터가 멈췄다. 6층에 한 집이 이사 온 뒤로 엘리베이터 문이 제대로 작동되지 않았다. 문이 열리는 데 2초가 넘게 걸렸고, 그 전에 문을 밀기라도 하면 엘리베이터는 그대로 꼭대기 층까지 올라가 버렸다. 그러면 사람들은 "엘리베이터가 미쳤나!" 하고 소리치며 꼭대기 층에서 다시 걸어 내려오곤 했다. 입주자 대표는 117유로에 달하는 수리비를 내지 않으면 6층에 이사 온 집을 고소하겠다고 으름장을 놨다.

"정작 고장 낸 사람들은 대수롭지 않게 여기는군."

힐이 말했다. 힐은 바벨탑에서 혼자 살았다. 이 벌집 같은 곳에서 유일하게 방을 책으로 채운 노인이었다. 글자가 인쇄된 종이는 불행을 몰고 오는 것으로 취급되는 바벨탑에서 말이다.

"어떻게 관리비도 제때 안 내는 저 할아범은 '힐 선생'이라 부르고, 관리비를 꼬박꼬박 내는 나는 '여사'라고 부르지 않는 거야?"

언젠가 힐보다 두 층 아래 사는 베고냐가 소리쳤다.

"명예란 영혼의 고유 자산이니까요, 부인. 주머니에서 나오는 게 아니랍니다."

"된맛을 봐야 알지!"

마침내 베르타가 엘리베이터에서 내려 집으로 갔다. 할머니가 기다리고 있다가 문을 열어 주며 물었다.

"왜 이렇게 일찍 왔니?"

"오늘은 수업이 일찍 끝났어요, 할머니. 프랑스어 선생님이 안 오셨거든요."

"언제나 안 오지 않니?"

"맞아요, 할머니. 뻔뻔스럽게 언제나 빼먹어요. 축제 구경에는 빠지는 법이 없고요. 학생들이 시험 보지 말자고 하면 그땐 위엄을 떨면서 '시험은 정해진 것이고 바꿀 수 없어요. 시험공부는 미리 했어야지요. 나는 학생들의 기분이나 맞춰 주는 사람이 아니에요. 약속은 지키기 위해 있다는 사실을 배우세요.' 이러잖아요. 그러면서 자기는 축제 구경 가기로 한 약속을 꼬박꼬박 지킨다니까요."

"베르타, 심하게 말하지 마라. 넌 너무 날카로운 게 탈이야. 그 선생이 염치없는 사람인 줄은 안다. 하지만 그러다 네가 힘들어지면 어쩌니? 작년에 신부님 생각 안 나? 너한테 성실하라고 말씀하셨는데 네가 하느님을 믿지 않는다고 말하는 바람에 그 과목을 통과하기가 얼마나 힘들었니? 근데 어디를 그렇게 바쁘게 가니?"

"수첩 찾으러 가요. 엄마가 버렸을까 걱정이에요."

베르타가 방으로 들어가 책상 옆을 찾아봤다. 메모린을 넣어 둔 구두 상자는 늘 그곳에 있었다. 하지만 오늘은 구두 상자가 없었다. 정말로 사라지고 없었다!

"맙소사! 버리면 안 되는데! 내가 방에 물건 좀 놔두면 어때서!"

"방에 물건 좀 놔둔 줄은 알긴 아는구나, 베르타! 이 생각 없는 것아, 필요한 물건들은 잘 챙겨야지! 어제는 마르코스와 그렇게 방을 어지럽혀 놓고는 내버려 뒀잖아."

"하지만 저는 엄마 방에 들어가지도 않고, 옷을 장롱에 안 넣었다고 해서 던지지도 않아요."

"너랑 엄마랑 같니? 엄마는 일에 지쳐 피곤하다는 걸 잘 알면서 그러니."

"그게 제 잘못은 아니잖아요!"

"누구의 잘못도 아니지. 하지만 네가 방 정리를 하는 것도 힘든 일은 아니야. 근데 수첩이 뭐 그리 중요하다고 그러니? 돈이 아니라면 중요할 것도 없는데."

"돈은 아니지만 중요해요."

베르타는 옷장을 열고 구두가 놓여 있는 아래 칸을 봤다. 다른 상자들은 있었지만 메모린이 들어 있던 구두 상자는 없었다. 상자를 꺼낸 기억은 나는데 다시 넣은 기억은 나지 않았다. 베르타는 부엌으로 가서 쓰레기를 모아 두는 곳도 봤지만 상자는 없었다. 이 두 곳에 없다면 버린 것이 분명했다.

베르타의 할머니는 다시 텔레비전 앞에 앉았다. 토레이글레시아스 선생의 건강 프로그램을 좋아하는데, 오늘은 탈장을 다뤘다. 놓치고 싶지 않은 프로그램이었다. 가슴 통증이 탈장 탓인 것만 같았다. 할머니는 지금까지 병이란 병은 다 앓아 봤다. 정맥류, 관절염, 방광염, 당뇨, 청각 장애 그리고 이제는 탈장까지. 할머니도 손녀딸에게 관심을 더 기울이고 싶었지만, 토레이글레시아스 선생이 할머니 마음을 빼앗아 갔다. 세상에, 얼마나 말을 잘하는지. 아픈 것을 이겨 내도록 도와준 뒤, 노년은 여행하기 가장 좋은 나이라는 말로 프로그램을 마쳤다. 이 말만 들으면 할머니는 용기가 솟구쳤고, 기분이 좋아졌다. 그러고는 시에서 제공하는 다음번 공짜 여행을 기다렸다. 이번 여행지는 가소를라였다.

할머니는 3층에 사는 마누엘라와 그런 여행을 다녔다. 그런 여행에서는 커피 마시는 시간에 물건을 보여 주면서 뭔가를 사라고 광고했다. 사지 않아도 되지만, 그렇다고 안 사면 공짜만 좋아하는 사람이라는 듯 눈총을 주며 다음 여행에는 자리가 없다고 했다. 아델라라는 할머니가 실제 그런 경우를 겪었다. 여행을 쫓아갔다가 각자 부담하는 간식비 3유로조차 내지 않으려고 했기 때문이다.

텔레비전 위에 영국 왕관 모양이 새겨진 벽시계가 있었다. 할머니가 여행에서 사 온 시계였다. 베르타 어머니의 침대 시트도, 장식장에 들어가지 않아 찬장 위에 둔 타파 그릇도 여행에서 사 왔다. 새도 마찬가지였다. 그 새는 하루 세 번, 날마다 여섯 시와 새벽 세 시에 약 먹을 시간이라고 노래했다. 열대 지방의 노랫소리, 밀림에서나 들을 수 있는 소리를 지치지 않고 냈다. 누가 앞에 있든지 이제 약을 삼킬 시간이라고 알려 주면서 말이다.

베르타는 침대에 몸을 던졌다. 어떻게 해야 할지 막막했다. 메모린에 15쪽에서 20쪽 정도 글을 썼다. 많은 양은 아니지만 마음에 쏙 드는 글이었다. 정말로 중요한 이야기였다. 그에 비하면 지금까지 썼던 이야기는 멍청한 얘기일 뿐이었다. 이번엔 달랐다. 이번에야말로 진실한 이야기를 담고 있었다. 마침내 한 여인과 사랑에 빠진 권투 선수의 이야기였다. 그 여인 역시 인생이라는 링에서 KO패를 당한 인물이었다. 베르타는 힘이 넘치는 이 이미지가 좋았다. 그러나 이제 이 이야기는 존재하지 않았다. 이야기란 생각만으로는 가치가 없다. 소설은 글로 쓰였을 때 소설인 법이다. 메모린에 열정을 다해 담은 삼사천의 글자들은 쉽게 돌아올 것 같지 않았다. 일그러진 권투 선수의 얼굴을 상상한 날부터 쓴 내용이 도무지 기억나질 않았다.

"메모린을 찾기 위해서라면 무슨 일이든 하겠어."

베르타는 악마에게 영혼이라도 팔 기세였다. 소망을 이루기 위해 어떤 힘이라도 빌리겠다는 것이 그 뜻이 아니고 무엇이겠는가?

그 어떤 힘이란 물론 마르코스였다.

3

마르코스에게는 절호의 기회였다. 결코 놓칠 수 없는 기회였다. 드디어 베르타가 자신에게 무언가를 부탁할 참이었다. 언제나 베르타의 사랑에 목말라하며 주변을 맴돌던 마르코스로서는 이 기회를 이용하고 싶었다. 마르코스는 그동안 베르타 곁을 서성이며 베르타를 도와주려고 했다. 필기한 공책을 빌려 줄 수도 있었고, 시험공부를 하며 답을 알려 줄 수도 있었다. 하지만 정작 그럴 수 있는 순간이 되면 마르코스는 뻣뻣하게 굳은 채 침묵만 지켰다. 그런데 지금, 다시 기회가 왔다. 베르타가 영혼이라도 팔겠다고 했고, 마르코스는 그 영혼을 살 수 있었다. 물론 자신은 악마는 아니었다. 그러나 악마 흉내쯤이야 못 낼 것도 없었다. 마침내 모든 준비가 끝났다.

베르타는 메모린을 잃어버렸다는 충격에서 조금 벗어났을 때,

그 사실을 누가 알려 줬는지 떠올려 봤다. 마르코스였다. 마르코스는 어떻게 알아냈을까? 베르타는 침대에서 일어나 앉았다. 머릿속으로 지금까지 벌어진 일을 거꾸로 더듬어 봤다. 마르코스가 무슨 일이 일어날지 또는 무슨 일이 일어났는지 알 수 있다고 말하던 게 떠올랐다. 베르타는 농담이라고 생각하면서 수첩에 그 얘기를 적어 두었다. 그렇지만 그 말이 사실이었다면? 정말로 마르코스가 보지도 않은 일을 알 수 있다면? 메모린이 버려지는 장면을 실제처럼 봤다면, 마르코스는 메모린이 어디에 있는지 알지도 몰랐다.

우물쭈물할 시간이 없었다. 베르타는 머리띠를 하고, 조끼를 입고, 가방을 들고, 할머니한테 인사한 뒤 달려 나갔다. 마르코스는 학교 주변에 있을 것 같았다. 어쩌면 엘 트롬페타에 있거나 아직 문이 열렸다면 학교 식당에 있을지도 몰랐다. 건널목을 건널 때, 또다시 볼펜을 든 모로코 소년과 부딪혔다.

"안녕, 곰발 머리. 볼펜 하나 사요."

베르타는 끈덕진 라시드의 친구에게 진절머리가 났다.

"곰발이 아니라 금발! 말이나 배워요."

길에서 학생 한 무리를 만났다. 마지막 수업인 화학 시간을 버티지 못하고 빠져나온 아이들이었다.

"모르긴 해도 벽창호가 단단히 화났을 거야."

수업을 빼먹고 도망치는 학생이 말했다.

벽창호 선생은 성이 '벽'을 뜻하는 무로(Muro)였다. 선생은 '벽'이라는 자기 이름의 사전적 의미를 뛰어넘지 못했다. 누군가가 조리 있게 따지려 할 때마다 불같이 화냈기 때문이다. 그래서 학생들 사이에서 선생은 소문자로 쓴 '무로(muro)'로 통했다. 벽창호 선생이 소리만 듣고서 철자가 소문자로 바뀐 것을 알 리 없었다.

"벽창호는 학생이 아무도 안 와도 시험 칠 사람이야."

누군가가 말했다.

"마르코스 봤니?"

베르타가 물었다.

"롤로랑 엘 트롬페타에 있어."

베르타는 엘 트롬페타로 향했다. 엘 트롬페타는 학교 앞에 있는 가게인데, 커피나 토스트, 맥주, 간식거리를 팔았다. 가게 주인은 모든 사람을 믿는 좋은 사람이었다. 돈을 벌기 위해서라기보다 취미 삼아 일하는 사람처럼 보였다. 아이들이란 가게 놀이를 좋아해서 물병과 사탕을 진열대에 늘어놓고 사고파는 놀이를 즐긴다. 엘 트롬페타의 주인도 세상이라는 연극 무대에서 자기가 맡은 배역을 말없이 받아들여 아이처럼 가게 놀이를 끝없이 즐기는 사람 같았다.

엘 트롬페타에는 늘 사람들이 북적거렸다. 아예 지각하기로 작정하고 쉬는 시간까지 당구 치는 학생들, 또 가게가 자기 집 거실인 듯 온종일 죽치고 있는 노인들로 말이다. 엘 트롬페타 한쪽 구석에는 화로를 놓을 수 있는 테이블이 있었다. 겨울이면 날마다 테이블 밑에 숯불이 가득 담긴 화로를 두고 오후까지 불을 붙여 놓았다. 주인은 때때로 화로에 라벤더를 넣어 좋은 향이 나게 했다. 화롯불과 포도주와 담배 냄새와 음식 냄새 그리고 주인이 직접 담근 올리브가 뒤섞인 냄새는 동네에 특별한 향을 뿜어냈다. 무슨 향이라고 말 못 할 독특한 냄새였다.

"이곳은 장 바티스트 그루누이가 가장 좋아할 만한 가게야. 파트리크 쥐스킨트가 쓴 《향수》의 주인공 말이야."

스테파노가 책을 한 권 읽은 뒤, 자신이 스페인어로 그럴싸하게 말할 수 있다는 걸 과시하려고 한 말이었다.

스테파노는 이탈리아 소년이었는데, 유행가에서 뽑아낸 가사와 어디서 주워들은 낭만적인 문장들을 읊으며 피자 반죽을 했다.

"마르코스!"

"깜짝이야!"

베르타가 부르자, 마르코스가 깜짝 놀라 일어났다.

"소리 좀 내면서 걸어. 유령인 줄 알았잖아."

"할 말이 있어."

"이 게임 끝날 때까지 기다려 줄래? 공이 두 개밖에 안 남았어."

베르타는 초조해서 기다릴 틈이 없었다. 그래서 옆에 있던 리모컨을 집어 남은 공 두 개를 없애 버렸다.

"너 미쳤어? 무슨 짓이야! 내 게임을 망쳐 버렸잖아!"

"게임 그만하고 내 말 좀 들어 봐."

"무슨 일인데?"

둘은 화로가 있는 테이블에 앉았다. 주인이 둘을 쳐다보았다. 화로가 든 테이블은 노인들을 위한 자리라고 늘 말해 왔기 때문이다. 마르코스는 노인이 들어오면 자리를 내어 드리겠다는 말로 주인을 안심시켰다.

"집에 갔는데 메모린이 없었어."

"내가 말했잖아. 어머니가 버리는 걸 봤다고."

"그런데 어떻게 본 거야? 왜 내 수첩에 관심을 뒀어? 네가 집어 간 거 아니야?"

"내가? 네 수첩을 내가 왜 탐내는데?"

"그건 나도 모르지. 하지만 요즘 들어 넌 아주 이상했어."

"나한테 일어난 일이 너한테도 일어난다면, 그러니까 무슨 일이 일어날지 보지 않고도 알 수 있다면 너라도 이상해질걸."

"그런데 뭘 본 거야? 사실 처음에 네가 말했을 땐 안 믿었어."

"네가 안 믿은 거 알아. 넌 언제나 내 말을 안 믿잖아. 넌 내가 우리 반 광대라고 생각하지? 두서없이 지껄여서 너를 웃기려 한다고……."

"아니야, 마르코스. 네가 진지하지 않다는 뜻으로 한 말이야. 자꾸 그러면 아무도 네 말을 믿지 않을 테니까. 그런데 어느 날인가 네 아버지가 복권에 당첨되셨다고 했지."

"그래서 당첨됐잖아."

"그리고 철학 시험에 나올 문제를 알고 있다고도 했고."

"그래서 나왔고. 안 그래?"

"몰라. 그 문제가 뭔지는 말하지 않았으니까."

"그건 단지 앙헬 선생님께 말하지 않겠다고 약속했기 때문이야. 내 점수가 몇 점이었지? 말해 봐. 몇 점이었는지."

"그래, 십 점 만점을 받았지. 알아. 근데 넌 원래 철학을 좋아하잖아."

"좋아해. 하지만 따로 공부하지는 않아. 나는 앙헬 선생님과 이야기 나누길 좋아해. 선생님 말씀에 반박하고 또 선생님 말씀을 듣고. 그게 다야. 그래, 언제나 그 과목은 통과하겠지. 숙제 좀 해서 육 점이나 칠 점은 받겠지. 하지만 그 이상은 아니야."

"알겠어. 그런데 너, 생각만 하면 무슨 일이 일어날지 알 수 있다고 했지?"

"아니, 그런 말은 안 했어. 생각하면 보이는 것들도 있다고 말했지. 전부 다 볼 수 있는 게 아니라."

"그래서, 내 수첩을 봤어?"

"봤다고 했잖아."

"그런데 왜 내 수첩 생각을 했어? 왜 하필?"

"내가 너한테 환영을 보기 시작했다는 말을 했었지? 그때 너는 메모린에 그 말을 썼고. 뭐라고 썼는지 확인해 보고 싶다는 생각을 하던 중에 환영이 보였어. 네 어머니가 구두 상자를 버리시는 장면을."

"그런데 메모린이 구두 상자에 있는 줄 어떻게 알았어?"

"텔레파시가 말해 줬지."

"그건 또 뭐야?"

"네가 알지 못하는 능력."

"맙소사! 그러면 메모린이 쓰레기통으로 들어갔고 이제 뭘 해도 찾을 수 없단 말이야?"

마르코스는 내심 베르타가 굉장히 감탄해 주기를 바라면서, 겉으로는 내키지 않는다는 듯이 말했다.

"좋아, 뭘 할 수 있나 보자."

이 말에 베르타는 마르코스 쪽으로 고개를 홱 돌렸다. 코앞에 베르타의 얼굴이 있었다. 베르타의 숨결과 온기가 느껴졌다. 가슴 뛰는 소리도 들려오는 듯했다. 베르타의 눈빛에 마르코스는 온몸이 떨려 왔다. 하지만 잘 알고 있었다. 베르타가 관심 두는 것은 자신이 아님을. 자기가 수첩에 대해 들려줄 말에만 관심 있음을.

"메모린을 찾기 위해 무슨 일이라도 할 각오가 되어 있겠지?"

마르코스가 물었다.

마르코스 귀에 또다시 파우스트의 제안이 엄숙히 들려왔다.

'내가 악마가 되는 건데, 나만 모르고 있는 걸까? 나는 기억을 잃어버린 악마일까? 기억을 잃고 자신이 고등학생인 줄 아는 악마일까? 혹시 내가 알고 있는 모든 것이 나이에서 비롯된 것이라면? 내가 수천 년도 더 살아온 사람이라서, 거울 앞에 섰다가 문득 늙

어빠진 모습만 보게 된다면? 아니야. 그런 건 생각조차 하기 싫어.'

마르코스가 짓궂게 물었다.

"네 영혼을 줄 준비는 됐어?"

"우리에겐 영혼이 없단다, 마르코스. 언제 알아듣겠니? 차라리 몸을 요구해. 영혼 말고."

마르코스는 목이 꽉 막혔다. 할 말을 잃었고, 멍청해졌다. 베르타가 몸을 요구하라고 말하다니. 어떻게 이런 일이? 마르코스는 자신이 악마가 아님을 알았다. 영혼을 노리는 악마였다면, 영혼이 없다는 말을 들었을 때 치를 떨었을 테니까. 그런데 반대로 몸을 요구하라는 베르타의 제안에 커다란 유혹을 느꼈으니.

'오히려 베르타가 더 악마 같잖아.'

마르코스는 맥이 빠졌다.

"진심으로 하는 말이야?"

"영혼이 없다는 말?"

"아니, 몸을 요구하라는 말."

베르타가 웃음을 터뜨렸다.

"요구해 봐. 어떻게 되나. 그건 그렇고, 내 수첩을 찾을 수 있긴 한 거야?"

"물론 찾을 수 있지. 수첩이 보여. 아직 아무도 만지지 않았어. 더러워지긴 했지만 아무도 만지지 않았어. 구청 뒤에 있는 쓰레기장에 있어."

"나를 거기까지 데려다 줄 수 있어?"

"물론이지. 점심 먹고 가자. 오늘 쓰레기차가 오기 전에. 새 쓰레기들을 버리면 너의 메모린은 그 속에 파묻힐 테고, 한번 파묻히면 다신 못 찾을 거야."

"자전거를 타고 가는 게 낫지 않아?"

"좋지. 근데 난 자전거가 없는데."

"걱정하지 마. 스테파노한테 빌릴게."

"내가 탈 거라고 말하지 마. 나한테는 빌려 주지 않거든."

"내가 알아서 할게."

둘은 테이블에서 일어나 거리로 나왔다. 주인은 청소하느라 정신이 팔려서 둘이 나가는 줄도 몰랐다.

"그 수첩에 뭘 썼길래 그렇게 안달이야?"

마르코스가 다시 물었다.

"소설. 굉장한 소설의 시작이야! 정말 중요한 거야."

4

그날 노르는 학교에 오지 않았다. 앙헬은 출석을 부르다 노르가 결석한 사실을 알았다. 스테파노도 결석이었지만, 그건 놀랄 일이 아니었다. 새 학기 첫 달부터 결석하더니 시험 날까지 당연한 듯이 나타나지 않은 학생이니까.

수업 중에 누군가 문을 두드렸다. 경비원이었다. 따로 할 말이 있는지 앙헬더러 잠깐 나오라고 손짓했다. 앙헬은 긴장했다. 경비원이 경비실에서 나와 누군가에게 말 거는 일은 거의 없었기 때문이다. 기껏해야 누군가가 질문을 하면 경비실 창문을 열고 알려 주는 게 고작이었다. 경비원이 팔까지 잡아끄는 바람에 앙헬은 더 긴장했다.

"앙헬 선생님. 노르의 숙모가 기다리고 계십니다."

앙헬은 노르가 친척과 함께 사는 줄은 알고 있었지만, 그중에 자기가 알고 지내는 사람은 없었다. 그래서 노르의 숙모가 자신을 만나러 왔다는 사실이 믿기지 않았다. 슬쩍 보니 어떤 부인이 복도 의자에 앉아 있었다. 학생 가족이 교무실에 들어가기 전에 기다리는 곳이었다. 부인은 눈에 띄는 주황색 옷에 초록색 터번을 두르고 양손을 무릎 위에 포개 놓고 앉아 있었다.

"좋아요. 기다리시라고 말씀해 주세요. 전 책을 반납하고 곧 오지요."

도서관에는 아무도 없었다. 앙헬은 불을 켜고 서랍에서 반납할 책의 카드를 꺼내 반납 날짜를 적어 책에 끼웠다. 그러고는 14번과 16번 사이에 책을 꽂았다. '모든 인간은 본래 알기를 원한다.'라고 시작하는 책이었다. 앙헬은 책을 좋아했다. 수많은 옛사람들이 떠올린 찬란한 문장들을 읽을 수 있어 좋았다. 앙헬은 도서관을 나서면서 노르를 떠올려 보려고 애썼다. 노르가 제출한 마지막 리포트를 떠올렸다. 백지여서 걷지 못했던 시험지도. 최근 결석한 일도. 앙헬은 출석부를 꺼내어 노르가 언제 결석했는지 날짜를 알아 두기로 했다. 노르의 숙모는 노르가 결석한 날짜를 알고 싶어 할지도 몰랐다.

"안녕하십니까, 부인. 저를 찾아오셨다고요?"

"앙헬 선생님이세요?"

"네. 그렇습니다."

"드릴 말씀이 있어요."

부인의 모습이 눈길을 끌었다. 큰 키에 몸집도 컸고 피부는 검었다. 앙헬은 부인이 스페인어에 서툴다는 사실을 금세 알아차렸다. 그래서 알아듣기 쉽게 간단한 문장들로 말했다.

"이리 오시지요."

부인은 앙헬을 따라 긴 복도를 걸었다. 두 사람은 그들을 바라보는 수많은 눈길을 뒤로하고 학부모 면담실로 들어갔다. 앙헬은 책상 앞에 앉았지만 부인은 서 있었다.

"앉으십시오, 부인. 앉으세요."

"괜찮습니다. 오래 걸리지 않을 거예요."

부인이 앉지 않자 앙헬도 일어났다.

"좋습니다. 말씀하세요."

부인은 입을 다물고 있었다. 난처한 듯했다.

"하실 말씀이 있으시다고요?"

부인은 그를 바라보지도 않고 자리에 앉았다.

'아, 이제 앉으시네. 이게 그들의 예법인가.'

앙헬도 자리에 앉았다. 부인은 고개를 숙였다. 앙헬은 그제야 부인을 조심스럽게 쳐다보았다. 그렇게 아름다운 얼굴은 본 적이 없었다. 주름 하나 없는 단단한 아름다움을 지니고 있었다.

"괜찮습니다. 말씀하세요. 노르에게 무슨 일이 일어났습니까?"

부인은 고개를 들고 간절한 눈빛으로 앙헬을 바라보다가, 노란 망토 아래에서 봉투를 하나 꺼냈다.

"받으세요. 노르가 만일 자신이 돌아오지 않으면 이걸 선생님께 드리라고 했어요."

'나에게 주는 편지라고? 만일 돌아오지 않는다면? 어디에서?'

앙헬은 편지를 열어 봐도 되겠느냐는 몸짓을 했다. 부인은 알아 듣고 고개를 끄덕였다. 앙헬은 봉투를 뜯고 편지를 꺼냈다. 노르의 글씨체를 곧바로 알아보았다. 서투르고 삐뚤삐뚤 줄도 맞지 않았 다. 앙헬은 안경을 쓰고 편지를 읽기 시작했다. 반쯤 읽다 고개를 드니 부인이 울고 있었다. 앙헬은 끝까지 다 읽고 나서도 편지에서 눈을 뗄 수 없었다. 무슨 말을 해야 할지 몰랐다. 앙헬은 편지를 들 고 일어나 창가로 갔다. 담배를 꺼내려고 주머니에 손을 넣었다가 올해 초부터 교내에서 금연이라는 사실이 기억났다. 큰 소리로 정 부를 욕하고 싶었다. 본인들이 이리로 와서 담배 한 개비도 피우지 않고 이 일을 해결해 보라지. 앙헬은 진정하려고 애썼다. 다시 편지 를 읽었다. 불안한 마음으로 편지를 들여다보고는 기뻤다. 실력이 나아져 틀린 글자가 없었다. 사전을 찾으며 쓴 게 분명했다.

존경하는 선생님,

이 편지를 선생님께 남깁니다. 왜냐하면 제게 무슨 일이 일어났는 지 선생님께서 알고 계셨으면 해서요. 제가 수업에 빠지지 않는다 는 사실은 선생님께서도 잘 아시지요? 저는 선생님께서 말씀하신

대로 비디오도 보지 않고 컴퓨터 게임도 하지 않고 의자에 궁둥이를 붙이고 앉아 있기 좋아하는 바보 같은 놈이잖아요.

저는 동생을 찾으러 갑니다. 이번 주에 오기로 되어 있어요. 정확한 날짜는 모르지만 그곳에서 동생을 기다리고 싶습니다. 만일 성공해서 동생을 만난다면 집으로 데려올 생각이에요. 그럼 언젠가는 선생님도 제 동생을 보시게 될 겁니다. 동생이 잡힌다거나 무슨 일이 생긴다면 저는 돌아오지 않을 거예요. 저는 동생과 함께 가려고 합니다. 그것이 제 운명이라면 언젠가 선생님께 편지를 보내겠습니다. 기니로 방학을 보내러 오시라고요.

책과 사전을 빌려 주셔서 고맙습니다. 제가 돌아오지 않으면 숙모에게 돌려 달라고 말씀하세요. 어디에 있는지 알고 계시니까요.

안녕히 계세요.

(선생님을 꼭 안아 드리고 싶어요.)

노르 올림

앙헬은 뭐라도 해야 했지만 뭘 해야 할지 몰랐다. 부인은 대답을 기다리며 앙헬 등 뒤에 있었다.

"제가 어떻게 해 드리길 바라십니까?"

마침내 앙헬이 물었다.

부인은 어깨를 으쓱했다. 여기까지 왔지만 뭘 어떻게 해야 하는지 몰랐다. 심지어 편지에 무슨 말이 쓰여 있는지조차 몰랐다. 노르는 자신이 열흘 넘게 돌아오지 않으면 이 편지를 선생님께 갖다 드리라고 했을 뿐이었다. 그러나 부인은 더는 기다릴 수 없었다.

"편지에 무슨 말이 쓰여 있는지 저는 몰라요. 제가 무엇을 해야 할까요?"

앙헬은 부인이 편지 내용을 모른다는 말에 더욱 혼란스러워졌다. 이제 무엇을 해야 하는지 자신이 말해 줘야 할 처지였다. 앙헬은 편지를 읽어 주기로 했다. 무슨 일이 일어났는지 분명히 밝히는 것이 우선이었다. 부인은 앙헬이 편지 내용을 설명하고 이해시켜 주려고 하는 말을 주의 깊게 들었다. 부인은 이해했고, 노르가 동생을 찾아 길을 떠난 사실도 알았다.

"그런데 노르가 간 곳은 어디인가요? 동생은 언제 도착하나요?"

부인은 입을 꾹 다물었다. 두려워서 침묵하고 있음을 직감할 수 있었다.

"어디로 갔는지 알고 계십니까?"

앙헬이 다시 물었다.

"말씀드릴 수 없어요. 저는 말씀드릴 수 없습니다."

부인의 신경이 곤두서기 시작했음을 알았다. 어쩌면 앙헬이 왜 묻는지 이해하지 못하는지도 몰랐다.

앙헬은 부인을 진정시키려 했다.

"그렇지만, 부인…… 제 말을 들어 주세요. 저는 노르의 선생이지 경찰이 아닙니다. 그런데 어떻게 도와야 할지 모르겠어요."

부인은 당황해서 재빨리 몸을 일으켰다. 아마도 '경찰'이라는 말에 더 놀랐는지도 몰랐다. 부인은 우리에 갇힌 동물처럼 사방을 둘러보더니, 진정시킬 틈도 없이 문을 열고 면담실을 나갔다.

"기다리세요. 왜 가십니까? 무슨 일입니까?"

앙헬은 부인을 멈춰 세울 수 없었다. 부인은 복도를 쭉 따라가다 입구가 나오자 서둘러 밖으로 나갔다. 앙헬이 한마디씩 하면 할수록 더욱 놀라는 것 같았다. 앙헬은 부인을 따라가다 단념하고, 면담실로 돌아와 다시 편지를 읽었다. 노르는 왜 자신에게 편지를 썼을까? 자신은 노르의 담임도 아니었다. 노르가 통과하기 힘든 과목을 맡아 일주일에 세 시간씩 수업하고 있을 뿐이었다. 더 젊고 더 활동적인 선생들이 있지 않은가? 왜 쉰 살이나 먹고 학생들에게 지쳐 버린, 그저 조용히 살고 싶은 자신에게 말을 해야 했을까?

앙헬은 지난주 수업 시간을 떠올렸다. 마지막 시간에 시험이 있다는 이유로 모두가 수업을 빼먹은 반란의 날이었다. 그런 뒤에 앙헬은 아이들에게 한 말이 생각났다.

"개인적인 문제가 있는 사람은 나한테 말하도록 해요. 어떤 일이든지 이해할 수 있으니까."

앙헬은 생각했다.

'내가 왜 그런 말을 했지? 아이들을 혼내는 것만으로 충분했는데. 왜 마지막에 그런 바보 같은 말을 했을까?'

자기가 한 말에 자신이 걸려들었다는 생각이 들었다. 양심상 자신이 한 말을 지키지 않고는 못 견뎌 했다. 남들 눈에 약속도 지키지 않는 사람으로 보이기가 싫었다. 이 부분은 앙헬이 가장 중요하게 생각하는 도덕률이었다. 앙헬은 '내가 한 말을 우습게 만들면 안 된다.'라는 생각에 충실하려고 애써 왔다. 또 '나 자신을 절대로 믿어야 한다.'라고 늘 생각해 왔다. 이 점을 지금까지 지켜 온 사람이 앙헬이었다.

5

베르타가 자전거를 가지고 나왔다. 문이 닫히지 않게 한쪽 다리로 막고 자전거를 힘겹게 끌어냈다. 마르코스가 신호등에서 기다리고 있다가 베르타를 보고 도와주러 왔다.

"자전거 구했네. 베르타, 넌 못 구하는 게 없구나! 나한테는 절대 안 빌려 주던데."

"그거 다 옛날 얘기야. 이제 스테파노는 자전거 따위에 관심 없어. 다른 일에 마음이 가 있거든."

둘은 건널목을 건너서 구청으로 가는 길로 들어섰다. 마르코스는 날쌔게 페달을 밟으면서 앞서 갔다. 갑자기 자동차 한 대가 끈질기게 경적을 울리며 따라왔다.

"안녕, 커플!"

누군가 손을 흔들며 말하는 소리가 들렸다.

"스테파노 아니야?"

마르코스가 물었다.

"맞아. 스테파노야."

"운전은 누가 하고 있어?"

"라시드 같은데."

"라시드? 둘이 친구였어?"

"요즘 늘 붙어 다녀."

"어디서 차를 구했대?"

"네가 알아봐."

"근데 쟤 면허증 있어?"

"스테파노도 없고, 아무도 없어. 둘 다 미쳤어. 스테파노네 아버지가 알면 죽이려고 들걸. 라시드랑 다니는 거 안 좋아하시거든. 요즘 들어 스테파노가 아버지랑 다투는 걸 자주 봤어. 걔 아버지는 스테파노가 오전에도 피자 가게에 나가기를 바라시는데 스테파노는 그럴 마음이 없나 봐."

공동묘지에 도착한 뒤 두 사람은 뒤쪽으로 난 길로 들어섰다. 흙길로 된 우회 도로였다. 원래는 뽕나무밭이라는 푯말이 있던 오솔길이었는데 지금은 기계가 잘 다져 놓아 도로로 쓰였다. 마르코스는 베르타가 옆으로 올 수 있게 속도를 늦췄다.

"근데…… 스테파노가 왜 '안녕, 커플!'이라고 했을까?"

마르코스가 물었다.

"걔는 만날 농담만 하는 애잖아."

"빌린 자전거 타는 사람이 나인 줄 알고 화났나?"

"이미 알고 있어. 내가 말했거든. 걔 관심은 다른 데 있다니까. 말했잖아."

쓰레기장 앞에 도착했다. 쓰레기들이 세 군데로 나뉘어 산처럼 쌓여 있었다. 그중 한 곳에서 거대한 지렁이처럼 생긴 기계 하나가 쓰레기를 삼켰다가 회색 불꽃처럼 토해 내고 있었다. 구석에는 직원이 있을 법한 조립식 건물이 보였다. 바다에서 쫓겨난 갈매기 한 떼가 쓰레기 더미 위를 돌다 아래로 떨어지곤 했다.

"아직도 여기서 내 수첩을 찾을 수 있다고 생각하니?"

엄청난 쓰레기 더미를 보고서 베르타가 물었다.

"주파수에 달렸지. 마음 상태가 얼마나 투명한지에도 달렸고."

"망상인 것 같은데. 너, 나 비웃으려고 여기까지 데려온 거 아니야?"

"절대 농담한 거 아니야. 상자 위에 있는 네 수첩을 봤어. 곰 인형과 같이 있더라고. 하지만 쓰레기 더미가 세 개나 있는 줄은 몰랐어. 곰 인형을 찾아봐. 곰 인형을 찾으면 수첩도 찾을 수 있어."

"넌 눈도 나쁘잖아."

둘은 흩어져서 찾기 시작했다. 냄새 때문에 토할 것 같았다. 갈매기들이 사나운 얼굴로 두 사람 머리 위에서 소리를 질러 댔다. 마치 둘이서 쓰레기를 다 차지할까 봐 두려워하는 듯이. 베르타는 쓰레기 더미에서 구역질이 나 뒤로 물러섰다. 마르코스는 좀 더 앞으로 갔다. 축축하고 냄새나는 구정물 속에서 발이 찰박거렸다. 헛간에서 바늘 찾기란 생각이 들었다. 적어도 헛간이란 단어는 목가적인 느낌이라도 들건만. 마침내 인형 다리가 보였다. 표식이나 다름없었다. 수첩은 그 옆에 있어야 했다. 눈이 떨어진 곰과 상자, 그 위에 수첩이 있어야 했다.

"여기 있어!"

마르코스가 소리쳤다.

"어디?"

베르타가 마르코스 옆으로 왔다.

마르코스는 쓰레기 더미 가운데에서 손짓하며 고개를 숙이고 있었다.

"자, 봐. 인형 다리."

마르코스가 다리로 쓰레기를 휘저으며 설명했다.

"메추리 열두 마리의 머리, 상자 그리고 상자 위에……."

"뭐?"

"상자 위에…… 네 수첩이 있어야 하는데! 그리고 그 옆에 곰 인형도 있어야 하고! 근데 봐. 수첩도 없고 곰 인형도 없어. 사라져 버렸어!"

"나 놀리는 거야?"

"너한테 다리랑 메추리랑 상자 얘기는 했잖아."

"그런 얘기 안 했거든."

"좋아. 바로 본론으로 들어갔기 때문에 내가 본 것을 죄다 말하지는 않았어. 그렇지만 이 쓰레기들은 분명히 네 수첩과 함께 있었어."

베르타는 울음을 터뜨릴 지경이었다. 그때 뒤에서 누군가의 목소리가 들려왔다.

"여기서 뭣들 하는 거야? 너희 누구야?"

둘은 뒤돌아보았다. 손에 지팡이를 들고 누더기를 걸친 사람이 있었다. 둘은 무슨 말을 해야 할지 몰랐다. 쓰레기장에서 사는 듯이 보이는 남자가 지팡이를 휘두르며 다가왔다.

"뭘 찾고 있는 거냐?"

남자가 다시 소리 지르자, 마르코스가 순진하게 대답했다.

"수첩요."

"이 코흘리개야. 나를 놀리려고 하니? 너희도 내 식-량-을-빼-앗-아-가-려-는-거-아-니-냐?"

남자는 마치 울부짖는 듯이 단어를 하나하나 토해 냈다.

'식량이라고?'

베르타가 웃으며 농담이라도 하려고 했다. 그런데 화난 듯 지팡이를 휘두르며 다가오던 남자가 갑자기 멈춰 섰다. 뒤에서 쩌렁쩌렁한 목소리가 들려왔다.

"무슨 일이야, 바실리오?"

쓰레기장 거주민은 두 사람 바로 앞에서 마비된 듯 꼼짝 못하고 멈췄다. 커다란 얼굴은 면도도 하지 않은 채였고, 쫙 벌리고 있는 입속에는 이가 거의 없었다.

"마누엘 씨, 애들이 글쎄 도둑질하러 오지 않았겠습니까. 훔치러 왔다니까요."

"저희는 그냥 수첩 하나를 찾고 있어요."

베르타가 대꾸했다. 옆에 있던 마르코스는 휘청거리며 쓰레기 더미 위에 자빠질 뻔했다.

마누엘이라는 사람이 두 사람 곁으로 다가와 쓰레기 더미에서 누더기를 밀어냈다. 베르타가 상황 설명을 제대로 하려고 말을 계속했다.

"우리 엄마가 수첩을 버렸는데 제게는 중요한 수첩이거든요. 그래서 제 친구가……."

베르타가 잠시 말을 멈췄다. 마르코스가 환영을 본다는 이야기를 하면 상황이 더 나빠질지도 몰랐다.

"그래서 네 친구가 뭐라고 했지?"

남자가 흥미로운 듯 묻자, 마르코스가 나섰다.

"그 친구가요, 그러니까 제가요, 쓰레기는 모두 이곳에 모일 거라고 생각했어요."

"어느 동네 쓰레기지?"

마르코스가 서둘러 대답했다.

"바벨탑이에요."

"바벨탑에서 온 쓰레기가 여기 있다고 해도, 산더미같이 쌓인 쓰레기 속에서 어떻게 수첩을 찾겠니?"

"제 말이 바로 그거예요."

베르타가 가까스로 웃음 지으며 비웃듯이 대답했다.

"찾을 수 있어요. 왜냐하면…… 저는 아니까요."

마르코스가 말을 더 하려다 입을 다물었다.

"네가 뭘 아는데?"

"그게…… 그러니까…… 수첩이 곰 인형 옆에 있다는 걸요."

그 말을 듣자 바실리오라는 사나운 남자가 몸을 움직여 한 자리 차지하고는, 지팡이로 땅을 두드리며 말했다.

"그렇다면 찬카가 가지고 있을 텐데."

"찬카가 누군데?"

마누엘이 물었다.

"장난감을 거둬 가는 사람이지요. 오늘 아침에 여기 왔었어요. 장난감을 찾아다 주면 일 유로를 줘요. 낡은 장난감들을 모아서 고친 뒤에, 일요일마다 차르코 델라 파바의 시장으로 팔러 가지요."

"찬카가 누구인지 제가 알아요. 길에서 장난감이 든 수레를 끌고 가던 모습을 여러 번 봤어요."

베르타가 말했다.

"가토 거리 모퉁이에 살아. 그럼 이제 됐네. 행운이 있기를 빈다.

곰 인형을 찾을 수 있겠네."

쓰레기장 거주민이 말했다.

"제가 찾고 싶은 건 곰 인형이 아니에요. 수첩이에요."

베르타가 말했다.

"틀림없이 그 사람이 갖고 있을 거야. 곰 인형 옆에 있었다면 그것도 함께 가져갔을 테고. 근데 너희가 알아 둬야 할 게 있다. 여기 또 들어오려면 나한테 허락을 받아야 해. 너희 때문에 얼마나 놀랐는지 알아?"

지팡이를 든 사람이 기분 나쁘게 말했다.

"그리고 뒤쪽으로는 들어오지 마. 개들을 풀어놓았으니까."

마누엘이 조립식 건물로 들어가면서 말했다.

밖으로 나오자마자 베르타가 참지 못하고 화를 냈다.

"이 나쁜 놈아! 내 수첩은 어디 있는 거야?"

"곰이랑 같이 있다니까. 틀림없어. 곰이랑 같이 있어."

6

앙헬은 불안한 마음으로 집에 돌아왔다. 뭔가 잘못되는 느낌이었다. 영혼이 완벽하게 맞춰지지 않은 느낌이었다. 꼼꼼히 생각하고 난 뒤에나 설명할 수 있는 그만의 느낌이었다.

앙헬은 이렇게 생각하곤 했다.

'모든 것이 제자리에 온전히 있는 순간에는 영혼도 육체와 완벽하게 맞물려 있지. 흔히들 육체와 영혼을 적대 관계로 여기지만 사실 둘은 서로를 잘 이해해. 오히려 질서가 깨지는 순간 영혼은 튕겨 나오고, 영혼이 육체와 맞물려 있지 않아 우리 내면은 불편해지고 언짢아지지. 그러면 우리는 잃어버린 균형을 되찾을 때까지 이런저런 노력을 해. 그러다 마침내 균형을 찾으면 영혼도 제자리로 돌아와 모든 것이 딸각 하고 제대로 맞물리지. 내가 여러 번 들은 소리, 딸각!'

지금 앙헬의 내면은 질서가 깨지고 있었다. 앙헬은 학교에서 가장 믿음직한 음악 선생 라켈에게 노르 이야기를 꺼냈다. 라켈은 앙헬이 손대기에는 너무 심각하고 복잡한 문제이니 조심하라고 말했다. 학교 당국에 보고해서 노르를 사회복지 센터로 넘기는 것이 최선일 터였다.

"노르네 가족에 대해서 들은 이야기 있어요?"

앙헬이 물었다.

"아뇨, 제 학생이 아니라서요. 작년에 나이트클럽에서 남미 학생인 마리벨랴가 붙잡혔던 사건 기억하시죠? 제가 그 일로 오랫동안 곤욕을 치렀잖습니까."

앙헬도 기억하는 사건이었다. 마리벨랴는 라켈 선생이 클럽 주소를 주어서 일한 거라고 거짓말했다. 또 다른 말을 지어냈는지도 모를 일이었다. 왜 마리벨랴가 그런 말을 만들어 냈는지 아무도 몰랐다. 그 일로 라켈은 소년 법원에 여러 차례 출두해야 했다.

앙헬은 라켈이 건네는 조언에 고마워했다. 라켈은 진심으로 앙헬을 걱정했고 충고해 주었다. 다만 이번 일은 조금 달랐다. 자신의 학생이 숙모에게 편지를 남겼고, 그 편지는 앙헬에게 보내는 것이었다. 자신의 학생이 도움을 요청하고 있었다.

'뭘 도와 달란 말이지? 이 상황에서 무엇을 할 수 있단 말인가?'

텔레비전을 켰다. 2년 전부터 혼자 살고 있지만 고요함에는 아직 익숙해지지 않았다. 혼자 밥 먹으려고 상 차리는 일에도 익숙해지지 않았다. 식탁보와 접시, 나이프와 포크, 컵, 포도주, 요리, 후식과 같은 화려함이 이제 앙헬에게 아무 의미 없었다. 식사는 빨리 끝내고 싶었다. 그래야 아내가 떠올라 쓰려지는 속을 달랠 수 있을 테니까.

2년 전 아내가 세상을 떠났고 앙헬은 혼자가 되었다. 앙헬은 살던 도시를 떠나 남쪽에 있는 아무 마을에나 전근 보내 달라고 하여 알파라체로 배정을 받았다. 앙헬은 카스티야의 고원 출신이었지만 늘 남쪽을 그리워했다. 결혼한 뒤에는 베시야 데 트라스몬테에서 살았다. 베나벤테에서 아주 가까운 사모라의 작은 마을이었다. 앙헬은 이 마을에서 학생을 가르쳤다. 아내의 고향 세비야에는 신혼여행 때 딱 한 번 가 봤을 뿐이었다. 아내가 다시는 가고 싶어 하지 않았기 때문이다.

아내는 어렸을 때 아버지를 따라 세비야를 떠나야 했다. 그러는 와중에 뭔가 음울한 일이, 그 뒤로도 오랫동안 아내의 가족을 따라다닌 불명예스러운 일이 있었다. 그 일로 아내는 세비야에 가고 싶어 하지 않았다. 더욱 가슴 아픈 일은 아내가 고향을 몹시 좋아하지만, 그곳에 갔다가 일이 잘못되기라도 하면 사모라에서마저 살 수 없게 될지도 모른다는 점이었다.

그리하여 아내가 이따금 떠올리던 어린 시절의 추억과 앙헬이 만들어 낸 상상으로, 기쁨 넘치는 찬란한 남쪽 지방의 전설이 완성되었다. 이제 아내는 세상에 존재하지 않았다. 아내한테서 받은 기쁨은 누구한테도 받지 못할 터였다. 앙헬은 어쩌면 세비야에 가면 무언가 그의 영혼을 위한 것을 만날 수 있으리라 기대하며 베시야에서 살던 집 문을 닫았다.

알파라체가 세비야는 아니었지만 상관없었다. 앙헬은 알파라체에 들어서자마자 도회적인 특징에 매료되었다. 앙헬은 고독도 편리함도 무관심도 바라지 않았다. 모든 것을 잊고 다른 사람인 듯이 살고 싶었다. 그래서 시끌시끌한 소음이 좋았고, 내면의 소리를 듣고 싶지 않았기 때문에 사람들 가까이 지내는 것이 좋았다. 그런 이유로 첫 달에는 여관에서 머물렀다. 그러다 값이 싸고, 알파라체에 최근에 들어온 사람들, 가장 가진 것 없는 사람들이 사는 곳, 바로 바벨탑에서 살기로 했다.

앙헬은 4층 B호에 방을 얻었다. 이제 그곳에서 아무 의욕 없이 저녁 식사를 준비하고 있었다. 앙헬은 창밖을 내다봤다. 도시는 그의 고독에 아무 관심이 없는 듯 보였다. 그리고 앙헬의 운명은 한 학생을 향해 내달리고 있었다. 밤에는 모든 것이 비인간적이고 차갑게 느껴진다. 텔레비전 소리에 다시 거실로 눈길을 돌렸다. 지금처럼 사모라에서도 그와 함께 밤을 보내 준 뉴스 진행자 마티아스 프랏이 유감스럽다는 표정으로 뉴스를 전하고 있었다. 타리파 해안에 폭우가 내려, 이민자들이 탄 배 여러 척이 길을 잃고 이 순간까지 해안에 도착하지 못했다는 소식이었다.

"경찰이 계속해서 수색 작업을 하고 있습니다."

앙헬은 노르 생각이 났다. 가방을 찾아서 다시 편지를 꺼냈다. 노르는 왜 자신에게 그런 이야기를 했을까? 분명 앙헬에게 그 이상은 부탁할 수 없었을 것이다. 하지만 노르가 무언가를 바란다는 사실은 알았다. 노르 자신에게도 말하기 두려운 것을. 도와주세요. 함께 있어 주세요. 동생 찾는 것을 도와주세요. 만일 노르가 자기 아들이었다면 혼자 가게 놔뒀을까? 아무런 도움도 주지 않은 채 불행에 빠질 수도 있는 길을 가게 놔뒀을까? 텔레비전에 나오는 영상을 보며, 그의 무관심이, 모든 것을 잊고자 하는 그의 의도가 한층 더 인간답지 못하게 느껴졌다.

앙헬은 잠옷을 입고 커피를 준비했다. 그리고 노르의 편지를 다시 읽기 시작했다. 갑자기 기분이 나빠졌고 자신이 경멸스러웠다. 앙헬은 커피포트에서 물이 끓는 동안 편지를 또 읽었다. 물이 끓자 불에서 커피포트를 내리려고 일어섰다. 이제 결심이 섰다. 커피를 마시고 그 일을 행하기 위해 복도로 나왔다.

7

"서두르자. 찬카를 빨리 찾을수록 네 수첩을 손에 넣을 가능성
은 높아질 테니까."

마르코스가 베르타에게 말했다.

두 사람은 자전거를 바벨탑에 세워 놓고 가토 거리로 걸어갔다.
이 동네는 분위기가 좋지 않았다. 물론 이곳에도 실업과 무기력에
투쟁하는 정직한 가족들이 많이 살고 있었다. 그러나 소규모 마약
거래상들과 세상을 혼탁하게 만드는 위험한 몇몇 조직들도 함께
사는 곳이었다. 이 말은 가토에 살고 있는 롤로가 한 말이었다. 롤
로야말로 자신이 사는 이 지역을 사회학적으로 가장 잘 분석한 인
물이었다. 그래서 두 사람은 먼저 롤로를 만나러 갔다.

롤로는 가토 중심가에 살고 있었다. 카나리아 새장을 청소하러
발코니에 나올 때마다 그가 '보잘것없는 불량배들'이라고 부르는

사람들을 쳐다봤다. 롤로는 그런 사람들을 자세히 살펴보기를 좋아했다. 그들은 손발을 맞춰 놓고, 손님이 오면 미리 짜 놓은 각본대로 움직이고는 똑같은 결말을 이뤄 냈다. 경찰도 그들을 알고 있었다. 그러나 아주 가끔만 누군가를 멈춰 세워 가방을 검사했다. 경찰은 그들에게 욕설을 퍼부어 댔다. 그러면 그들은 풀이 푹 죽어 있다가, 경찰이 가 버리면 금세 본래대로 돌아갔다. 기가 죽은 척했다가 다시 기운을 찾고 큰소리치는 모습이 가관이었다.

롤로는 그러한 분위기를 증오했다. 의도대로든 아니든, 누나와 그곳에서 꼭 나가기로 했다. 롤로와 누나는 가난을 비난했다. 가난한 사람과 부유한 사람, 행복한 사람과 불행한 사람은 불의 때문에 생긴다고 생각했다. 각자 자신의 삶을 찾아야 한다는 말 따위는 흘려들었다. 그러면서도 나태와 포기, 안이한 태도, 마약을 끊지 못하는 모습도 참지 못했다. 롤로는 의무란 주어지면 확실하게 이행해야 한다고 생각했다. 또 도둑질과 거짓말을 경멸했다. 이 두 가지 금기 사항이 롤로의 도덕 세계를 유지하는 기둥 같았다.

이런 모습은 부모님의 영향이 컸다. 롤로의 부모님은 가난에서 품위 있게 벗어나는 모습을 보여 주었다. 또 무엇보다도 문화적 가치를 높게 평가했다. 이러한 성향은 학교에서 잘 드러났다. 롤로의 부모님은 자기 자식을 가르치는 선생에게 이렇게 말하곤 했기 때문이다.

"저희는 우리 아이들이 대학에 가길 바랍니다. 그러려면 선생님들이 꼭 도와주셔야 해요. 우리 아이들이 그릇된 행동을 보이면 톡톡히 벌을 줄 수 있게 말씀해 주세요."

선생들은 이런 말을 듣고 감동했다. 요즘 부모들은 뭔가 항의하거나 선생들한테 불만이 있을 때만 학교를 찾아오기 때문이다. 그러나 롤로는 학기 초마다 부모님이 이런 말을 하고 다니는 게 짜증스러웠다. 그래서 선생들이 먼저 부모님을 부르는 일이 절대 없도록 신경 썼다. 그러느라 언제나 바르게 또는 적어도 신중하게 행동했다.

마르코스와 베르타는 롤로를 만나러 갔다. 롤로라면 가토 거리를 손바닥 보듯 훤히 알 거라고 생각했다. 롤로의 어머니가 문간에서 이웃과 이야기를 나누고 있었다. 마르코스가 어머니에게 롤로가 어디에 있는지 물었다. 어머니는 마르코스에게 반갑게 인사를 건네고 위층으로 올라가라고 했다. 롤로의 어머니는 마르코스를 좋아했다. 마르코스가 제대로 교육받은 훌륭한 집안의 아들이라고 생각했고 롤로에게도 좋은 친구라고 생각했다. 그러나 베르타는 좋게 보지 않았다. 잘난 척하는 아이라고 생각하며 롤로가 베르타를 만나러 바벨탑에 가는 일이 없도록 신경 썼다. 아들의 발전만을 바라는 어머니란 잘못된 상상으로 사람을 출신지에 따라 판단하기도 한다.

롤로는 피토와 피티팔디스 노래를 들으며 집에 있었다. 마르코스와 베르타는 찬카를 찾으러 함께 가 주겠느냐고 물었다.

"그 사람은 왜 만나려고?"

"설명하자면 좀 길어."

마르코스는 베르타가 환영이 어쩌고저쩌고한다는 이야기를 꺼낼까 봐 재빨리 말했다.

"베르타가 수첩을 잃어버렸는데, 그 사람이 가지고 있는 것 같아."

"근데 찬카가 너희랑 무슨 상관이 있는데? 그 사람은 헌 장난감들을 시장에 내다 파는 사람이잖아."

"바로 그래서 그래, 롤로. 우리 엄마가 내 수첩을 곰 인형이랑 같이 쓰레기통에 버렸거든. 그래서 찬카가 가져간 것 같아."

롤로는 뭔가 꺼림칙한 눈길로 바라보았다. 그래도 친구들 도와주길 좋아하는 아이였다.

"찬카가 믿을 만한 사람이 못 된다는 건 알지?"

"무슨 말이야?"

"쓰레기 더미에서 찾은 장난감만 팔아서 먹고살 수 있다고 생각해?"

"마약도 팔아?"

"글쎄."

"우리는 수첩만 찾고 싶을 뿐이야."

"그래. 하지만 두 멍청이가 자기 집 주변을 어슬렁거리는데 좋아하겠어? 게다가 수첩을 가지고 있다 해도 거저 주진 않을걸. 돈을 내라고 하지."

마르코스는 베르타를 바라보았다. 자신은 그 수첩에 한 푼도 쓰고 싶지 않았다. 베르타 생각은 어떨지 궁금했다.

"나는 그 수첩을 찾아야 해. 돈을 내라고 하면 내야지. 그러니까 그 사람 집에 데려다 줘."

"찬카는 집에서 안 살아. 동네 뒤쪽에 있는 움막에서 살지. 지금 지하철 공사 중인 에스타카다 쪽이야."

롤로가 말했다.

강으로 이어지는 계곡에 언덕들이 있고, 이곳에 알파라체가 들어서 있었다. 지금은 언덕에 움막촌이 형성되어 도로 쪽으로 점점 더 침범해 오고 있었다. 주로 잠깐 스쳐 가는 떠돌이들이 머무는 곳인데, 그중에는 찬카처럼 몇 년씩 정착해서 사는 사람들도 있었다. 하지만 앞으론 모를 일이었다. 옆 동네부터 지하철 공사가 진행 중이어서 풍경이란 풍경은 모두 쓸어버리려는 참이었기 때문이다.

"어쨌든 우리가 잃을 건 없잖아."

베르타가 고집을 부렸다.

"좋아. 데려다 줄게."

롤로가 피토의 시디를 꺼내며 마르코스에게 말했다.

"이 시디 지금 가져가려면 가져가."

마르코스가 전에 빌려 달라고 했던 시디였다.

"아냐. 다른 날 빌려 줘. 지금은 들고 가기 싫어."

셋은 집을 나왔다. 저녁 무렵이었다. 태양이 산허리에 슬픈 작별 인사를 쏟아 붓고 있었다. 할 일 없는 사람들이 고속도로를 가로지르는 다리에 멈춰 서서 위엄 가득한 찬란한 저녁노을을 바라보고 있었다. 노을빛 아래에서는 세상이 달라 보였다. 저마다 지닌 비참함과 고독도 황금빛으로 물들어, 순간 태초의 낙원으로 돌아간 듯했다. 이윽고 태양은 자신을 붙잡아 두고 싶어 하는 사람들의 눈빛을 무시하고, 지평선 속으로 잠겨 버렸다. 그러자 아담들은 낙원에서 추방되었고, 또다시 고통의 삶을 살기 위해 일상으로 돌아와야 했다.

"이쪽으로 가자. 빨리. 어두워지면 진흙탕에서 고생하게 될 거야."

롤로가 재촉했다.

비가 내렸다. 산등성이는 축축했고, 사람들이 밟고 다니는 오솔길 곳곳에 물웅덩이가 생겼다. 몇 미터를 내려가자 오른쪽으로 좁은 길이 나 있었다. 이어 심하게 경사진 비탈길이 펼쳐져 어쩔 수 없이 멈춰 섰다. 깎아지른 듯 가파르고 미끄러워서 내려갈 수 없을 듯한 그곳에 찬카의 움막이 있었다. 롤로가 먼저 내려갔고 이어 베르타가 내려갔는데, 속도가 붙어 멈출 수가 없었다. 롤로가 팔을 벌린 채 베르타를 기다렸다. 베르타를 껴안게 될 줄 빤히 알고 피하지 않았다. 베르타한테서 풍기는 몸의 열기와 숨결을 얼굴 가까이에서 느끼고 나서야 당황해서 얼른 떨어졌다.

아이들이 내려오는 소리를 듣고 개들이 사납게 짖기 시작했다.

"뛰지 마. 더 위험해."

롤로가 말했다.

개들이 입을 크게 벌리고 사납게 짖어 대는 통에, 셋은 찰싹 붙어 있었다. 이런 위험한 상황에서도, 롤로는 위험을 앞둔 베르타가 자기가 아니라 마르코스에게 붙어 있다는 사실을 알아차렸다.

'베르타를 위해 죽을 각오가 된 사람은 나인데.'

롤로가 생각했다.

개들이 바싹 다가와 있었다. 그때 찬카의 목소리가 들렸다.

"어떤 놈들이 어슬렁거리는 거야?"

"저희예요, 선생님……."

셋 중에 찬카^{때리다, 괴롭히다'라는 뜻}의 진짜 이름을 아는 사람은 아무도 없었다.

"저기, 장난감 선생님……."

농담을 잘하는 마르코스가 버릇처럼 소리쳤다.

"바보야, 저 사람하고는 농담하면 안 돼."

롤로가 나무라듯 말했다.

베르타는 롤로가 심각하게 말하는 태도에 놀랐다. 그곳에 있어서 위험할 수도 있겠다는 생각이 처음으로 들었다. 마침내 몇 장이 드리워진 천 뒤에서 땅딸막한 사람이 나타났다. 무릎 아래까지 내려오는 이상한 겉옷을 입은 차림새였다. 눈썹 위로 난 무시무시한 상처가 눈을 뒤덮다시피 했다.

"빌어먹을 놈들. 도대체 뭐야?"

"저희는 빌어먹지 않는데요."

마르코스가 다시 농담을 걸었다.

롤로는 마르코스가 던지는 농담을 참을 수 없는 반면, 베르타는 그 순간 농담이라도 하게 내버려 두고 싶었다. 찬카가 그들 옆으로 다가와서 개들을 물러가게 했다. 아이들이 와서 놀란 게 분명했다. 그를 만나러 움막까지 찾아오는 사람은 아무도 없었기 때문이다.

"쓰레기장에 계신 분이 여기에 가 보라고 하셨어요."

베르타가 바실리오의 이름을 언급하지 않으려고 애쓰며 말했다.

"누가 너희를 보냈다고?"

마르코스가 쓰레기를 지키던 사람 이름을 기억해 냈다.

"바실리오라는 분이셨어요. 선생님께서 곰 인형을 갖고 계신다고 들었어요."

찬카가 인상을 썼다.

"뭐라고? 쓰레기장에 있는 건 그 누구의 것도 아니야. 내가 찾아낸 걸 인제 와서 달라고 하면 안 되지. 내가 쓰레기들을 닦아 쓰는데, 누가 뭐라고 해?"

베르타가 나섰다.

"그게 아니라요, 저는 곰 인형을 원하는 게 아니에요."

롤로가 상황을 제대로 이해하지 못한 채 그들을 바라보았다. 초

현실주의 대화의 한 장면을 보는 것 같았다.

"그럼, 뭘 원한다는 건데?"

"까만 수첩을 찾고 있어요, 선생님. 선생님께는 아무 가치도 없는 거예요. 하지만 저한테 중요한 것들을 수첩에 써 놓았거든요. 곰 인형 옆에 있었기 때문에 선생님께서도 쓰레기장에서 그 수첩을 보셨으리라 생각했어요."

남자는 돈 벌 기회를 놓쳤다고 생각하고는 머리를 긁적였다.

"그 수첩은 이제 나한테 없어."

셋은 서로 쳐다보며 생각했다.

'그렇다면 본 적이 있단 말이잖아.'

"탑에 사는 피자 만드는 놈 있잖아, 스테파노. 그놈한테 줘 버렸어."

"스테파노요? 선생님께서 그 수첩을 스테파노한테 주셨다고요?"

남자는 베르타가 선생님이라고 꼬박꼬박 존칭을 써 주자 기분이 좋아졌다. 자신을 그렇게 불러 준 사람이 아무도 없었기 때문이다. 그래서 조금 부드러워진 마음으로, 자신이 생각해도 우습지만 베르타에게도 아가씨 대접을 해 주기로 했다.

"아가씨, 아가씨가 원한다면 그 이탈리아 놈한테 말해서 내가 찾아 줄 수 있어. 그놈한테는 분명히 그게 필요 없을 테니까. 그걸 몇 장 넘겨 보더니 윈스턴 한 갑과 바꾸자고 하더군."

"몇 장을 넘겨 봤다고요? 뭔가 읽었어요?"

"그놈은 읽을 줄 모를 텐데."

"틀림없이 첫 장에 쓰여 있는 제 이름하고 주소를 봤을 거예요. 그래서 가져간 거예요. 제 일기장인데…… 나쁜 놈 같으니라고."

순간 움막을 닫아 놓은 판자 뒤로 키가 크고 마른 유색인의 젊은 여자가 지나갔다. 개들이 여자를 향해 짖기 시작했고 찬카는 불편하다는 듯 뒤를 돌아보았다. 여자는 그림자처럼 빠져나갔다.

"이제 됐다. 어서들 꺼져."

찬카가 더 설명할 시간도 주지 않고 돌아서자마자 개들이 다시 짖기 시작했다. 셋은 개들이 쫓아오기 전에 오르막길 대신 도로로 내려가는 길을 택했다. 그 길로 가면 물웅덩이를 건너야 하고 분명 신발도 젖을 테지만 어쩔 수 없었다. 산허리가 부서져 내리고 있었다. 지하철 기반을 마련하기 위해 굴착기가 땅을 고르기 시작했기 때문이다. 비탈길이 파헤쳐지고 한순간 모든 것이 무너져 내릴 듯이 보였다. 언제나처럼 개발 때문에 뿌리가 약해지고 있었다.

8

바벨탑의 복도는 늘 소음으로 가득했다. 텔레비전 소리, 각자 떠들어 대는 소리, 저녁 준비를 하며 접시 부딪히는 소리, 아이들이 외치는 소리, 문에 공이 부딪히는 소리. 종족마다 본성을 깨고 진화해 가던 시절처럼 활기가 느껴지는 소음이었다.

'저것이 본성이었단 말인가?'

앙헬은 엘리베이터를 타지 않고 7층까지 걸어 올라가 복도를 지나갔다. 복도를 거닐며 벽에 있는 낙서들을 읽었다. 하나같이 모욕적이고 천박한 말들이었다.

'왜 이런 글을 써 놓았을까? 왜 자기 집을 수렁으로 만들까? 이런 것은 고칠 수 없는 걸까?'

나중에 학생들에게 벽에 글을 써서는 안 된다, 누구도 다른 사람을 모욕하면 안 된다, 인간의 품위는 그 어떤 상황보다 우위에 있다는 말을 어떻게 설명할 수 있을까? 그날 아침에도 '인간의 품위에 어떠한 조건도 달 수 없다. 모든 조건 위에 있다.'고 말한 기억이 났다. 이제 복도의 낙서들을 보자 자신이 내뱉은 말이 얼마나 바보 같았는지가 느껴졌다.

'내가 왜 그렇게 말했지? 왜 계속 그런 말을 했지? 누가 알아들었을까? 아이들이 누군가에게 좋은 일을 한 적이 있을까?'

머릿속에 마르코스와 롤로의 얼굴이 스쳐 지나갔다. 앙헬은 누군가는 자신이 한 말을 이해했으리라, 적어도 알아들은 누군가를 위해서라도 그러한 말을 계속 해야 한다고 생각했다.

복도 끝에는 초록색으로 칠해 눈에 확 띄는 문이 하나 있었다. 'H'라는 글자가 보였다. 바로 노르가 자기 공책에 쓰던 글자였다. 그곳까지 올라오기는 처음이었다. 앙헬은 자신이 잘하고 있는 것인지 의심스러웠다. 하지만 한번 시작한 일은 끝을 보는 성격이었다. 이미 시작한 길에서 뒤돌아서서는 안 되며, 포기하기보다 끝까지 가는 쪽이 훨씬 더 좋은 결과를 가져온다는 것을 살면서 배웠다. 그래서 더는 생각지 않고 벨을 눌렀다. 매미 울음 같은 소리가 났다. 기다렸다. 안에서는 아무 소리도 들리지 않았다. 다시 벨을 눌렀다. 몇 초가 지났다. 누군가 안에서 움직이는 소리가 들렸지만 문은 열리지 않았다.

앙헬은 누군가 들으리라 생각하고 입을 열었다.

"저는 노르의 선생님입니다. 이야기를 하고 싶어 왔습니다."

다시 무슨 소리가 들렸지만 안에서 나는 소리 같진 않았다.

"여보세요, 안에 누구 안 계세요?"

앙헬이 다시 큰 소리로 외쳤다.

그때 옆집 문이 열렸다. 빼빼 마른 노인이 얼굴을 내밀었다. 목에 목도리를 두르고 안경을 손에 들고 실내화를 신고 있었다. 바벨탑에서 처음 보는 얼굴이었다.

"문은 열리지 않을 거요. 모두 떠나 버렸거든."

앙헬은 누군가 자신을 엿보고 있었다는 느낌에 마음이 불편해졌다. 예의상 감사하다는 몸짓을 하고 돌아섰다.

"노르의 선생님이라고 하셨던가요?"

"네, 제가 학교 선생입니다. 노르는 제 학생이었고요."

"사 층에 사시지요?"

"아니, 그걸 어떻게 아십니까?"

"식사 준비하시는 모습을 마당에서 본 적이 있거든요. 이거, 실례했소. 내 이름은 힐 아마도르라고 합니다."

노인이 손을 내밀었다. 앙헬은 어쩔 수 없이 노인 손을 잡았다.

"앙헬 마르티네스입니다."

"반갑구려. 부디 내가 남의 일이나 엿보는 사람처럼 생각지 말아 주오. 이곳에서 일어나는 일에는 아무 관심도 없소이다. 다들 빈곤을 대물림받은 터라 가난에 허덕이고 촌스럽고 염치없기도 하지요."

앙헬은 바벨탑에서 이런 대화는 처음이었다. 7층 복도에서 코앞에 나타난 인물이 유령이 아닌가 싶을 정도였다.

"여기에 산 지 얼마 안 돼서 아직 이웃을 잘 모릅니다."

앙헬은 간신히 이렇게만 말했다.

"한 사람을 알아 가는 것이 모든 사람을 알아 가는 것이지요. 아니, 한 남자와 한 여자라고 하는 게 낫겠군요. 그래야 인간 한 쌍에 대한 생각이 잡힐 테니까요. 다를 게 없지요. 모두 같은 가위로 재단되었으니까요. 천박한 가위지요. 이 옷을 자른 재단사 이름은 '불고 레불고속되고 속되다는 뜻 선생'이랍니다."

앙헬은 웃어야 할지 말아야 할지 종잡을 수 없었다. 자신도 그 가위로 똑같이 재단된 사람 같았기 때문이다.

"아, 별 뜻 아닙니다. 신경 쓰지 마세요. 지평선을 살피면 '이마고 문디세계의 모습이라는 뜻'가 잡히는 법이지요."

앙헬은 노인 입에서 흘러나온 라틴어가 반가웠다. 노인이 어떤 사람인지 아직 잘 몰라도, 바벨탑에서 특별한 존재처럼 느껴졌다.

"그렇군요. 옳은 말씀이신지 생각해 보지요."

"실례지만 한 가지만 더 여쭙겠소. 선생은 어떤 과목을 가르치시오?"

앙헬은 말하고 싶지 않았다. 이제 막 알게 된 사이치고 질문이 거침없게 느껴졌지만 대답해 주었다.

"철학입니다."

"세상에나! 선생이 가진 구리 동전에 어제의 황금이 있나요?"

앙헬은 무슨 말인지 몰라서 어쩔 줄을 몰랐다. 노인은 앙헬이 당황한 것을 알아차렸다.

"마차도스페인의 시인식 농담이었소. 다음 기회에 설명해 드리리다. 어쨌든 선생을 알게 되어서 기쁘구려. 옆집에 누군가 돌아오면 선생께서 찾으셨다고 말씀드리지요."

"아닙니다. 아무 말씀도 마세요. 그분들을 불편하게 하고 싶지 않거든요."

"그럼 그렇게 하지요."

노인은 들어가서 문을 닫았다. 앙헬은 뒤도 돌아보지 않고 돌아왔다. 유령과 마주친 기분이었다. 바벨탑에 사는 학생을 만나면 힐 아마도르라는 사람이 누군지 물어보고 싶은 마음뿐이었다. 집으로 들어가기 전에 금과 구리, 마차도식 농담을 다시 떠올려 봤지만 무슨 뜻인지 알 수 없었다.

9

노르와 그의 가족에 대해 아는 사람은 거의 없었다. 아프리카에서 불법으로 이민 온 사람들이 그렇듯, 노르네 가족도 남몰래 이 나라에 들어왔고 아무도 모르는 곳에서 유령처럼 살아야 했다. 이들은 확실한 법적 도움과 조치가 있어야 실제 존재하는 인간으로 빛을 볼 수 있었다. 노르네 가족도 분명 이런 일을 겪었을 것이다. 스페인에 들어서면서, 또 알파라체에 오기 전까지 머문 곳곳에 아무런 흔적을 남기지 않았을지라도, 노르네 가족이 거쳐 온 여정이 어땠을지 짐작이 가고도 남을 일이었다. 고통스러웠을 여행길, 가족끼리 다시는 만나지 못할지도 모를 불안감, 꿈꾸던 행복을 얻기 전에 길바닥에 주저앉아 버릴지 모를 두려움에 시달렸을 터였다.

"아프리카 사람한테 유럽은 낙원이에요."

이민 생활이 어떤지 앙헬이 물었을 때 노르가 한 말이었다. 하지

67

만 노르가 어떻게 알파라체에 들어왔는지, 왜 이곳에 왔는지는 아무도 알지 못했고 아무도 이야기하지 않았다.

노르는 부지런하고 조심성이 많은 아이였다. 스페인어도 완벽하게 구사했다. 친구들과도 잘 어울렸다. 새로운 세계에 적응하는 데에 특별한 능력을 지녔다. 더구나 살던 나라에서 프랑스어를 쓴 덕분에 프랑스어 수업에서 뛰어난 실력을 보였다. 앙헬은 출석을 부를 때 다시 노르를 불러 보았다. 아무도 대답하지 않자 앙헬이 물었다.

"노르가 왜 안 오는지 아는 사람?"

"감기가 들었나 보죠. 노르는 결석을 하지 않으니까요. 결석했다면 아프기 때문일 거예요."

학생 하나가 말했다.

"누구 노르 집에 가 본 사람 있니?"

예삿일이 아닌 듯 이 질문은 어색하게 들렸다. 사실 친구들도 노르가 학교 밖에서 어떤 삶을 사는지 자세히 아는 바가 없었다. 아직은 조심스러워서 아무것도 물을 수가 없었다. 다른 아이들보다 더 큰 어려움을 겪고 있으리라는 생각에, 일이나 가족에 대한 질문은 다들 피하고 있었다.

"바벨탑에 살아요."

베르타가 말했다.

"나도 노르가 바벨탑에 산다는 것은 안다. 나도 거기에 사니까."

앙헬 말고는 노르가 떠난 사실과 그 뒤로 행방이 묘연해진 사실을 모르는 듯했다.

"선생님만 괜찮으시다면 노르네 가서 물어보시면 되겠네요."

베르타가 말했다.

"그래도 좋겠구나. 만나면 좋고 못 만나도 어쩔 수 없지. 내가 가족과 만나 보마."

앙헬은 수업을 시작했다. 공책을 꺼내어 그날 주제를 이야기했다. 앙헬과 같은 철학자에게는 아주 흥미로운 주제인 '지각'이었다. 즉 세상을 파악하는 방식, 의식이나 습관, 생각하려 해도 일상 속에서 생각을 발전시키지 못하는 어려움을 다루기로 했다.

앙헬은 학생들과 실험을 했다. 해마다 이때쯤 하는 수업이었다. 보고 있다고 믿고 있지만 실제로는 보지 못하는 것을 짚어 보며 학생들이 어떻게 서서히 눈뜨는지 보고 싶었다. 그 실험이란 다음과 같았다.

앙헬은 책상에 아무 물건이나 늘어놓았다. 손목시계, 책, 열쇠, 칠판지우개, 여행용 티슈……. 그러고 나서 학생들에게 두 눈으로 본 것을 정확하게 묘사하게 했다. 학생들은 너무나 평범한 질문이라 생각하고 비웃고 화를 내며 써 내려갔다. 그 전에 앙헬은 남몰래 재치 있는 학생 한 명을 따로 불러서 마치 원시인이 처음 그 물건들을 본 듯이 묘사하게 했다.

모두 글을 다 썼을 때 앙헬은 각자 쓴 것을 읽게 했다. 저마다 비

숫한 표현으로 책과 시계, 열쇠, 지우개, 티슈를 보았다고 했다. 곧 비밀리에 부탁해 둔 학생 차례가 되었고, 그는 동물, 은으로 세공된 보석, 제물 잡는 무기, 정교하게 무두질한 가죽을 보았다고 말했다. 아이들은 웃음을 터뜨렸다. 앙헬은 화난 척하며 그 학생에게 장난칠 때가 아니라고 혼을 냈다. 학생은 제대로 봤다고 고집을 부렸고, 앙헬은 학생을 교실 밖으로 쫓아냈다. 아이들은 그 광경을 보고 놀랐다. 모두 당황해 있을 때 앙헬은 진실을 밝히며, 옳은 사람은 하나도 없다고 말했다. 학생들은 무엇을 봤다고 말했지만 사실 보지 않은 것이라고 말이다. 이들은 동물이나 보석, 무기들을 본 것이 아니었다. 그렇다고 책이나 열쇠, 티슈를 본 것도 아니었다. 각자 봤다고 말한 것은 과거와 현재 지각의 산물이며 느낌과 경험, 기억, 지식의 복합체일 뿐이었다. 열쇠가 뭔지 모르는 문화에 속한 사람이라면 열쇠를 보았다고 말하지 않았을 것이다. 뭔지 모르지만 빛나는 어떤 것으로 생각하고 그것이 어디에 쓰일지 상상해 보려 했을 것이다. 이처럼 생각을 실제와 구별하는 것이 철학의 첫 번째 과제였다. 앙헬은 이 과제를 무척 중요하게 생각하여 열정적으로 설명했다.

앙헬은 노르가 있기를 바랐다. 노르라면 아마 다른 시각으로 그 수업을 완성했을 터였다. 그러나 노르를 그리워하는 아이는 아무도 없는 듯했다. 모두 노르의 부재를 의식하지 않은 채 수업은 이어졌다.

"개는 사람과 다른 방식으로 세상을 볼 것 같아요. 개의 세계에 서는 시각보다는 후각을 따르지 않을까요?"

어떤 학생이 질문했다.

"그렇지. 개는 색을 보지 못한다고 하지. 그러니 개한테 컬러텔레비전을 보여 주는 것은 낭비인 셈이지."

학생들이 웃음을 터뜨렸다. 앙헬은 다음 날 수업을 위해 숙제를 내 주었다. 선입관 없이 생각나는 대로 묘사하기였다.

"사물의 본질을 요약하는 작업이란다. 이 숙제가 무슨 의미가 있는지는 내일 알려 주지. 그러나 그 전에 먼저 이것을 읽고 비슷한 것을 써 보도록."

앙헬은《율리시스》에서 한 단락 복사해 온 인쇄물을 아이들에게 나눠 주었다.

산길에 있는 외로운 호텔. 가을. 황혼. 타오르는 불꽃. 어두운 모퉁이에 한 젊은이가 앉아 있다. 젊은 여성이 들어간다. 흥분한 듯하다. 외롭다. 앉는다. 창가로 간다. 서 있다. 앉는다. 황혼. 생각한다. 외로운 호텔의 종이에 글을 쓴다. 생각한다. 글을 쓴다. 한숨짓는다. 마차 바퀴들과 말발굽 소리. 뛰어나간다. 그가 어두운 모퉁이에서 나타난다. 외로운 종이를 집어 든다. 불가로 가져간다. 황혼. 읽는다. 외로움.

앙헬이 교무실로 내려오자 문학 선생이 와서 성주간부활절 전의 일주일 스페인에서는 이 기간에 모든 학교가 방학함 지나고 열릴 시 낭송회에 참가할 수 있느냐고 물었다. 앙헬은 어떤 대답을 해야 할지 몰랐다. 자신이 맡을 역할은 무엇일지, 왜 자신에게 부탁을 하는지 의아했다. 앙헬의 발음이 어눌하게 들린다는 사실은 모두가 알고 있던 터였다.

"사랑의 시 한 편을 골라서 읽기만 하시면 돼요. 선생님 같은 분을 포함해서 어떤 사람이라도 부끄러워하지 않고 사랑의 시를 읽을 수 있다는 점을 보여 주고 싶은 거죠. 많은 남학생이 시 낭송은 여자애들이나 하는 것으로 생각하며 부끄러워하잖아요."

그 말에 앙헬은 더욱 당황했다. 시를 소녀들만의 것으로 여긴 적도 없거니와 그렇게 여기는 사람도 없는 줄 알았다. 그런데 문학 선생이 그런 생각을 했다니. 앙헬은 용기를 내어 자신의 감수성을 드러내 보리라 마음먹었다. 그리하여 학생들이 부끄러움을 덜 느낀다면, 잘하지는 못해도 관객 앞에서 시를 읽는 위험과 맞닥뜨려 보리라 생각했다.

"좋습니다. 해 보지요. 낭송일이 가까워지면 다시 알려 주세요."

"성주간 방학 끝난 뒤입니다."

문학 선생이 가고 난 뒤 앙헬은 그가 한 말을 곱씹어 보았다.

"선생님 같은 분을 포함해서 어떤 사람이라도 부끄러워하지 않고 사랑의 시를 읽을 수 있다는 점을 보여 주고 싶은 거죠."

'선생님 같은 분을 포함해서 어떤 사람'이란 어떤 사람일까? '선생님 같은 분'이란 무슨 뜻일까? 드물다? 산문적이다? 사랑의 감각이 없다? 언어에는 함정이 있게 마련이었다. 앙헬은 그것을 밝히기 위해 철학이 존재한다고 생각했다.

10

베르타는 어떻게 해서든 스테파노를 찾으려고 했다. 스테파노가 순수한 마음으로 수첩을 차지했을 리가 없었다. 베르타를 놀리거나 베르타를 자기 손에 넣으려는 수작일 터였다. 스테파노는 멀리서 계속 베르타를 주시하고 있다는 사실을 숨기지 않았다. 베르타의 어머니는 스테파노와 함께 있지 말라고 했다.

친구들과 모여 뭔가 일을 꾸미곤 하는 곳에도 스테파노는 없었다. 베르타는 수첩을 찾기로 한 이상 용기를 내기로 했다. 베르타는 스테파노의 집으로 갔다. 스테파노는 2층에 살고 있었지만 거의 집에 없었다. 때로는 피자 가게에서 잠까지 잤다. 2층에 올라가 스테파노네 문 앞에 서자 문을 두드리기가 부끄러워졌다. 그러나 벨을 눌렀다. 몇 초쯤 기다렸다가 돌아서려던 순간, 문이 열리고 스테파노가 나타났다.

"너, 여기서 뭐 하는 거야? 뭐 하러 왔어?"

스테파노가 밖으로 나와 문을 닫았다. 베르타가 집 안을 들여다보지 못하게 하려는 듯했다.

"잃어버린 수첩을 찾고 있어. 쓰레기 줍는 찬카한테서 네가 가지고 있다는 말을 들었어."

"지금은 빨리 가 주는 게 좋겠어. 나중에 이야기하자."

베르타는 영문을 몰랐다. 스테파노는 굉장히 심각하게 말했고 평소와 달라 보였다. 베르타는 당황해서 1초도 머무르고 싶지 않았다. 스테파노가 다시 들어갔는데, 안에는 사람들이 모여 있었다. 모두 밖에 무슨 일이 있는지 문 쪽을 쳐다보고 있었다. 문이 닫히자 베르타는 뒤돌아서 집으로 갔다. 모인 사람 중에 라시드도 본 듯했지만 확실하지 않았다. 곤란한 때에 들른 모양이었다. 안에서 무슨 일인가 꾸미고 있는데 베르타가 방해한 듯했다. 얼마 전부터 스테파노가 뭔가 떳떳하지 못한 일에 매달리는 듯이 보였다. 하지만 확실하지 않았다. 스테파노가 무슨 일을 하건 말건 상관없었지만, 그냥 돌아서야 한다는 사실에 화가 났다. 적어도 수첩은 찾아야 했는데 말이다.

집에 오니 방금 돌아온 엄마가 피곤해서 침대에 누워 있었다. 엄마는 베르타를 방으로 불러 잠시 옆에 있어 달라고 하며 그날 겪은 일을 이야기했다. 엄마와 딸은 마음을 터놓고 이야기할 시간이 별로 없었다. 엄마가 아빠와 이혼하고, 살던 곳을 떠나 알파라체로

온 뒤로 생활은 완전히 바뀌었다. 이곳에 살아서 좋은 것도 아니었다. 고향을 떠나기로 마음먹기 전까지, 상황은 점점 더 참을 수 없을 만큼 나빠졌다. 엄마 아빠가 서로 화를 내며 다투는 일이 이어졌다. 슬픈 표정과 무관심한 표정들……. 베르타는 온종일 밖에 나가 있었고, 아빠가 잠든 뒤에야 집으로 돌아왔다.

아빠는 2년 전부터 일을 하지 않았다. 공장에서 일하다가 기계 때문에 얼굴에 상처를 입고 1년 동안 일자리로 돌아갈 수 없었다. 그 뒤로 다시 일하려고 했지만 그 기계 앞에 가까이 다가갈 수 없었다. 정신과 의사들은 그러한 상황에 맞서 보라고 했지만 쉽지 않으리라는 사실은 의사도 알고 있었다. 상황에 맞서기 위해서는 너무도 강력한 의지가 필요했다. 상황은 점점 더 나빠졌다. 정확히 언제부터 집안이 절망스럽고 시끄러워졌는지 따질 수도 없었다. 늘 그랬던 것 같았다. 어린 시절의 기억만이 오아시스처럼 남아 있을 뿐이었다. 아득한 시절의 행복한 추억만이.

아빠와 엄마는 날마다 오후가 되면 마을 밖에 있는 주점에 들렀다. 베르타가 놀고 있는 동안 아빠는 오징어를, 엄마는 크로켓을 먹었다. 오징어와 크로켓을 한동안 낙원을 상징하는 농담처럼 여겼다. 그다음에는 엄마 아빠가 사라지기라도 한 듯이 아무런 기억도 없었다. 곧이어 재앙이 찾아들었다. 사고가 나고 병원을 드나들던 나날. 아빠는 유령처럼 붕대로 머리를 감싸고 돌아와 침묵했다. 상처는 나았지만 아빠는 기분이 늘 언짢았고, 결국 엄마와 갈라섰다. 어느 날 엄마는 사회 보험에 신청했던 일자리를 받아들이기로 했다. 그렇게 엄마와 딸은 고향을 떠나 알파라체에서 살게 되었고, 1년 뒤에는 할머니도 와서 같이 살았다. 차라리 집에서 모시는 쪽이 할머니를 돌보러 찾아가기보다 더 편했기 때문이다. 그때부터 할머니는 정해진 산책 시간 말고는 밖에 나가는 일이 없었다.

베르타는 엄마가 이야기하는 동안 아무 생각도 하지 않고 천장만 바라보았다. 엄마는 일터에서 생긴 일, 동료들 이야기, 동료들의 애인 이야기를 했다. 베르타는 조용히 듣고만 있었다. 어느 정도 시간이 흐르자 엄마의 말투에서 때때로 몰려드는 외로움을 어떻게 어루만지고 있는지가 느껴졌다. 베르타는 엄마 뺨을 마주 비비며 인사를 하고 '어쨌든 다행이다.'라고 생각하며 다시 분주한 자신의 일상으로 돌아왔다.

베르타는 엄마 침실을 나와서 자기 방으로 갔다. 침대에 누워 헤드폰을 끼고 스테파노가 준 시디를 들었다. 에로스 라마조티가 부르는 우울한 노래로, 스테파노가 만나는 사람마다 알려 주던 노래였다.

베르타는 스테파노 생각을 했다. 스테파노가 얼마나 변했는지를. 스테파노는 두 학기 전에 이 학교에 왔고, 베르타는 한동안 스테파노를 좋아했다. 곱슬머리를 한 스테파노가 손에 투명 파일을 들고 나타났을 때 베르타는 3학년이었다. 그때까지 아무도 투명 파일을 본 적이 없어서 눈길을 끌었다. 베르타가 스테파노의 곱슬머리에 관심이 있었는지, 아니면 예사롭지 않은 세련된 파일에 관심이 있었는지는 몰랐다. 선생님이 스테파노에게 누구인지 그리고 학기가 시작된 뒤에 어떻게 들어왔는지 묻고 나서야 모두 그가 이탈리아인이라는 사실을 알았다. 스테파노는 우연히 베르타 옆자리에 앉았고, 자리 배치를 다시 하면서 마르코스는 뒷줄에 앉게 되었다. 그때부터 마르코스는 심하게 질투를 느꼈다. 그때부터 적어도 두 달 동안, 베르타가 마르코스를 완전히 잊었기 때문이었다. 베르타는 모든 시간을 스테파노에게 바쳤다. 스테파노가 아직 친구가 없고 모든 것에 낯설어 수줍어할 때 스페인어 배우는 것도 도와주었다. 게다가 스테파노는 사람마다 자신을 좋아하게 만드는 재주가 있었다. 그는 어릴 때부터 외운 잡다한 시를 즐겨 읊었다. 이탈리아어가 풍기는 특별한 매력에 베르타는 더욱 가슴 설레었다.

"어떻게 언제나 네 옆에 있던 나보다 방금 온 전학생을 더 믿을 수 있는 거야? 나한테는 없고 걔한테만 있는 게 뭔데? 나도 시 좋아하거든? 그 녀석이 외우는 시가 안토니오 마차도의 시보다 더 나을 게 뭐가 있어?"

"그게 말이야, 마차도의 시는 여러 번 봤잖아. 게다가 시험에 나오고. 시험에 나오는 건 몽땅 지겨워."

베르타가 대답했다.

"늘 별 볼 일 없는 대답이지."

마르코스는 지적으로 스테파노보다 우위에 있음을 보여 주려고 시큰둥하게 말했다.

"마차도의 시를 여러 번 봤다고? 그럼 이 시도 본 적이 있나 한 번 들어 봐. '언제나 너와 함께 다니지만 / 네게 반대되는 것을 / 찾아보라.'"

마르코스는 문장이나 시구 또는 소설 시작 부분을 외워서 적절한 순간에 적용하는 재주가 있었다.

스테파노는 베르타가 풀리지 않는 문제가 있을 때마다 마르코스라면 해결할 수 있을 거라고 말하곤 해서 마르코스를 겨냥하여 비아냥거렸다.

"아, 그 책벌레! 책벌레가 아는 건 전혀 쓸모없는 것들이지."

그 시절 베르타는 스테파노가 하는 말을 모두 믿었다. 그리고 마르코스는 괄호 안에 집어넣은 채 석 달 동안 찾지도 않았다. 그러던 어느 날, 베르타는 스테파노가 말만 앞세우고 우쭐대는 인간이라는 사실을 알아차렸다. 스테파노는 그 누구를 위해서 아무것도 하지 않았다. 베르타가 시간을 모두 바쳤어도, 자기가 베르타에게 시간을 내어 줄 준비는 되어 있지 않았다.

"나는 책벌레가 되겠어. 하지만 쟤는 흡혈귀일 뿐이야."

마르코스는 이렇게 말하곤 했다.

베르타가 2월에 간염에 걸렸다. 상태가 나빠서 남은 학기 내내 쉬어야 할 정도였다. 베르타는 아프기 시작했을 때 스테파노가 한 번도 들여다보지 않을 것임을 알았다. 마르코스도 베르타를 만나러 가고 싶지 않았다. 이탈리아 놈에게 그렇게 갑작스레 호감을 쏟은 게 원망스러웠기 때문이다. 그래도 때때로 전화를 걸어 주었고, 덕분에 베르타는 수업 내용을 놓치지 않을 수 있었다. 2학기에 선생님이 《라사리요 데 토르메스의 생애》와 세르반테스의 《모범 소설》 중에 한 권을 선택해서 읽으라고 했다. 베르타는 《라사리요 데 토르메스의 생애》를 골랐고, 딱히 할 일이 없어 이틀 만에 다 읽고 리포트를 썼다. 그 주말에 딱 한 번 스테파노가 베르타를 찾아왔다. 아직 그를 좋아하던 베르타는 리포트를 대신 내 달라고 부탁했다. 스테파노는 매력이 넘쳤고, 친절했고, 베르타의 건강에 관심을 보였다. 일주일 뒤, 베르타는 스테파노가 제출 결과를 전해 주기를 애타게 기다렸지만 아무런 답이 없었다. 2주일이 지난 뒤에 마르코스한테서 전화가 왔다. 베르타는 자신의 리포트 결과는 안 나왔는지 물어보았다. 마르코스는 의아해하며, 베르타는 점수가 나오지 않았다고 말해 주었다. 대신 스테파노가 10점 만점을 받아 모두 놀라워했다는 소식을 전했다. 스테파노로서는 무척 힘든 일이었을 텐데 문학에 대한 관심을 충분히 드러냈고 정말 훌륭히 썼다는 것이다. 베르타는 당황했다. 갑자기 의심이 몰려왔다. 휴대 전화로 여러 번 전화를 걸었지만 스테파노는 받지도 않고 전화를 주지도 않았다. 베르타는 마르코스에게 전화를 걸어서 혹시 스테파노가 《라사리요 데 토르메스의 생애》에 대해 리포트를 썼는지 물어보았다. 그렇다는 대답이 돌아오자, 베르타는 제목을 알아봐 달라고 부탁했다. 마르코스가 다시 전화를 걸어서 스테파노의 리포트 제목이 '16세기 한 아이의 삶'이라고 말해 주었다. 스테파노가 베르타의 리포트를 자신이 쓴 것인 양 제출한 것이다.

베르타는 스테파노에게 끈질기게 전화를 걸었다. 마침내 스테파노가 전화를 받자, 베르타는 말을 돌리지 않고 곧장 물었다.

"내가 쓴 리포트를 네가 쓴 것처럼 제출했니?"

"맞아, 그랬어. 너는 아팠잖아. 무슨 상관인데? 너는 시험도 보지 않을 거잖아. 넌 어차피 이번 학기 틀렸잖아."

스테파노는 망설임 없이 대답했고, 베르타는 크게 상처받았다.

스테파노가 정말 하고 싶은 말을 한 것인지 아니면 스페인어를 잘 몰라서 그렇게 말한 것인지 모호했지만 확인하고 싶지 않았다. 베르타의 리포트를 사용해도 될지 묻지 않은 점이 이미 용서받을 수 없는 비열한 짓이었다. 베르타가 2학기를 단념해야 한다고 생각한 사실은 더욱 용서할 수 없었다.

음악이 끝났다. 라마조티의 목소리가 들리지 않았다. 베르타는 헤드폰을 벗었다. 순간 문에서 벨 소리가 들렸다. 수다스러운 텔레비전 프로그램에 빠진 할머니도, 욕실 문을 잠그고 머리 빗질을 하는 엄마도 문밖에서 누가 부르는 소리를 듣지 못했다.

"누구세요?"

베르타가 문으로 달려가 물었다.

"나…… 앙헬이야. 이웃에 사는 선생님……."

베르타는 철학 선생의 목소리를 알아들었다. 조금 당황해서 방으로 들어가 집에서 신는 슬리퍼로 갈아 신었다. 마침내 문을 열자 앙헬이 서 있었다.

"곤란한 시간에 왔니?"

베르타는 더욱 당황했다. 곤란한 시간이라니? 무엇 때문에?

"지금쯤이면 어머니가 계실 것 같아서. 어머니와 이야기를 하고 싶구나."

"들어오세요. 말씀드릴게요."

베르타는 궁금하기도 하고 걱정스럽기도 했다. 무슨 일인지 알고 싶었다. 자신에 대한 일이라면 집까지 찾아온 건 좀 심하다 싶었다.

"제 일로 오셨나요?"

앙헬은 베르타가 당황한 것을 알고 안심시켰다.

"놀랐나 보구나, 미안하다. 걱정할 필요 없어. 일 얘기를 하려고 온 거니까."

베르타는 엄마를 부르러 갔다. 엄마는 딸보다 더 당황했고 무슨 일인지 물었다. 베르타는 선생님이 일 얘기라고만 말했다고 전했다. 그 말을 듣자 엄마는 이해한 것 같았다. 며칠 전 이웃한테 혹시 선생님이 도우미를 구하면 자기를 소개해 달라고 부탁해 놨기 때문이다.

베르타의 엄마는 빗질을 끝내고 밖으로 나왔다. 앙헬은 베르타의 엄마를 보자, 생각보다 훨씬 더 젊어 보인다고 생각했다. 방금 머리 손질을 했기 때문인지 원래 그런지 알 수 없었지만, 특별한 미모를 지닌 듯이 보였다. 약간 피곤해 보이는 성숙한 얼굴에서 베르타의 아름다움이 엿보였다. 베르타는 양쪽을 소개해 주고 자기 방으로 들어갔다. 앙헬은 일주일에 두 번 정도 도우미가 필요하다고 말했고, 베르타의 엄마는 식사 준비를 하지 않아도 된다면 언제든 좋다고 말했다.

"그건 괜찮습니다. 요리하기를 좋아하거든요. 청소와 옷 정리를 해 주셨으면 합니다. 조심하려고 하는데 제가 게을러서 시간이 지나면 집 안이 다시 어질러지거든요."

"언제 가면 될까요?"

"편하신 시간에 오시면 됩니다."

"일주일에 이틀 오후에 나가는 날이 있어요. 그때 오전에 가면 되겠네요."

"좋습니다. 열쇠를 하나 드리지요. 그 시간에 저는 학교에 있을 겁니다."

보수를 정하고, 물건들이 어디 있고, 무슨 일을 해야 하는지 설명하기 위해 만날 날을 정했다. 그날까지 열쇠를 하나 복사해서 주기로 했다.

"승낙해 주셔서 감사합니다. 진짜 어려운 문제 하나를 해결했어요. 모르는 사람한테 집을 맡기고 싶지 않았거든요."

"저도 아직 모르는 사람인걸요."

"아, 아닙니다. 베르타를 알고 있으니, 베르타의 어머니도 알고 있는 셈이지요."

앙헬이 일어나며 말했다.

"아직 이름을 알려 주지 않으셨네요."

"루시아입니다. 루시아라고 해요."

"정말 감사합니다. 모레 네 시에 뵙겠습니다."

앙헬은 밖으로 나가 정말 소질 없는 집안일을 해결했다는 데 안도의 한숨을 내쉬었다. 모든 것이 잘되어 가는 것 같았다. 그런데 자기가 왜 요리를 좋아한다고 말했는지 생각하고는 놀랐다. 새빨간 거짓말이었기 때문이다. 왜 거짓말을 했는지 모를 일이었다. 대체 왜 혼자 해 먹겠다고 했는지. 그러나 그에 대한 해명을 찾기도 전에 다시 한 번 루시아가 아름답다는 생각에 빠져들었다.

"철학이란 세상을 변화시키려는 노력이지
생각하는 일이 아니라고 누군가 말했지요.
행동은 진정한 인간의 축제라오!"

11

앙헬은 밤 9시쯤에 다음 날 수업 준비를 하다가 학생 명단에서 노르의 사진을 다시 보았다. 노르가 수업에 들어온 첫날 자신이 적어 둔 메모를 읽었다.

'호기심이 넘치고 개성 있음.'

명단 위에는 학생들이 저마다 쓰고 싶은 대로 한 문장씩 쓴 글이 있었다. 노르가 쓴 문장은 모국어로 썼는지 읽을 수가 없었다.

One bo bot, ngue wa kumu.

다른 학생들의 글처럼 중요한 내용은 아닐 테지만 왠지 호기심이 일었다. 마치 노르가 자신에게 암호로 된 메시지를 남겼고, 그것을 해독해야 할 의무를 지닌 듯한 생각이 들었다. 다시 노르가 남긴 편지가 마음에 걸렸다. 그래서 조금 늦은 시각이었지만 무슨 새로운 소식이 있을까 싶어 노르의 집에 올라가기로 했다.

지난번처럼 아무 대답이 없었다. 방으로 돌아가려는데, 노르네가 모두 떠났다고 말해 준 이상한 옆집 노인이 떠올랐다. 노인은 그 사실을 어떻게 알았을까? 노인에게 말하고 갔을까? 앙헬은 뭔가 알아내기 위해 노인을 만나기로 했다. 문이 열리기 전에 조그만 창에서 새어 나오는 빛을 보고, 안에서 앙헬을 탐색하고 있었음을 알아챘다. 마침내 문이 열렸다.

"철학 선생이시구먼."

앙헬을 진지하게 맞아들이는 것인지 가볍게 맞아들이는 것인지 모호했다.

"앙헬 선생이라고 했지요, 맞지요?"

"그냥 앙헬이라고 불러 주시지요."

"내가 어렸을 때에는 선생님을 그냥 이름만으로 부를 수는 없었다오."

"아시다시피 모든 게 변하지 않았습니까."

"그리고 아무것도 머물지 않지요."

노인이 이렇게 말하며, 헤라클레이토스고대 그리스 철학자. 판타레이, 즉 만물은 유전하며 결코 머무는 일 없이 같은 상태로 존재하지 않는다고 주장함의 판타레이를 알고 있음을 내비쳤다.

"그렇지요, 힐 선생님. 힐 선생님이라고 하셨지요?"

"힐, 그냥 힐이라고만 불러 주시오."

두 사람은 웃음 지었다. 힐이 들어오라고 했다. 앙헬은 한사코 거절했지만 더는 고집 피우지 못하고 들어갔다. 사실 앙헬도 들어가고 싶었다. 동료 교사들은 앙헬이 혼자 사는 줄 몰랐다. 앙헬도 저마다 삶이 있기 마련이라 생각하고 동료에게 맥주 한잔 하자고 청하지도 못했다. 앙헬은 타인의 삶에 들어가길 꺼렸고, 혹시나 들어가는 경우에는 신중을 기했다. 노인은 앙헬보다 훨씬 나이가 많지만 운명이 이어 준 만남을 거부할 수 없다는 생각이 들었다. 저번에 한 번 만난 뒤로 노인에게 호기심이 생기기도 했다. 등 뒤로 문이 닫혔고, 앙헬은 눈앞에 펼쳐진 광경에 너무도 놀라 할 말을 잃었다. 힐은 집 안이 지저분하다고 표현했지만 심각한 정도는 아니었다. 앙헬이 넋을 잃은 것도 집이 지저분해서가 아니었다. 바로 집 내부 모습 때문이었다. 문 바로 뒤에서부터 책이 꽂힌 책꽂이가 있었고, 복도 양옆으로도 책이 가득 꽂힌 책꽂이가 있어서 지나다니지도 못할 지경이었다. 앙헬은 어마어마한 책 양 때문이 아니라, 바벨탑에 그렇게 많은 책을 지닌 사람이 있다는 사실에 기가 질렸다. 복도 뒤에는 책이 들어찬 부엌이 있고, 반대쪽에 안락의자 두 개와 탁자가 놓인 거실이 있었다. 그곳에도 책장이 있고, 파일이나 신문 스크랩을 해 둔 곳이 있었다. 거실 창에서는 안뜰이 내다보였고, 거실 끝에 닫힌 문이 하나 있는데 침실이나 욕실 문인 듯했다. 한쪽 벽에는 그림 액자가 걸려 있었다. 생각에 잠긴 천사 그림이었다. 전에 어디선가 본 그림 같았다. 힐 집에는 텔레비전이 없었다. 앙헬은 그 사실에 더욱 놀랐다. 책을 두 권 넘게 가진 집을 보기 어려운데, 집에 책이 많을 뿐만 아니라 텔레비전마저 없으니 놀라울 따름이었다.

힐은 앉으라고 말하면서 무엇을 마시겠느냐고 물었다. 앙헬은 예의를 갖춰서 아무것도 마시지 않겠다고 말했고, 힐이 다시 앉으라고 권하자 그제야 자리에 앉았다. 힐은 부엌으로 가서 앙헬이 처음보는 음료수를 가지고 왔다.

"이것 한번 드셔 보세요."

힐은 탁자에 컵 두 개를 놓았다.

"아, 괜찮은데요."

"킬레피치라고 해요. 틀림없이 좋아할 거예요. 독일 음료라오. 정확하게 뒤셀도르프 산이지요. 거기에서 이 년 동안 일을 했었는데 그때 이놈한테 반해 버렸지요. 요즘도 가능한 한 언제나 주문을 해 놓고 있어요."

"고맙습니다. 폐를 끼치고 싶지는 않았는데요."

"폐라니요. 선생님이 와 주어 고마울 뿐이지요. 선생님이 이곳에 계시다는 사실이 이 집에서는 하나의 혁명이에요. 나 자신 밖으로 나와 다른 사람이 함께 마주하고 있다는 아름다운 혁명 말입니다. 지금 다른 것을 대접해 드릴 수 없어서 미안할 따름이오."

앙헬은 이러한 표현에 당황스러웠다. 이 이웃은 앙헬 자신도 혼자라는 사실을 아직 모르고 있었다. 아니, 혼자 있기 좋아하는 인간, 지독히도 고독한 인간이라는 사실을 말이다. 고독은 갑자기 우리를 습격하고 예기치 않게 쳐들어온다. 그래서 아무 준비도 하지 못한 채 쓰나미가 한바탕 몰아치듯 그렇게 맞이할 수밖에 없다. 고독이 정신을 헤집어 놓으면 그다음에 뭔가를 다시 시작하기란 쉽지 않다.

"책이 많아서 깜짝 놀랐습니다."

"움직이지 않고 말이 없는 친구들이지요. 젊었을 때는 이들 중에 다시 읽을 책이 많을 줄 알았다오. 내가 다시 이야기를 건넬 그 날을 이 친구들이 기다려 줄 거라 말이지요. 그런 일이 없으리라는 사실을 이젠 잘 알아요. 때때로 저 책들을 건드리지 않고 바라만 보며 말을 건네요. 너를 다시는 펼치지 않을 거다, 나와는 대화가 끝났다, 다른 독자를 찾아봐라, 이렇세요. 그러면 책들은 사기 기분에 따라 내 말을 받아들이거나 화를 낸다오. 자기를 읽으라고 끈덕지게 요구하는 녀석도 있어요. 내 기억 속에 새롭게 떠오르는 책도 있고요. 만일 다시 태어난다면 그 책부터 읽고 싶다는 생각을 합니다. 책들은 그렇게 나를 부르며 포기하지 않아요. 하지만 나는 못들은 척해요. 다시는 펼쳐 보지 않으려고요. 반대로 가만히 있는 책들을 보면 마음이 움직여서 갑자기 펼쳐 보고 몇 문장 읽기도 하지요. 오늘 이런 말을 해서 미안하군요. 우리 집 황량한 풍경 중 하나일 뿐인데요. 생명이 없는 자연, 무기력한 물질인 것을."

"선생님은 그와 정반대로 말씀하신걸요. 책을 이처럼 생명을 가지고 기다리는 존재로 여기는 사람은 없으니까요."

앙헬은 노인의 관찰력에 놀랐다. 단순히 하는 말이 아니라는 사실과 말 속에 숨김없는 진실이 느껴졌다.

앙헬이 말을 이었다.

"누가 자신의 독자가 될지 책은 전혀 알 수 없지요. 저는 저를 기다리지 않았던 책을 읽은 적도 있어요."

힐이 마실 것을 따르며 말했다.

"이야기하는 방식이 좀 묘하지요. 책이 우리를 기다리는 걸까요? 아니면 그 반대일까요? 책이 놀라는 걸까요? 아니면 우리가 놀라는 걸까요?"

"언제나 책이 놀라지요."

문득 앙헬은 여러 해 동안 잊고 있던 자신의 습관이 새록새록 떠올랐다. 목숨이라도 건 듯이 논쟁을 벌이고 변론의 여지를 주는 법이 없던 자신이었다. 앙헬은 삶에서 소금 한 조각을 되찾은 듯 살며시 웃음 지으며 말했다.

"우리는 우리가 책을 찾는다고 믿고 있어요. 하지만 우리를 찾는 것은 책이지요. 작가는 책마다 암호로 된 코드를 남겨 놓았어요."

"다빈치 코드로."

"그 책은 가지고 계시지 않겠지요? 여기 있다면 저는 당장 나갈 겁니다."

"걱정하지 마시오. 못 들어오게 했으니까요. 들어오려고 했지만."

"그렇군요. 침투력이 대단하지요."

이 말을 하고는 두 사람은 더는 못 참고 웃음을 터뜨렸다.

"좋아요. 그 점은 둘이 일치하는군요. 그 못된 코드는 안 읽을 겁니다. 시작이 좋군요. 그렇죠?"

"네, 맞습니다."

앙헬은 술잔을 비웠다.

"더는 시간을 빼앗지 않겠습니다. 혹시 옆집에 살던 가족에 대해 아실까 해서 왔어요."

"기니 사람들 말씀이신가요?"

"네. 돌아왔나요? 아이 하나가 결석하고 있어요. 이웃이라서 그런지 잘 모르겠습니다만…… 무슨 일인지 알고 싶어요."

"One bo bot, ngue wa kumu. 아마도 이런 일이 아닐까요."

"뭐라고요?"

앙헬은 그 말을 듣고 깜짝 놀라 자리에서 벌떡 일어났다.

"정확한지는 모르겠는데, 조금 전에 하신 말씀이……."

"One bo bot, ngue wa kumu."

"네, 맞아요. 놀랍네요. 노르가 제 출석부에 써 놓은 바로 그 말이에요. 같은 말은 아닐지 몰라도, 비슷해요. 무슨 뜻인가요?"

"어떤 현자가 한 말이라오."

앙헬은 수수께끼 같은 말을 들은 듯 방어 태세에 들어갔다. 어찌해야 할지 몰라 웃음만 지었다.

"제가 가르쳐 준 문장을 노르가 자기네 나라 말로 번역했지요.

기니에서 쓰는 언어 중 하나지요."

믿을 수가 없었다. 너무나 놀랍고 흥미로웠다.

"무슨 뜻인가요?"

"네 모습 그대로 간직하게 되리라."

앙헬도 그 문장을 알고 있었다. 작가가 누구인지 몰라도 고전에 나오는 문장이었다. 각자 자신의 의미를 찾고 그것을 이행하라는 격려의 말이었다.

"왜 노르가 자신의 본질을 찾기로 마음먹었다고 생각하십니까?"

"노르와 여러 차례 이야기를 나눴거든요. 자랑삼아 말씀드리자면, 노르는 제 아들이나 마찬가지라오."

그 말에 앙헬은 다시 자리에 앉았다. 놀라워하는 앙헬 표정을 보고 힐이 말했다.

"오해는 마시오. 내 지적 아들이라고 말하고 싶군요. 자랑하려는 건 아니지만, 노르가 스페인어나 지리, 문학, 철학, 정치에 대해 아는 것은 거의 다 제가 가르쳤거든. 제가 그 녀석의 멘토인 셈이지요. 지난 삼 년 동안 노르는 여기에 와서 숙제했고 제가 법적인 문제들을 지도해 주었어요. 경찰이 찾아왔을 때는 우리 집에 있게 했고 등록금을 대 주었지요. 이 말씀을 드리는 것은 우쭐대려는 게 아니라 선생님께서 아버지처럼 그 녀석한테 관심을 둬 주어서 고맙기 때문이라오. 그 녀석 좀 도와주시라고 부탁하고 싶고요."

"도와주라고요? 제가 뭘 도울 수 있겠습니까?"

"아직 나도 정확히는 모르겠소. 그 녀석의 숙모가 절망에 빠졌고 나 또한 그래요. 소식을 기다리는 중인데, 내일이면 뭔가 말씀드릴 수 있을지도 모르겠소. 내 부탁이 지나쳐서 듣고 싶지 않을 수도 있겠지요. 다시 오고 싶지 않다면…… 그렇게 이해하지요."

앙헬은 어떻게 대답해야 할지 몰랐다. 이번에는 힐이 일어나 나가는 입구를 가리켰다. 마음이 아파서인지 사안이 심각해서인지 알 수 없었다. 문득 각자 따로 있어야 한다는 생각이 든 것 같았다. 앙헬 역시 빨리 그곳을 떠나고 싶었다.

12

앙헬은 밤새도록 잠을 이루지 못했다. 처음에는 뉴스를 보았고, 이어 숙제 검사를 끝내려고 했다. 때때로 죄다 그만두고 한가롭게 게으름을 피워 보고 싶은 생각도 들었지만 어려서부터 몸에 밴 책임감 때문에 그러지 못했다. 가끔은 이렇게도 생각했다.

'몹쓸 의무 같으니라고.'

하고 싶은 일과 해야 하는 일 사이에서 언제나 해야 하는 일이 승리를 거두었다. 이게 자신의 성격이라는 사실이 때때로 끔찍하게 싫었다. 그럴 때마다 좀 더 가벼운 태도로 그것이 본래 자기 모습인 듯 생각하려고 했다. 그러나 그런 행동도 한순간 그런 척해 본 것임을 깨달을 뿐이었다. 쓸모없는 확신을 가져 보려 한 훈련이었다.

'제 버릇 남 줄 턱이 있나. 누군가가 말했지. 성격은 운명이라고.'

새벽녘에 복도에서 시끄러운 소리가 들려왔다. 앙헬은 깜짝 놀라 침대에서 일어나 문으로 다가갔다. 조그맣게 말하는 목소리가 들려왔다. 앙헬은 무슨 말을 하는지 들어 보려고 가만히 멈추었다. 세 사람의 목소리였다. 잠긴 목소리는 뭔가 물어보는 소리 같았고, 더 작은 목소리는 대답하는 소리처럼 들렸다. 앙헬은 집 안에 불이 모두 꺼져 있어서 불을 켜려던 순간, 셋 중 하나가 자기 집으로 다가오는 소리를 듣고 깜짝 놀랐다. 앙헬은 스위치를 누르기는커녕 손 하나 까딱 못했다. 그때 이런 소리가 들려왔다.

"여기인 것 같아."

"여기에 그 늙은이가 살아, 아니면 선생이 살아?"

"여기, 선생 집이야."

"그럼 위로 올라갈까?"

"여기에도 메모 남겨."

앙헬은 너무 놀라 감히 문을 열 수가 없었다. 바닥으로 종이 한 장이 쓱 들어왔다. 어두웠지만 문 밑으로 들어오는 공포의 언어, 하얀 얼룩을 알아볼 수 있었다. 앙헬은 그대로 서 있다가, 세 사람이 점점 멀어져 가는 소리를 듣고 나서야 몸을 숙여 종이를 집고 방으로 갔다. 앙헬은 스탠드를 켜고 접힌 종이를 펼쳤다. 맞춤법도 틀리고 글씨도 엉망인 것으로 보아 글을 잘 모르는 사람이 쓴 것 같았다. 앙헬은 부르르 떨면서 읽었다.

이 개시키야, 니 일이나 잘해!
흑인들을 가만히 내버려둬.

앙헬은 무언가 가슴을 무겁게 짓누르는 느낌을 받으며, 원초적인 방어 본능으로 꼼짝 않고 조용히 있었다. 그때 위층에서 다시 시끄러운 소리가 들리더니 누군가 문을 발길로 차는 듯이 쿵 하는 소리도 들렸다. 이어서 엘리베이터가 올라가고 내려가는 소리가 들렸다. 앙헬은 누가 건물에서 나가는지 보려고 창가로 갔다. 그때 세 사람의 모습이 보였다. 하지만 높은 층에서, 더구나 캄캄한 어둠 속에서 그들이 누구인지 알아보기란 불가능한 일이었다. 키가 큰지 작은지, 청년인지 노인인지조차 가늠이 안 되었다. 다시 주위가 조용해졌다. 앙헬은 가슴이 뛰고 긴장이 풀어지면서 어찌할 바를 몰랐다. 앙헬은 불을 모조리 다 껐다. 어린아이처럼 그렇게 하면 위험이 물러가리라 기대하면서. 순간 문에서 무슨 소리가 났다. 앙헬은 다시 정신을 차렸다. 신음에 이어 힘없이 문 두드리는 소리가 났다. 앙헬은 누가 왔는지 직감했다. 힐이 코에 수건을 대고 이마에는 피를 흘리며 문 앞에 서 있었다. 앙헬이 팔을 잡고 안으로 이끌었다.

"어떻게 된 일입니까? 그놈들이었죠? 맞죠?"

"누구를 말하나요?"

"여기에도 왔던 놈들 말입니다. 제게 협박문을 남겼어요."

앙헬은 힐에게 편지를 보여 주었다.

"안경이 없어서 읽을 수가 없군. 뭐라고 쓰여 있소?"

"개새끼야. 흑인들을 가만히 내버려 둬."

"그렇군요. 그놈들이었소. 선생까지 협박했다니, 유감이군. 나한 테만 온 줄 알았더니."

"대체 누구입니까? 왜 이런 짓을 했나요?"

"모르겠소. 찬카가 보낸 놈들인지, 찬카 바로 그놈이었는지 말이오. 그자들을 볼 틈이 없었어요. 문을 열어 주자마자 얼굴을 얻어맞았어요. 안경이 떨어지는 통에 뭐가 보여야 말이지."

힐은 코피를 막느라고 이마에 난 상처에서 피가 줄줄 흐르는 줄도 몰랐다. 앙헬은 힐을 욕실로 데리고 가 수도꼭지를 틀었다. 얼굴 좀 닦으라고 말하고 솜을 찾으러 갔다. 세면대 물이 금세 붉게 물들었다. 앙헬은 솜에 소독약을 묻혀 힐의 이마를 닦아 주었다. 이마에 난 상처는 심하지 않아서 피가 거의 멈추었지만 코피는 좀처럼 멈추지 않았다.

"그냥 두세요. 별거 아니에요."

"잠시 안정을 취하셔야겠습니다."

힐은 앙헬이 소독약을 묻혀 준 솜뭉치로 코를 막았다. 코피가 조금씩 줄더니 마침내 완전히 멎었다. 힐은 갑자기 앙헬한테서 보살핌을 받자니 거북해져서 거실로 나가자고 했다.

"전혀 이해가 안 가요."

"노르네 가족하고 관계 있는 듯하오. 저들은 노르네 숙모가 학교에 가서 선생을 만난 사실을 알고 있어요. 선생한테 무슨 부탁을 했는지는 모르지만, 선생이 발설할까 봐 두려운 게지요."

"제가 뭘 발설한다는 말인가요?"

"저들은 아프리카에서 불법 이민자들을 데려오는 일을 한다오. 타리파 거리에서 이민자를 받아 여러 곳으로 보내지요. 여기 알파라체에서는 찬카가 그들을 받아 분배하고 통제하기까지 해요. 처음 이 년 동안 일정 금액을 내야 하죠. 그래야 나머지 가족들이 오는 것을 보장해 주거든요. 나는 노르가 그 그물망에서 나오도록 설득하려 했어요. 하지만 노르는 동생 목숨이 위태로워진다며 움직이려 하지 않았어요. 가족 중 어느 하나가 계약을 이행하지 않는다는 전화 한 통화면 남은 가족은 아프리카에 있을 수밖에 없거든요. 또는 지금처럼 이미 동생이 모로코 해변에 내릴 때쯤 이런 전화가 가면, 동생은 바다에 던져지고요. 아주 간단하게."

"그런데 왜 어르신을 때렸을까요?"

"보복하려고요. 이 지역에도 불법 이민자들을 감시하고 자기와 상관없는 일에 끼어드는 인물이 있어요. 제가 이민자들을 보살펴 주는지, 자기네를 경찰에 신고하라고 이야기하는지, 감시하는 것이지요."

"제가 당장 경찰을 부르려던 참이었는데요."

"아뇨, 그러지 마세요. 나도 처음에는 그러려고 했다오. 하지만 경찰을 부르면 그자들이 곧바로 알아요. 경찰 중 누군가가 그자들한테 알려 주거든요. 경찰들이 집으로 와서 각자 자기 나라로 보내 버리면 그만이에요. 아무도 서류가 없으니까요. 아시겠소?"

"노르는 서류가 있어요. 있다고 말하던걸요."

"임시 비자가 있지요. 나이가 어려서 얻은 거요. 그게 다고요."

"그러면 제가 무엇을 해야 합니까?"

앙헬은 이렇게 묻는 순간, 힐이 해야 한다던 일을 자신이 받아들였음을 깨달았다. 뜻밖에 겪은, 아무것도 모르는 상황에서 어찌해야 할지 모를 이때, 힐이 말하는 대로 따르는 게 가장 현명할 것 같았다. 앙헬로서는 조금도 반가운 일이 아니었다. 갑자기 당황스러워져, 앙헬은 아무 말도 하지 않은 채 이쪽저쪽으로 왔다 갔다 하기 시작했다.

힐이 앙헬을 달랬다.

"진정하구려. 우리한테는 아무 일도 일어나지 않을 거요. 노르나 노르 숙모한테는 모를 일이지만. 그것 또한 우리 힘으로 피할 수 있는 일이 아니지요."

"이 지역에서 누군가 우리를 감시하고 있다고 하셨지요? 누구인가요?"

"선생의 학생이지요."

앙헬은 기겁하며 고개를 들었다. 아직도 더 놀랄 일이 있다는 게 믿어지지 않았다.

"그럴 리 없어요. 제 학생 중에 그 누구도 그런 나쁜 짓을 하지 않을 거예요."

앙헬이 똑 부러지게 말했다.

"알지 못하는 사람을 위해서는 용감해질 것도, 목숨을 걸 것도 없는 법이지요."

"누가 그럴 수 있다는 말씀입니까?"

"이탈리아 사람, 스테파노 말입니다."

다시 한 번 뒤통수를 맞은 기분이었다. 학생이라는 말을 들었을 때에도 스테파노는 떠오르지 않았다. 그가 학생이었는지 아닌지, 학교에 나왔었는지 아닌지 이미 아는 것이 없었다. 문득 스테파노를 마지막으로 만난 순간이 떠올랐다. 수업 시간에는 학교 밖으로 나갈 수 없다고 말했을 때 보이던 뻔뻔스러운 몸짓이 생각났다. 앙헬은 힐이 던지는 시선을 받으며, 자신은 이미 이 사건에서 손을 뗄 수 없다는 사실을 깨달았다. 정확히 스테파노 때문이었다.

13

스테파노는 베르타한테 만나러 가겠다고 말만 하고 가지 않았다. 이틀 뒤에 베르타는 스테파노를 우연히 만났다. 그는 자기를 가만히 두라고, 수첩을 다 읽으면 돌려주겠다고 했다. 자신이 수첩을 샀으니 자기 것이라는 말도 했다. 베르타는 그런 식으로 수첩을 가지려 들면 안 된다고 끈질기게 설명했지만, 스테파노는 쓰레기통에 버려진 것은 그 누구의 것도 아니라고 우겼다. 베르타는 몹시 화가 나서 위험한 결심을 했다.

베르타는 얼마 전부터 엄마가 스테파노네 집 열쇠를 가지고 있다는 걸 알았다. 전에 세 들어 살던 사람들이 준 열쇠였다. 그들은 1992년 세비야 엑스포 때 일하러 왔던 폴란드 사람으로, 베르타의 엄마에게 집 청소를 부탁했다. 그들은 열쇠를 돌려 달라는 말도 하지 않고 떠나 버려 그냥 가지고 있게 되었다. 엄마는 그 사실을 잊어버렸지만 베르타는 달랐다. 스테파노가 가족과 함께 그 집에 살게 되었을 때부터 그 사실을 떠올렸고, 게다가 열쇠를 보석함에 간직해 두기까지 했다.

스테파노 집에 들어가고 싶다는 유혹을 느낀 건 이번이 처음이아니었다. 그를 처음 좋아하기 시작했을 때 이미 그 집에 몰래 들어갈까 생각했다. 그의 생일날 책상 위에 선물을 놓아두어 깜짝 놀라게 해 주고 싶었기 때문이다. 스테파노가 좋아하는 밥 말레이의 음반을 틀어 놓고 갑자기 자신이 짠 나타나는 요정 놀이를 하고 싶었다. 그래서 시디를 사고 문까지 열었지만, 아무래도 사생활 침해라는 생각이 들어 곧바로 문을 닫고 나와 자책했다. 하지만 지금은 달랐다. 이젠 스테파노를 증오했고 무엇보다 메모린을 찾기위해 그 집에 들어갈 권리가 있다고 믿었다. 그런 나쁜 놈이 메모린을 읽고 떠벌리게 놔두기에는 자신만의 이야기가 담겨 있었다. 베르타는 메모린을 돌려 달라고 좋게 부탁을 했고, 자기 것을 돌려받을 권리가 있다고 요구했다. 하지만 스테파노는 거절했을 뿐만아니라 우쭐거리기까지 했다. 그런 말도 안 되는 상황에서 무슨 짓을 해서라도 수첩을 찾아야 한다고 스스로 북돋았다.

베르타는 주먹을 쥐고 열쇠를 꽉 잡았다. 자리에서 일어나 열쇠를 주머니에 넣었다. 마음먹은 일이었고, 뒤로 미룰 까닭이 없었다. 이제 기회만 기다리면 되었다. 베르타는 거리로 나가 피자 가게로갔다. 피자 가게 건너편에서 엿보니 스테파노가 가게에 있었다. 유리창 너머로 그의 빨간 모자와 뒤로 묶은 머리가 보였다. 소년은 반죽을 펼쳐 놓고 솜씨 좋게 공중에서 돌리고 있었다. 전에는 우아하다고 여기고, 날렵한 동작에 감탄까지 했던 모습이건만, 지금은 거부감만 들었다. 지금이 좋은 기회였다. 오븐 옆에서 바쁘게 일하는 아버지도 보였다. 베르타는 두 사람이 집에 돌아올 일은 없으리라 확신하고 바벨탑으로 돌아왔다.

현관 입구에는 아무도 없었다. 오늘 복권을 다 팔았는지 파타출라도 없었다. 사람마다 일터에 있거나 바벨탑 주위에서 물건을 팔고 있을 시간이었다. 베르타는 엘리베이터 소리를 내지 않으려고 계단으로 올라갔다. 2층이었다. 복도에 아무도 없는 것을 확인했다. 양심에 가책을 느끼고 뒤로 물러설까 봐 머리를 비우고 열쇠를 얼른 돌렸다. 2년이 지나 다시 한 번 그의 집을 여는 지금, 예전과는 정반대로 마음속에는 온통 증오뿐이었다.

베르타는 한 걸음 내디뎌 안으로 들어가 문을 잠갔다. 말할 수 없이 고요했다. 몹시 조용해서 심장 뛰는 소리가 들리기 시작했다. 점점 더 빨라지는 심장 소리가 가슴을 후려쳤다. 베르타는 깊이 숨을 쉬었다. 고요함의 강도가 너무도 심해 갑자기 모든 소리들이 다른 세계에서 들리듯 느껴졌다. 그렇게 예리하게 소리를 듣는 자신에게 스스로 놀랐다. 이제 청각은 베르타의 오감 중에 가장 지배적인 역할을 했다. 길을 건너가는 오토바이의 모터 소리, 위층에서 나는 발걸음 소리, 텔레비전에서 들려오는 마리아 테레사 캄포스의 목소리, 뭔가 마당으로 떨어지는 듯한 소리가 모조리 들렸다. 베르타는 소리에 집중하면서 청각 장애인인 토마스가 떠올랐다. 의사가 귀에 처음으로 보청기를 끼워 주었을 때 몹시 혼란스러웠다고 했다. 세상은 고요하기를 멈추었다고! 똑같은 일이 베르타에게 일어났다. 토마스와는 반대로, 세상은 소란스럽기를 멈추었다! 고요는 단단한 바닥과 같아서 본래의 독특한 소리가 침투하지 못했다.

베르타는 문에서 첫 번째 발걸음을 내디뎠다. 거실은 엄마가 청소할 때와 같은 모습이었지만 지금은 어디든 더럽고 무질서했다. 과달키빌 강에 배가 떠 있는 그림은 뭐가 묻었는지 짙은 얼룩이 져 있었고 식탁 유리는 깨져서 밤색 테이프로 붙여 놓았다. 접시와 컵에는 기름때가 그대로 있었고, 안에 담배꽁초가 담겨 있었다. 베르타는 혐오감을 느꼈다. 스테파노의 집이 그처럼 난장판일 줄은 상상도 못 했다. 피자 가게처럼 깨끗할 줄 알았다.

텔레비전 위에는 아직도 베르타의 엄마가 폴란드 사람들에게 선물했던 집시 인형이 있었다. 베르타는 스테파노의 방이 어디인지 이미 알고 있었다. 그의 방으로 가니 침대는 정리되지 않은 채 셔츠와 바지들이 널려 있었다. 베르타는 침대 옆 작은 탁자에 놓인 등을 켜려다가 그만두었다. 전구에 남은 열기가 그곳에 누가 있었다는 사실을 알려 주던 탐정 영화가 생각났기 때문이다.

책상으로 다가가자 믿을 수 없는 광경이 펼쳐졌다. 책상 귀퉁이

유리 밑으로 베르타의 사진이 보였다. 스테파노와 손을 잡고 있는
사진이었다. 베르타가 책상 위를 뒤덮고 있던 신문, 책, 종이를 하
나씩 옆으로 치우자, 그 아래에 자기 모습이 담긴 또 다른 사진들
이 나타났다. 해변에서 수영복 차림을 한 사진, 포르수나 공원에서
풀밭에 있던 사진, 연극하던 모습을 찍은 사진……. 베르타는 계속
해서 물건들을 치웠다. 자신의 얼굴이 새롭게 계속 나타났다. 웃는
사진, 화난 사진, 단체 사진에서 자른 사진……. 베르타의 앨범에
있던 것과 똑같은 사진들이 퍼즐처럼 책상 전체를 뒤덮고 있었다.
아니면 진짜로 자신의 앨범 속에 있던 사진들인가? 베르타는 믿을
수가 없었다. 한가운데에 스테파노의 사진이 있고, 그 주위에 베르
타 사진과 더불어 이탈리아어로 이런 문장이 쓰여 있었다. 베르타
가 완벽하게 이해할 수 있는 문장이었다.

소리와 태양. 너는 내 주변을 맴돌고 있어.

'맙소사! 대체 이게 뭐람? 야비한 인간 같으니라고!'
　자신의 사진을 어떻게 손에 넣었는지 통 모를 일이었다. 베르타
는 유리를 들추고 사진을 몽땅 가져가고 싶었다. 하지만 자신이 이
곳에 온 사실이 들통 날지도 모를 위험한 일이었다. 베르타는 당혹
스러운 감정을 추스르고 자신이 왜 이곳에 왔는지 떠올렸다. 수첩
을 찾아야 했다. 메모린은 책상에도 없고 침대에도 없었다. 이번에

는 서랍을 열어 보았다. 베르타는 너무 많이 뒤져서, 또 누가 들어올까 봐 겁이 나기 시작했다.

그때 경고음 같은 소리가 들려와 깜짝 놀랐다. 일단 집에서 나가기로 하고 다른 방을 지나가는데, 컴퓨터가 켜져 있는 듯 빛이 깜빡거리며 윙윙거리는 소리가 주의를 끌었다. 후회할 짓이었지만, 베르타는 엿보지 않을 수가 없었다.

방 벽면은 온통 컴퓨터와 통신기기가 뒤덮고 있었고, 한쪽에는 철제 선반에 시디 상자가 수백 개나 있었다. 컴퓨터들은 모두 켜진 상태였다. 스테파노한테 이 컴퓨터들이 왜 필요할까? 정보 쪽에는 눈곱만큼도 관심이 없는 아이인데. 어쨌거나 베르타는 나가야 했다. 그런데 바로 그때, 복도에서 집으로 걸어오는 발소리가 들렸다. 베르타는 꼼짝도 할 수 없었다. 이번에야말로 진짜 놀랐다. 고요함은 더욱 깊어져, 다가오는 발소리가 더욱 또렷이 들렸다. 베르타는 발걸음이 그 집 앞에 멈추지 않게 해 달라고 기도했다. 그러나 행운은 따라 주지 않았다. 누군가 문 앞에 멈추었고 열쇠를 구멍에 집어넣었다. 베르타는 이미 반쯤 굳은 몸을 움직여 숨어야 했다. 다시 스테파노 방으로 돌아가 겁에 질린 채 침대 밑으로 기어든 순간, 문이 열렸다.

베르타는 눈을 꼭 감았다. 목소리가 들려왔다. 남자 두 명이었는데 스테파노는 없는 것 같았다. 두 사람 다 이탈리아 억양이 없었다. 둘 가운데 한 목소리는 낯익었다. 두려움에 눈을 꼭 감고 있던 터라 청각은 다른 감각에 비할 수 없이 날카로웠다. 다행히 두 남자는 스테파노의 방으로 들어오지 않았다. 베르타는 계속 귀를 기울였다. 이제 확실해졌다. 낯익은 목소리의 주인공은 라시드였다. 틀림없었다. 모로코 억양이었다. 다른 한 남자는 스페인 사람이었다.

스페인 사람이 라시드에게 말하는 소리가 들렸다.

"이 봉투에 시디를 다 집어넣어. 컴퓨터 하나가 작동되지 않아. 내가 살펴볼게."

잠시 침묵이 감돌고 소음만이 들려왔다. 두 사람도 각자 제 일을 하는 게 분명했다.

"너 하킴 노래 좋아해?"

스페인 사람이 물었다.

"응, 좋아. 근데 너무 튀어. 난 모로코 음악이 더 좋아."

또 침묵이 이어졌다. 베르타는 바닥에 엎드린 채 또다시 엄청나게 큰 소리로 뛰는 심장 소리를 들었다. 부디 저들이 빨리 가 버리기를 바랐다. 그런데 라시드와 저 남자는 뭘 하고 있는 걸까? 이 집 열쇠는 어떻게 가지고 있을까? 라시드와 스테파노가 친구인 줄은 알고 있지만, 집 열쇠를 넘겨줄 정도인지는 몰랐다.

베르타는 꼼짝도 할 수 없었다. 고개도 돌리지 못하고 굳은 채로 눈동자만 굴리며 뭔가 알아내려고 했다. 그렇게 눈동자를 움직이다 침대 아래에 있던 상자 하나에 눈길이 꽂혔다. 집에 남자들이 있다는 사실을 잊을 정도로 순간 뭔가에 마음이 끌렸다. 베르타는 팔을 뻗어 상자 안을 뒤졌다. 카드와 돈이 있고 또…… 믿을 수가 없었다! 상자에 메모린이 있었다. 베르타는 곧장 수첩을 집어 청재 킷 주머니에 간직했다.

라시드의 목소리가 들렸다.

"다 챙겼어."

"게임도 넣을까?"

"아니, 오늘 말고. 오늘은 음반만."

다시 발걸음 소리가 들렸다. 두 사람은 거실에서 잠시 멈추었다. 뭘 하는지 알 수 없었다. 베르타가 있는 자리에서는 둘의 발과 바닥에 놓여 있는 푸른색 자루만 보였다. 잠시 뒤 둘은 다시 자루를 들었다. 문이 열리고 닫히는 소리가 들렸다. 다시 고요가 찾아왔다. 발걸음 소리는 멀어져 갔고, 베르타는 온몸이 마비되어 죽을 지경이었다. 더는 있을 수 없었다. 베르타는 침대 밑에서 나왔다. 문으로 다가가 아무도 없는 것을 확인하고 문을 열고 나왔다.

14

베르타는 수업에 이미 늦었다. 뭔가 변명거리를 찾아야 했지만 그냥 학교에 갔다. 친구들과 보내는 지루한 일상에서 뭔가 다른 것을 느끼고 싶었다. 오히려 스테파노나 다른 친구들을 만나 싸움이라도 하고 싶었다. 학교에 도착하니 경비가 가로막으며 학생부로 가라고 했다.

학생부장이 지각한 이유를 설명하라고 차갑게 말했다.

"병원에 다녀왔어요."

"처방전은? 진단서를 가져와야 하는 건 알지?"

"깜빡했어요."

베르타는 아무 두려움 없이 대답했다. 스테파노 집에서 겪은 공포에 비하면 이건 아이들 놀음같이 느껴졌다. 그래서 겁 없이 무례한 태도를 유지할 힘이 났다.

"그럼 내일 어머니가 써 주신 결석 신고서를 가져와라. 내일 나한테 먼저 와. 안 오면 내가 어머니와 이야기할 거니까. 그건 그렇고, 베르타, 봄에 열릴 시 낭송회에 참가할 거지? 네 이름은 올려놨다. 그러니 내 입장 곤란하게 만들지 말아 주라."

이건 생각지도 못한 상황이었다. 처음에는 꾸짖더니 그다음에는 부탁을 한다? 영리한 베르타는 머릿속에서 재빨리 계산했다. 이렇게 부탁하는 것을 보면 어머니한테 알리겠다던 협박에 겁먹을 필요가 없어 보였다.

'뭔가 부탁하면서 야단칠 수야 없지.'

베르타는 이런 생각을 하면서 만일의 경우를 위해 대꾸했다.

"시간이 없을지도 모르겠어요."

곧바로 학생부장이 빈정거렸다.

"시간이 없어? 속도가 모자라니, 공간이 모자라니?"

선생들은 각자 자신이 맡은 과목에 빗대어 빈정거린다. 역사 선생이라면 "동시성이 부족하니, 통시성이 부족하니?"라고 말했을 것이다.

"누가 참가하는데요?"

베르타가 물었다.

"그건 안토니오 선생님께 여쭤 봐라. 우리 학교에서 천사 같은 시인이시잖니."

안토니오 선생은 문학을 가르쳤다. 생각에 잠긴 시인이 떠오를 만큼 열정적이고 감각 있는 사람이었다. 천박한 지옥에서 구해 내어 올림포스 산으로 올려 보내야 할 것 같은 분이었다.

학생부장이 비유적인 표현을 쓰는 일이 거의 없어서 천사 같은 시인이라고 하는 말이 우스꽝스럽게 들렸다.

"네. 생각해 볼게요."

베르타는 일어나서 학생부실을 나왔다.

이제 자유였다. 베르타는 2층으로 올라가서 벤치에 앉아 수업이 끝날 때를 기다렸다. 종이 울렸다. 마치 교실 안에 꼼짝없이 잡혀서 종소리만 기다리고 있었다는 듯이 문이 벌컥 열리고 학생들이 우르르 나왔다.

베르타는 눈으로 마르코스를 찾았다. 마르코스는 교실 맨 끝에서 가방을 챙기고 있었다. 베르타가 마르코스에게 다가갔다.

"나랑 같이 가자. 할 말이 있어."

마르코스는 베르타가 단호하게 건네는 말에, 아무 저항 없이 따라나설 수밖에 없었다. 둘은 계단을 내려갔고, 베르타가 운동장으로 향했다. 보슬비가 내리고 있었다. 친구들도 거의 밖에 나가지 않고 로비에 머물러 있었다.

"안에서 얘기하면 안 돼? 비 다 맞겠는걸."

마르코스가 물었다.

"지금은 비 좀 맞아 줘. 이걸 좀 봐."

베르타는 다시 찾은 수첩을 가방에서 꺼내 마르코스의 눈앞에

쑥 내밀었다.

"찾았구나! 스테파노가 줬어?"

마르코스가 놀라서 외쳤다.

"아니, 내가 빼앗아 왔어. 걔 집에 들어가서 가져왔거든."

"집으로 갔다니, 무슨 말이야?"

마르코스가 질투하는 기색이 보이더니, 비웃듯이 물었다.

"이탈리아어에 다시 관심이 생겼나 보네?"

"바보 같은 소리 하지 마. 스테파노 집에 몰래 들어갔으니까."

마르코스는 조금 전에 상상한 것보다 더 심각한 상황이라고 생각했다.

"맙소사! 대체 무슨 소리야?"

"오래전부터 그 집 열쇠를 가지고 있었거든. 전에 엄마가 그 집 청소를 했을 때 가지고 있던 거야. 며칠 전에 스테파노한테 수첩 얘기를 했어. 그랬더니 화를 내더라고. 다 읽고 나면 주겠다나? 그래서 가지고 있던 열쇠 생각이 났고, 수첩을 찾으러 그 집에 몰래 들어가기로 마음먹었지."

"너 미쳤구나! 누가 집에 있다가 너를 잡기라도 했으면 어쩔 뻔했어? 나중에 스테파노가 알게 되면 또 어쩔 건데? 너 범죄 행위인 거 몰라?"

베르타는 마르코스가 언제나 자신이 더 어른이고 더 신중한 사람인 듯 똑 부러지게 경고하는 데 질려 있었다.

"나도 범죄인 줄은 알아."

베르타가 화가 나서 소리쳤다.

"나를 발견하면 뭐든 둘러대면 되지."

"네 즉흥 연기력을 너무 믿는 게 탈이야, 베르타. 너 그러다 망한다."

이 말에 베르타는 다시 마음이 상했다. 마르코스를 보면 두 가지 상반된 감정이 동시에 들끓었다. 마르코스의 확실함과 균형 잡힌 관찰력, 어떤 상황도 이해하는 명석함은 좋았다. 하지만 반대로 그가 던지는 비난, 또 살면서 겪기 마련인 위험을 경고하려고 끝도 없이 해 대는 충고에는 진절머리가 났다. 인생을 알면 얼마나 안다고! 진짜 어려운 일은 자기도 겪은 적이 없으면서! 마르코스는 행복한 가정에서 살고 있었다. 정원이 있는 아름다운 집에 강아지도 있었다. 마르코스 말에 따르면 강아지 이름은 시인 다마소의 강아지와 똑같이 피스카라고 했다. 시인에 대해 따로 이야기한 적은 없었다. 마르코스는 낙제도 안 했다. 사실 열심히 공부하며 노력하는 아이였다. 노력한 만큼 늘 대가를 얻었다. 그러나 노동의 열매를 결코 맛보지 못하는 사람들도 있기 마련이다. 마르코스는 삶이 부당한 경우가 많다는 사실을 알지 못했다. 어떤 사람들은 인생의 짐이 너무 무거워 짐을 가볍게 하는 데에만 삶의 절반 이상을 날려 버린다. 그러다 마침내 짐이 가벼워졌을 때는 이미 늦어서 그 어떤 비상도 못 하면서 말이다.

'가여운 마르코스! 결국 삶의 위험에서 너를 구할 사람은 나야.'

베르타는 때때로 이런 생각을 했지만 입 밖에 내어 말하지는 않았다.

"좋아. 나를 혼내기만 할 거면 더 말 안 할래."

"뭐가 더 있어?"

"스테파노 집에서 정말 이상한 걸 봤거든."

"말하지 마!"

"시디를 복제하는 방이 있는 것 같아."

"제발 그만! 머리가 터질 것만 같아."

"나올 때 어떤 방을 살짝 봤는데 벽이 온통 컴퓨터로 가득 차 있더라고. 불이 켜져 있었고 녹음이 되고 있었어. 그런데 그때 누군가 들어오는 소리가 나서 얼른 숨었어. 얼마나 무서웠는지 몰라."

베르타는 다시 입을 다물었다. 이야기하면서 감정 조절할 시간이 필요했다. 게다가 이야기를 하다 보니, 그것이 단순 놀이가 아니라 훨씬 더 위험한 것임을 깨달았다.

"누구였는데?"

"보지는 못했어. 하지만 한 명은 목소리를 알겠더라."

"스테파노였어?"

"아니, 라시드."

순간 마르코스는 쓰레기장으로 가던 날 스테파노와 라시드가 같은 자동차를 타고 가던 모습이 떠올랐다.

"확실해?"

"둘이 이야기하는 소리를 들었으니까 확실해. 푸른색 보따리를 가득 채워서 들고 나갔어."

"그쪽 사람들은 너를 못 봤고?"

"못 본 게 분명해."

"그래서 우리가 뭘 해야 한다고 생각해?"

"모르겠어. 너무 놀라서. 경찰에 신고해야 할까?"

"미쳤어? 확실한 건 아무것도 없잖아. 게다가 네가 그 집에 왜 있었는지 어떻게 설명하려고? 다 잊어버려. 어쨌든 앙헬 선생님께 말씀드리는 게 좋겠다. 아마 뭔가 충고해 주실지도 몰라."

"나도 그 생각을 했어. 하지만 너한테 먼저 말하고 싶었어."

마르코스는 부푼 가슴으로 "너한테 먼저 말하고 싶었어." 이 말을 혼자 되뇌었다. 아주 오랜만에 베르타가 자신을 우선으로 생각한다는 걸 알린 거다. 비가 왔지만 마르코스는 이 한 마디로 우쭐해졌다.

15

그날 오후 베르타의 엄마 루시아는 앙헬의 집에 갔다. 무슨 일을 할지, 물건이 어디 있는지 설명을 듣고 복사한 열쇠를 받기로 약속한 날이었다. 루시아는 약속 시간에 딱 맞춰 도착했다. 집에 들어서자마자 정돈된 집 안 풍경에 깜짝 놀랐다. 앙헬은 커피를 타 주었고 루시아는 기분 좋게 마셨다. 앙헬을 보면 흔치 않은 존경심이 절로 생겼다. 좋은 풍채와 느릿한 몸짓, 주의 깊게 이야기를 들어 주는 태도, 친절함이 배인 말씨 때문이었다. 앙헬은 성품이 온화한 사람이었다. 처음에 사람들은 모든 게 느긋한 앙헬과 함께 있노라면 시간의 맨 끝에 선 듯이 불안해했다. 그러다 차츰 앙헬과 함께 있기를 좋아하고 편안해했다. 앙헬과 함께 있으면 자신이 그 모임의 진정한 주인공인 듯 느끼곤 했다.

앙헬은 상대방 앞에서 절대로 시계를 보지 않았다. 시간이 궁금하지 않아서가 아니었다. 조심스럽게 계산된 행동이었다. 상대방을 앞에 두고 시계를 보는 것은 '당신이 내 시간을 빼앗고 있다.'라고 말하는 것이나 같다고 생각했다. 앙헬은 시간에 관대해져야 한다는 생각을 했다. 함께 나누는 시간은 늘 얻는 시간이라 여기면서 말이다. 때로는 주머니 속에서 시계를 장난감처럼 손가락 사이로 가지고 놀기도 했다. 무엇보다도 앙헬은 비범한 재주가 있었다. 잘 들을 줄 아는 점이었다. 상대방이 말하도록 이끌기를 좋아했고, 상대방이 생각하고 있던 것을 모조리 끄집어냈다는 생각이 든 뒤에야 자기 말을 이어서 했다.

루시아는 앙헬한테 접대를 받으며 기분이 좋아졌다. 남자와 이런 식으로 대화를 나눈 적은 없었던 것 같았다. 어린 시절이 지나간 뒤로 모든 것이 고통스럽거나 다급하기만 했다. 들은 말이라고는 명령이나 나무라는 말뿐이었다. 사랑이 담긴 말이거나 단순히 인정해 주는 말은 어쩌다 한 번씩일 뿐이었다. 그러니 루시아가 한 대답들도 복종하거나 거절하는 말뿐이었다. 그런데 지금은 뭔가를 부탁하는 태도로 자신이 해야 할 일을 알려 주는 남자 앞에 앉아 있었다. 나중에는 우아한 손짓으로 지저분해진 식탁을 깨끗이 정리해 달라고 말할 터였다.

'어쩌면 이게 정상일지도 몰라.'

다른 여자한테는 일상적일지 몰라도 루시아한테는 무척 특별한 일이었고 평범한 일이 아니어서 자신도 놀랐다. 루시아는 찻숟가락으로 커피를 휘저으며 자기도 모르게 베르타 말고는 살면서 걱정할 일이 없다는 말을 하고 있었다. 모든 것을 포기하지 않고 생판 모르는 곳으로 와서 새로운 삶을 시작한 것도 베르타 때문이었다는 말도.

"우리 어머니도 저를 말리지 않으셨지요."

앙헬은 루시아가 이만큼 신뢰감을 가지고 자신에게 속마음을 털어놓는 모습을 보며, 한 학생의 어머니이자 앞으로 자기 집 도우미가 될 사람과 이야기를 나누고 있다는 생각에서 벗어나려고 애썼다. 단순히 한 사람과 이야기를 나누고 있다고 생각하려고 애썼다. 앙헬은 자신을 바라보지도 않은 채 이야기를 하는 루시아를 주의 깊게 살펴보았다. 루시아는 마치 기억의 실타래를 풀기라도 하듯 찻숟가락으로 커피를 저으며 이야기했다. 가까이에서 바라보니 지금 삶의 어려움을 털어놓는 어머니의 얼굴 뒤로 베르타의 얼굴이 보이는 듯했다. 두 얼굴 똑같이 아름다웠다. 하나는 미래의 아름다움이고 다른 하나는 과거를 짊어진 아름다움이었다. 피곤한 아름다움과 기대에 부푼 아름다움, 황혼의 쓸쓸함과 정오의 찬란함이 깃든 아름다움이었다. 문득 루시아가 고개를 들었다. 앙헬은 생각 없이 루시아를 쳐다보고 있었다는 데에 놀라서 당황스럽게 시선을 다른 곳으로 돌렸다. 루시아도 그런 사실을 알아차렸다. 루시아는 알파라체에 오래 있을지 물었다. 앙헬은 아직 모르겠다고, 아직 얼마 되지 않았고 인생의 유랑기를 시작했다고 대답했다. 루시아는 무슨 말인지 이해하지 못했다. 그래서 앙헬은 부인이 세상을 떠난 뒤 움직여야 할 필요성을 느꼈고, 어떤 곳에서도 마음을 붙일 수가 없었다고 설명했다. '누구한테도'라는 말은 하려다 말았다.

이젠 루시아가 앙헬의 말을 주의 깊게 들었다. 앙헬은 사모라에서 보낸 마지막 쓸쓸한 날들을 이야기했다. 베나벤테 옆 마을인 베시야 데 트라스몬테에 남겨 둔 집 이야기도 했다. 오싹해지는 곳이기도 했지만 한때 행복한 시절을 보낸 곳이기도 했다. 앙헬은 자기도 모르는 사이에 그곳 이야기를 시작했다. 그즈음이면 얼어 있을 들판과 진흙 길, 바람보다 더 차가운 빛에 관해 이야기했다. 그리고 그리운 불에 대해서도. 앙헬은 떡갈나무 줄기가 타오르는 벽난로를 그리워했다. 식탁 아래에 화덕을 놓아 온기를 느끼도록 만든 이 지방 발명품이 장난감처럼 우스웠다. 그리고 사람들이 이 발명품에 대단한 자부심을 가지는 것 또한 우스웠다.

"안달루시아스페인 남쪽 끝에 있는 지방 사람들은 추위가 뭔지 몰라요. 불이 뭔지도 모르고요."

루시아는 화덕을 무시하는 앙헬의 말에 세비야 사람으로서 모욕감을 느낀다는 말로 반박하려고 했다. 그러다 발명품이 장난감 같다는 말이 재미있어서 그냥 웃기만 했다. 앙헬은 자신도 모르게 커피를 한 잔 더 따랐고, 루시아한테도 더 따라 주었다. 루시아도 사양하지 않았다. 앙헬은 담배에 불을 붙이고는 베시야의 겨울이 어떤지 신이 나서 이야기했다.

"베시야에서는 하늘 색깔만 봐도 폭풍우가 몰아칠지 어떨지 알수 있어요. 상상도 안 갈 겁니다. 갑자기 빛이 모두 사라져요. 낮인데도 빛이 없죠. 거리는 푸른색을 띠다가 이내 잿빛으로 변하고 어느덧 캄캄해지지요. 그러고 나면 비가 이곳처럼 조금씩 부슬부슬내리지 않아요. 전혀 아니죠. 그곳에서는 머리 위로 물벼락이 쏟아져요. 직접 보셔야 하는데……. 목동들은 양 떼를 그냥 내버려 두고 막 뛰어가요. 그러면 양 떼들도 본능에 따라 마구간으로 달려가지요. 그다음에는 천둥 번개가 쳐요. 언제나 그런 식이라는 걸모르면 다들 무서워서 죽을 겁니다. 그러고 나면 사람들은 밖에나가지도 않아요. 그 겨울에 밖에 나가 봤자 할 일이 없으니까요. 자연이 인간을 배제하기로 한 계절인 셈이지요. 그러니 자연이 인간을 다시 원하기 전에 밖에 나갔다가는 벼락을 맞을 수도 있어요. 벼락을 맞으면 우리는 화르르 타 버리지요."

루시아가 웃음을 터뜨렸다.

"정말이에요. 웃지 마세요. 과장이 아니에요. 그래서 우리는 불가에 앉아 문을 열고 앞에 있는 산을 보기만 할 뿐이지요. 떡갈나무들이 멀리서 그곳에 가지 말라고, 그 산에는 인간이 설 자리가없다고 외치는 것 같아요."

루시아는 앙헬이 생생하게 묘사하는 이야기를 듣고 부르르 몸을떨었다.

"그렇군요. 정말 추운 곳 같아요."

"네, 맞아요. 그래서 여기 안달루시아 사람들이 춥다고 말하는 소리를 들으면 피식 웃음이 나요. 이미 세상을 떠난 시인인데 호세 이에로라는 시인이 낭송하는 걸 들은 적이 있어요. 시를 한 편 읊었는데, 이런 후렴구가 반복되지요. '아이고, 안달루시아 사람들은 얼마나 추울까.' 아시나요? 세비야의 한 시인이 안달루시아 사람들에 대해 이렇게 말하는 것을 듣고 불쾌했다고 이야기하더랍니다. 하지만 시인은 누구에게든 불쾌감을 주려고 한 게 아니에요. 재미있게 말하고 싶었을 뿐이지요. 독일에서 그렇게 말했다면 마음이 아팠겠지요. 저도 여기에 오기 전까지 그 시를 이해하지 못했어요. 그 시만 읊어서는 왜 그렇게 말했는지 알 수 없었지요."

루시아는 시인을 몰랐다. 시인에 대해서는 들은 적이 없었다.

'시인도 그런 말을 하나? 시인들은 아름다운 것만 말하지 않나?'

루시아는 궁금했지만 입 밖에 내어 물어볼 수 없었다. 벌써 한 시간이 지나 있었다. 루시아는 앙헬에게 폐를 끼친 것 같아 걱정되었다. 선을 지켜야 하는 사람과 이야기를 나눈 것이 예삿일은 아니었다. 앙헬은 편할 때 드나들 수 있도록 루시아에게 열쇠를 건넸다. 두 사람은 이야기를 많이 나눈 것에 대해 서로 사과했다.

앙헬은 작별 인사를 나누며 말했다.

"언젠가 따님과 함께 베시야 구경을 시켜 드리지요. 그곳 겨울이 어떤지 한번 맛보시도록 말입니다."

16

"베르타, 호세 이에로가 누구야?"

"시인."

"그 시인이 쓴 책 갖고 있니?"

"없을걸. 호세 이에로는 왜 찾아? 엄마는 시집 안 읽잖아."

"왜, 엄마는 관심 좀 가지면 안 되니?"

"되지. 그냥 엄마 질문에 놀라서. 시집을 보고 싶으면 베케르의 《서정시집》을 봐. 집에 있어. 엄마도 좋아할 거야."

"싫어. 엄마는 호세 이에로를 읽고 싶어."

"왜 갑자기 호세 이에로 타령이야?"

루시아는 아무 대꾸 없이, 머릿속에 새겨 둔 문장을 떠올렸다. 아이고, 안달루시아 사람들은 얼마나 추울까.

"읽고 싶으면 도서관에서 빌려 올게."

"그래. 빌려다 줘."

베르타는 지금 시집 말고 다른 걱정을 하고 있었다. 그 걱정거리는 앙헬에게 털어놓을 작정이었다. 그러면서 스테파노의 집에서 본 것도 말해 보리라 마음먹었다.

앞서 들어야 하는 수업은 앙헬이 도착하기 전에 치러야 할 세금과도 같았다. 경제 수업은 수요와 공급의 곡선에 바치는 순교였다.

'정말 웃겨. 우리가 선생님들처럼 사고했다가는, 세상의 열쇠가 교과서에 있다고 믿을 판이야. 과목마다 두세 챕터를 인생에 적용하면 된다고 말이지.'

베르타가 생각했다.

경제 수업을 들으면 세상에는 수요와 공급의 법칙 외에 다른 법칙은 없을 것 같았다. 역사 수업을 들으면 펠리페 5세의 새로운 칙령을 이해하지 않고서는 아무도 현재를 이해할 수 없을 것 같았다. 영어 수업을 듣고 있으면 be동사를 이해하지 않고서는 세상을 다닐 수 없을 것 같았다.

"결국 세상에는 자기 과목밖에 없다고 생각하고 사는 거야."

마르코스가 이렇게 말할 때마다 베르타가 대꾸하곤 했다.

"그렇게 심하게 말하지 마, 마르코스!"

앙헬이 들어왔다. 베르타와 마르코스는 선생님 책상으로 다가가, 도서관에서 책을 한 권 빌려 주고 잠깐 이야기를 나눌 수 있을지 물었다. 앙헬은 지금은 자리에 앉고 수업 끝난 뒤 보자고 말했다. 앙헬은 자신에게 쏟아지는 질문과 자신과 이야기를 나누려는 사람들 때문에 피곤했다. 다들 내면의 이야기를 앙헬에게 털어놓고 싶어 했다. 앙헬은 개인 문제는 듣고 싶지 않았다. 그런 문제는 저마다 있기 마련이다. 진짜 비밀스러운 문제라면 어떻게 이야기를 꺼낼 수 있겠는가? 그럴 수 없는 일이다. 사람들은 공과 사를 구별하는 법을 배워야 한다. 그중 앙헬은 '공적인 일'만 알고 싶었다. 하지만 정작 그럴 자신은 없었다.

"사적인 일이란 무엇이고, 공적인 일이란 무엇일까?"

앙헬이 아이들에게 질문을 던졌다. 질문은 그가 설명하는 방식이었다. 소크라테스에게 배운 방식이다. 적어도 소크라테스에게 배운 방식이라고 말하기를 좋아했다.

"나의 스승인 소크라테스가 가르쳐 주었지."

이렇게 말하면 학생들은 어리둥절해하며 말도 안 된다는 몸짓으로 얼굴을 찡그렸다. 그래도 앙헬은 태연했다.

"나의 스승인 소크라테스는 완고한 분이시지. 그분을 만나면 차라리 달아나는 게 나아요. 그분이 한번 질문을 던지기 시작하면, '지금 몇 시인가.' 같은 단순 질문일지라도 여러분은 질 게 뻔하거든요. 대답을 하든 못 하든 마찬가지고. 대답을 했다면, 곧바로 대답한 이유가 '시'라는 단어의 뜻을 이해했기 때문이 아니냐고 물을 거예요. 여러분이 '시간을 재는 방법'이라고 대답했다면, 그분은 다시 시간이 무엇이냐고 물을 테고요. 이러다 보면 여러분은 지게 되어 있어요. 질문이 이어질수록 어려워지거든요. 그분의 논리를 따라가기란 더욱 어려운 일이지요."

앙헬은 계속해서 질문을 던졌다.

"내면적인 것이란 무엇일까요? 누구 현명하게 대답해 줄 사람?"

"우리 안에 있는 겁니다."

마놀로가 대답했다.

"이를테면 간과 같은 거군요."

앙헬이 이렇게 결론짓자, 학생들이 웃음을 터뜨렸다.

"부끄러워할 것 없어, 마놀로. 적어도 답하려고 시도해 봤으니까. 마놀로의 대답도 옳아요. 하지만 정확하지는 않지요. 정의라는 것은 우리가 정의하려는 것에 대해 가치를 지녀야 해요. 그러니 좀 더 구체적으로 생각해 보도록. 우리 안에 있되, 어떤 종류일까요?"

"감정이에요."

"이를테면 우리 안에 있는 감정이다…… 그러면 그 감정은 다른 감정과는 다른가요?"

"네. 더 개인적이지요. 저만 아는 감정이니까요."

"그렇다면 오직 내게만 속해 있는 개인적인 감정이라 할 수 있겠군요. 그런데 개인적인 것과 내면적인 것 사이에 차이가 있을까?"

"네. 내면적이지 않은 개인적인 일들이 있어요."

"이를테면?"

"남자 친구랑 몇 시에 만나기로 한 일 같은 거요."

"맞아요. 그러한 사실은 개인적이지만 내면적이지는 않지요. 그럼 어떤 것이 내면적인지 다른 예를 들어 본다면? 자, 누구한테 물어볼까?"

학생들은 자신이 호명되지 않기를 바라며 고개를 폭 숙였다.

"음, 자네."

앙헬이 토마스를 가리켰다. 생각이 깊어 보이는 학생이었다. 토마스는 잠시 망설이다, 마침내 결심한 듯 입을 열었다.

"내면적인 것이란…… 아버지가 돌아가시기 전에 남긴 말씀 같은 것이에요."

토마스가 대답하자 주위가 조용해졌다. 교실에 무거운 침묵이 흘렀다. 그런 문제에는 농담을 걸 여지가 없었기 때문이다. 한 학생이 뭔가 진지한 말을 했고, 그 진지함은 한눈파는 학생들의 마음 깊숙이 파고들었다. 앙헬은 그것을 알았다. 정확한 말 한마디가 현실을 바꾼다. 깊이 있는 말, 수수께끼 같은 말, 진심을 담은 말. 이러한 말에는 모두의 귀가 열려 있다는 점과 그토록 떠들썩한 가운데에도 감정이 비집고 들어설 공간이 있음을 확인시켜 준 말이다.

앙헬도 다른 학생들처럼 침묵을 지켰다. 그러나 뭐든 반응을 보여야 했다. 토마스는 몇 주 전에 아버지를 잃었다. 아직 일상으로 돌아오지 못하고 관습에 따라 검은 셔츠를 입고 다녔다. 어린 학생들도 죽음에 대해서는 경건한 태도를 보인다. 이들에게 죽음이란 삶에서 첫 번째로 느끼는 신비다. 그 나이에는 아직 눈부신 능력

을 간직하고 있다. 그러다 반복되는 가혹한 일상이 삶이라는 기적
을 숨긴다.

토마스는 왜 그런 대답을 했을까? 몇 주간 아버지의 빈자리를
경험한 뒤 얼마나 힘들게 나온 말이었을까? 마지막 말이 무엇이었
을까? 마지막 말을 들을 기회는 누가 누릴 수 있을까? 영원을 향
해 떠나는 무한한 고독 속에서 누가 그 얼굴을 맞댈 수 있을까?
입술로 빠져나오는 마지막 숨결 속에서 누가 마지막 말을 들을 수
있을까? 삶의 마지막 호흡과 연결된 숨소리, 그 숨소리와 함께 나
오는 말, 영혼과 작별하는 그 말을 말이다.

죽음 직전에 말을 하는 사람은 드물고, 그 말을 듣는 사람은 거
의 없다. 그런데 마르고, 예민해 보이고, 푸른 혈관이 이마에 지나
가는 것까지 보여 더욱 약해 보이는 소년이 눈에 눈물을 머금고
자신이 어느 영혼의 마지막 말을 들었다고 말했다. 토마스는 후원
자이자 안내자를 잃은 채 앞길을 홀로 달려가야 할 처지였다. 토마
스가 지닌 고독의 흔적은 본인도 그러한 사실을 실감하고 있음을
말해 주었다. 아버지를 잃은 것이 아니라, 아버지라는 존재 자체가
사라졌음을.

학생들의 침묵 속에 앙헬이 무슨 말을 해 주길 바라는 기대가
묻어났다. 토마스의 눈빛에서도 똑같은 기대감이 느껴졌다. 그 눈
빛에 담긴 것이 두려움인지 행복함인지 알 수 없었다.

"맞아, 토마스. 그런 게 내면적인 것이지."

앙헬이 무슨 말을 할지 기다리던 모든 학생들이 앙헬을 바라보았다.

"내면……거룩한 내면이지."

사람을 숙연하게 만드는 결정적인 침묵이 흘렀다. 토마스의 눈에서 물기가 걷혔다. 토마스는 눈물을 떨쳐 내고, 자신이 거룩한 내면을 지니고 있다는 사실에 행복해하며 자리에 앉았다. 아버지는 잃었지만, 적어도 내면의 비밀을 간직했다는 사실에 더 강해졌을 터였다.

"자, 이제는 글을 써 보세요. 글을 써야 생각을 질서 있게 정리할 수 있거든요. 또 언뜻 생각은 하고 있었지만 정확히 알지 못했던 결론을 뽑아낼 수 있을 거예요. '인간에게 있어 내면의 중요함'을 주제로 글을 쓰세요."

학생들은 고통스러운 감정의 바다에서 빠져나와 공책과 펜을 찾았다. 시선은 아직 앙헬을 향하고 있었다. 교실에 우울함이 걷히지 않은 느낌이었다.

종이 울리자 모두 복도로 나갔다. 그러나 보통 때와 같은 소란함이 없었다. '진지함'에 어울릴 듯한 내면의 무게를 지니고 마지못해 나가는 것 같았다.

베르타와 마르코스가 앙헬에게 다가갔다.

"좋아. 지금 도서관으로 내려가자. 책을 줄 테니."

17

도서관은 늘 그랬듯이 잠겨 있었다. 요즘 들어 선생들은 도서관을 어떻게 관리해야 할지 헤맸다. 학교에 공간은 부족하고 책은 남아돌았다. 앙헬은 도서관 문을 개방하고, 당번을 정해서 관리하자고 제안했다. 그러나 거인에 맞서 싸우는 듯이 쓸모없는 짓이었다. 도서관을 관리하기 전에 복도부터 감시해야 한다, 먹고 떠들기만 할 텐데 뭐 하러 열어 놓느냐, 비디오테이프만 없어질 거다, 관리자를 두느니 차라리 못 들어오게 하는 게 낫다, 열쇠로 창문을 잠가 놓아야 한다, 학교를 소란스럽게 해서 어디로 보내야 할지 모르는 학생들을 벌주는 곳으로 쓰는 게 낫다 같은 의견이 쏟아졌다. 어떤 선생은 도서관은 책이 살아가야 하는 곳이니 질서를 어지럽히지 않고 그대로 두는 쪽이 낫다고 확신했고, 다른 선생은 뭔가 시도해 봤다가 잘 안 되자 지치고 피곤한 마음으로 포기한 상태였다.

어쨌든 도서관은 비질하지 않은 집과 같았다. 사실 도서관은 책을 가둔 감옥이었다. 책들이 선반에서 움직이며 나오고 싶다고 유리창을 두드리고, 누군가 제발 읽어 달라고 외치는 소리가 들렸다. 책 속 이야기란 독자 없이 흘러갈 수 없으니까.

스페인 소설 코너에서 누군가 빌려 간 《침묵의 시간》은 끝까지 읽히지 못했는지 끝내 책장으로 돌아오지 못했다. 책들은 쥐한테 손을 물어뜯기는 신세였다. 끝도 없이 그런 상태로 지내면서 누군가 제발 읽어 달라고, 쥐가 손가락을 놓아 주도록 책 앞으로 와 달라고, 마침표도 쉼표도 없지만 분명하고 단호한 언어로 소리치고 있었다.

희곡 코너에는 《보헤미아의 빛》이 공동묘지 장면에서 정지해 있다. 이 책에서 루벤과 후작은 묘지에 대해, 빛과 어둠에 대해 끊임없는 논쟁을 벌이고 있다. 죽음이 깃든 묘지에서 이들을 꺼내 주는 이는 아무도 없다. 멜리베아는 칼리스토1499년에 출간된 스페인의 고전 《라 셀레스티나》의 남녀 주인공의 이름가 도착하기를 기다리는데, 새벽하늘은 병든 꽃처럼 멈춰 있다. 사랑에 빠진 젊은이가 들어와 책을 들고 읽어 주지 않는 한, 칼리스토는 나타나지 않을 것이다. 하얀 나비들은 플라테로후안 라몬 히메네스의 시집 《플라테로와 나》의 주인공 당나귀의 이름에게 잡혀 있고, 경비원은 플라테로를 지나가게 해야 할지 막아야 할지 종잡을 수 없다.

후안 라몬스페인의 시인 1956년 노벨 문학상 수상은 자신이 지닌 것은 상상의 양식일 뿐이라고 끊임없이 이야기한다. 말을 더듬기 때문에 말하고 싶어도 말하는 방법을 잊은 유령이 하는 말처럼 들린다. 후안 라몬의 본질은 언어인데, 지금 후안 라몬에게 그 본질이 없다. 모두 그 외침을 듣지 못한다. 사람들 대부분 그저 지나갈 뿐이다. 그 외침을, 햄릿의 딜레마와 돈키호테가 부조리한 이유, 돈 후안의 모독, 십자가의 성 요한16세기 스페인의 성인이며 영성가. 신비문학가이 사랑에게 감사해하는 겸손한 언어들을 듣지 못한다.

이 말들을 앙헬은 들었다. 그들의 아우성과 고백, 협박, 명령, 껄렁거림……. '아, 얼마나 불행한가!' '럼주를 가져와!' '살지만 사는 게 아니야!'와 같은 소리……. 앙헬은 참을 수가 없었다.

앙헬은 열쇠를 돌려 도서관 문을 열었다. 누군가 오고 있다는 것을 알고, 고전이라는 시대에 뒤떨어진 오합지졸들은 놀라움을 감추고 반대로 침묵에 잠겼다. 묘지에 흐르는 고요와 같은 침묵이다. 도서관은 램프가 있는 묘지다. 오직 물속에서도 입을 다물지 않는 루벤의 목소리만 들려온다. 누구도 도서관에 들어온 이들을 놀라게 하고 싶지 않아서 침묵을 지킨다. 놀이의 법칙, 책들이 본성으로 알고 중요한 규칙으로 삼아 온 심오한 법을 알기 때문이다. 바로 선택은 독자의 몫이라는 것. 독자의 자유는 곧 책의 자유다. 그래서 책은 기다린다. 저마다 떨면서, 하얀 눈과 같은 부드러운 손길이 자신을 구하러 오기를 기다린다.

앙헬은 베르타와 마르코스에게 들어오라고 하며, 무슨 책을 찾는지 물었다.

"호세 이에로의 책 아무거나요."

베르타가 대답했다.

"네가 시에 관심이 있는 줄은 몰랐구나."

"우리 엄마가 읽으실 거예요."

"어머니가 시를 읽으시니?"

"모르겠어요. 안 읽으시는 줄 알았어요. 근데 '필사적으로' 호세 이에로의 책을 찾고 계세요."

'필사적으로'는 얼마 전 역사 시간에서 본 영화 제목에 나왔던 형용사였다.

앙헬은 루시아가 떠올랐다. 루시아의 쓸쓸한 아름다움이 지금 베르타의 얼굴에 비치고 있었다. 아직 인생에서 할퀸 자국 하나 없는 맑은 얼굴이었다.

"호세 이에로의 책 중에 특별히 찾으시는 책이 있니?"

"아뇨. 아무거나 괜찮아요."

그제야 앙헬은 어제 나눈 이야기가 기억났다. 루시아에게 추위에 대해 말하며 자신이 옛 추억을 솔직하게 쏟아 낸 사실이 떠올랐다. 자신이 한 말에 루시아가 감명받은 거라고 믿고 싶었다.

앙헬은 책장 문을 열고 스페인 현대 시집을 쭉 훑었다. 그러다 시집 한 권을 빼서 목차를 펼쳐보고, 중간 페이지를 열었다.

"아이고, 안달루시아 사람들은 얼마나 추울까?"

앙헬이 한 구절을 읊었다. 마르코스와 베르타는 어리둥절한 표정으로 마주 보았다.

"이 책을 드리렴."

앙헬은 방금 읽은 페이지에 종잇조각을 끼워 넣었다.

베르타가 나가려다 말고 멈춰 섰다.

"또 다른 볼일이 있니?"

앙헬이 물었다.

"책에 관한 일은 아니에요. 다른 일을 말씀드리고 싶어요. 심각한 일이어서 아무도 듣지 않았으면 해요."

앙헬은 책을 찾을 때 썼던 안경 너머로 베르타를 바라보았다. 앙헬은 다시 안경을 벗고, 책상 모퉁이에 걸터앉았다.

"좋아. 말해 보렴."

마르코스가 입을 열었다.

"어제 베르타가 옛날 열쇠를 가지고 허락도 없이 스테파노 집에 들어갔어요. 자기 수첩을 찾으려고요. 그런데 들어가서 보니까……."

"집 안에 시디를 복제하는 방이 있었어요. 라시드가 낯선 사람이랑 그 방에 들어오더라고요. 저는 숨어 있었고요. 뭘 어떻게 해야 할지 모르겠어요. 스테파노를 돕고 싶기도 해요. 근데 한편으로는 저랑 무슨 상관이 있나 싶어요. 스테파노는 나쁜 사람들이랑 어울리고 다녀요. 찬카라는 사람하고 온종일 같이 있고요. 찬카는 폐품과 장난감을 줍고 다니죠."

"잠깐만, 잠깐만."

앙헬이 그 남자의 이름을 듣자마자 말을 막았다.

"너희, 찬카가 누구인지 아니?"

"어제 그 아저씨를 만나고 왔어요. 쓰레기장에서 제 수첩을 주웠거든요."

"어디 사는지 알아?"

"고속도로 아래에 움막 같은 곳에서 살아요. 지하철이 지나다닐 곳에요."

앙헬은 생각에 잠겼다.

"나를 거기로 안내해 주겠니?"

앙헬이 열띤 얼굴로 물었다. 노르에 관해 뭔가 알아내고 싶었다.

"그러면…… 스테파노는요? 시디들은요?"

베르타와 마르코스는 앙헬이 보인 뜻밖의 반응에 당황했다.

"미안하구나. 근데 어쩌면 한꺼번에 두 가지를 해결할 수 있을지도 모르겠다. 어쨌든 찬카라는 사람부터 만나야겠다."

앙헬이 서둘러 일어났다.

18

베르타와 마르코스는 시장 옆 광장에서 앙헬을 기다렸다. 앙헬의 태도에 걷잡을 수 없는 호기심이 일었다. 둘은 앙헬이 왜 그런 남자한테 관심을 기울이는지 궁금했다. 선생님과 찬카는 한데 묶어 볼 상상조차 할 수 없이 다르고, 통하는 점이라고는 전혀 없는 다른 세계에 사는 듯이 보이는데 말이다.

앙헬은 광장에 도착하자마자 노르와 관련해서 벌어진 일을 털어놓았다. 그러고는 당분간 이 일은 비밀로 해 달라고 신신당부했다. 앙헬은 아이들이 최선을 다해 도와주리라 믿었다.

그날은 토요일이었다. 주말이 늘 그렇듯, 그날도 광장은 활기찼다. 사람들이 온통 시장에 몰려들어, 철학이 없는 아고라에서처럼 물건을 사고팔았다. 물건은 상자에 올려놓거나, 철제로 조립된 임시 좌판에 늘어놓았다. 과일, 신발, 옷, 꽃, 올리브가 있었고, 바구니에 넘치도록 담긴 달팽이도 있었다. 몇몇 달팽이는 바구니에서 달아나는 중이었다.

앙헬과 베르타와 마르코스는 임시 진열대에 모인 사람들을 피해 가토 모퉁이로 향했다. 무엇을 가지고 흥정하는지 알 수 없는 사람들을 뒤로하고, 세 사람은 마을을 가로질러 아스팔트가 깔린 지역이 끝나고 고속도로로 내려가는 개간지에 다다랐다. 베르타와 마르코스는 찬카의 움막이 있는 곳을 가리켰다.

"알았다. 여기서부터는 혼자 내려가마."

마르코스는 뒤에 남는 것이 비겁하다는 생각이 들어 함께 가겠다고 나섰다.

"아니야. 정말이야. 너희는 여기서 기다리는 게 좋겠어. 아무 일도 일어나지 않겠지만 삼십 분이 지나도 내가 돌아오지 않으면 그땐 너희가 도와주렴. 바벨탑으로 가서 칠 층에 사시는 힐 선생님을 만나 줘. 아는 분이지, 베르타?"

"힐 할아버지요? 노르한테 책을 빌려 주신 분이잖아요."

"그걸 알고 있었니?"

"네. 노르가 이야기해 줬어요. 노르한테 스페인어도 가르쳐 주셨다고 했어요. 오후면 노르가 그 집에 가서 지냈어요. 나올 때는 늘 책을 들고 나왔고요. 노르가 힐 할아버지 댁에는 어마어마한 도서관이 있다고 했어요."

"그래, 맞아. 우선 여기서 기다려라. 내가 돌아오지 않으면 부탁한 대로 해 주렴."

앙헬은 미끄러지지 않도록 조심하며 내리막길을 내려갔다. 며칠 전에 비가 내려서 땅은 축축하고 진흙투성이였다. 그렇게 빗물이 고인 곳에 사람 사는 움막이 있으리라고는 상상도 못 할 곳이었다. 베르타와 마르코스는 길 위에서 눈으로 앙헬을 쫓았다. 앙헬이 모퉁이를 돌아 판자 울타리에 다가가자, 찬카의 개들이 불쑥 나타났다. 베르타와 마르코스 귀에는 개 짖는 소리가 들리지 않았다. 고속도로에서 들려오는 시끄러운 차 소리에 개 소리가 묻혔기 때문이다.

앙헬은 멈춰 서고는 손을 들어 개들을 진정시키려고 했다. 개들은 좀체 앙헬 옆을 떠나려 하지 않았다. 그때 판자 하나가 한쪽으로 움직이더니 찬카가 나타났다. 전날처럼 기름때투성이인 가죽 재킷을 입고 있었다. 찬카의 말 한마디에 개들은 순식간에 입을 다물고 한쪽으로 물러났다.

"무슨 일이슈?"

찬카는 크게 소리치며 앙헬이 더 가까이 오지 못하게 막았다.

"찬카 씨를 만나고 싶습니다."

"누가 나를 찬카라 했소? 다시는 그렇게 부르지 마슈. 내 이름은 호세 몰린스니까."

앙헬은 부끄러워졌다. 사람들이 붙인 별명에 모욕감을 느낄 수 있으리라는 점을 미처 생각하지 못했다. 그가 사는 환경과 그의 모습으로 보아, 이름을 부르라고 강조하는 것은 방어 자세에 가까웠다. 앙헬을 시청에서 나온 사람이라고 여긴 모양이었다. 앙헬이 바바리코트를 입고 표준말을 쓰니 경계심이 생긴 것 같았다.

"알겠습니다, 몰린스 씨. 당신과 꼭 이야기를 나누고 싶어서 왔어요. 몰린스 씨 주소를 몰랐지만, 어디 사는지 쉽게 찾을 수 있었어요. 당신의 본명을 아는 사람은 아무도 없더군요. 마을에서는 별명으로 불린다는 사실을 아시지요?"

앙헬은 신뢰감을 주려고 일부러 이런 말을 생각해 냈다.

베르타와 마르코스는 두 사람의 움직임을 저 위에서 힘겹게 따라가고 있었다. 앙헬이 앞으로 다가갔어도 울타리를 넘지 못하는 모습만 보일 뿐, 두 사람이 나누는 대화는 들리지 않았다.

"본론부터 말하지요. 전 아무도 두려워하지 않아요. 잃을 게 하나도 없거든요. 내가 사랑하던 것은 이미 오래전에 하느님이 거둬 가셨지요. 그 보상으로 무엇에도 두려워하지 않을 힘을 주셨고요. 그러니 우리 집에 폭력배를 보낸들 눈 하나 꿈쩍하지 않는다는 것을 알아주시면 좋겠습니다. 당신이 무슨 일을 하는지 나는 모르고 관심도 없어요. 다만, 노르라는 남자애가 어디에 있는지만 말해 주면 좋겠어요."

찬카는 앙헬을 물끄러미 보며, 손에 들고 있던 지팡이로 바닥에 원을 그려 댔다. 몽둥이로 한 대 패고 싶지만 망설이는 듯이 보였다. 그러다가 자기를 찾아온 상대가 누구인지 모른다는 데에 생각이 미쳤다.

"왜 나한테 그런 말을 하는 거요? 나는 장난감을 사고파는 사람이오. 그쪽이 무슨 말을 하는지 도통 모르겠군."

"그런 말이라면 하지 맙시다."

앙헬은 찬카가 자기한테 기죽은 모습을 보면서 자신감이 생겼다. 이참에 자신에게 유리하도록 전세를 틀어야겠다고 생각했다.

"난 장난감 따위에는 관심 없어요. 그건 당신도 마찬가지겠지. 내가 신경 쓰는 건 노르라는 소년뿐이오. 노르의 가족한테도 아무 관심 없어요."

앙헬은 이렇게 말하며 노르 외에는 아무 관심 없음을 강조했다.

"당신이 노르의 행방을 알려 줄 수 있다는 걸 알고 찾아왔소. 당신들이 바벨탑에 사는 노인과 선생을 놀라게 하려 했다는 걸 알고 있소. 하지만 난 그들과 달라요. 그러니 노르가 어디 있는지 알려 줘요. 물론 사례는 하겠소."

앙헬은 사례하겠다는 말을 무심코 내뱉었다. 그러고 나니 적절하지 않은 표현 같아서 후회했다. 그 말 때문에 찬카가 화를 낼지도 모를 일이었다. 앙헬은 자기 말도 바로잡고, 일을 빨리 처리하기 위해 지갑에서 돈을 꺼냈다.

"자, 대가는 얼마든지 드리지요."

찬카는 지팡이를 빙빙 돌리던 손길을 멈추고, 허공에 휘날리는 지폐를 바라보았다. 돈의 유혹에 넘어갈 뻔했다. 그러나 앙헬의 얼굴에서 어떤 낌새를 느꼈다. 이를테면 포커판에서 얼굴 한 번 씰룩였다가 속임수가 들통 나듯, 앙헬한테서 뭔가 의심스러운 빛이 감돌았다.

찬카는 날카로운 후각으로 함정의 냄새를 맡고는 물러서지 않고 거절의 말을 쏟아 내기 시작했다.

"이봐, 그만 썩 꺼지시지. 당신이 말하는 그 흑인 놈에 대해서는 난 아무것도 모른다고 했잖아."

그때 노르가 흑인이라는 말을 양쪽 다 꺼낸 적이 없음을 둘 다 깨달았다. 긴장감이 감도는 순간이었다. 찬카가 지팡이를 휘두르자 개들이 짖기 시작했다.

"노르가 어디 있는지 당신은 분명 알고 있소. 몰린스 씨, 나한테 말해 주고 돈을 버시오, 제발. 그 누구한테도 입도 벙끗 안 하겠소. 난 그 아이를 만나고 싶을 뿐이오."

앙헬은 전세가 찬카한테 유리하게 기울었음을 깨달았다. 자기가 한 말에 두려움이 묻어나고 말았다.

'맙소사! 어쩌자고 제발이라는 단어를 썼을까!'

사냥개들은 멀리서도 두려움의 냄새를 맡을 줄 안다. 그것이야말로 진정한 무기니까. 개들은 더욱 심하게 짖어 댔고, 앙헬의 다리에 닿을 만큼 가까이 왔다. 그때였다. 아이들이 전에 보았다던 젊은 여자가 나타났다. 앙헬이 뭔가를 보고 놀란 것을 알고 찬카가 뒤돌아보았다.

찬카는 여자를 보자마자 버럭 소리를 질렀다.

"안으로 들어가!"

여자는 앙헬을 쳐다보았다. 짧은 순간이었지만, 명령에 따르지 않고 앙헬에게 뭔가 알려 주고 싶어 하는 눈빛이었다. 그 강렬한 눈빛이 앙헬 가슴 깊이 박혔다. 앙헬은 온몸이 굳어 버렸다. 순간 앙헬은 여자가 뭔가 알려 주리라 믿었다. 그러나 불같이 화를 내는 찬카의 목소리와 개 짖는 소리가 들려왔다. 기분 나쁜 정도를 넘어 협박으로 들렸다.

앙헬은 경기에서 진 느낌이었다. 어떻게 자신이 전문적인 사기꾼을 겁줄 수 있다고 믿었을까. 그러한 자신이 바보같이 느껴져, 풀이 죽은 채 뒷걸음질 치기 시작했다.

앙헬은 후퇴했다. 앙헬에게 달려드는 개들은 카론그리스 신화에 나오는 뱃사공으로, 죽은 자를 배에 태워 저승으로 안내함의 명령에 따르는 케르베로스그리스 신화에서 지옥의 문을 지키는 개 같았다. 앙헬을 봐줄 생각이 전혀 없어 보였다.

앙헬은 간신히 도랑 하나를 건넜고, 개들은 도랑 앞에서 멈춰 섰다. 그제야 앙헬은 맹수 같은 개 두 마리가 더는 뒤쫓지 않으리라 확신하고 달리기 시작했다.

위에서는 마르코스와 베르타가 앙헬을 기다리고 있었다. 찬카는 아래에서 계속 앙헬에게 저주와 욕을 퍼붓고 있었다.

"여기를 빨리 빠져나가자. 그놈을 한 방 먹였다!"

베르타와 마르코스는 앙헬이 하는 말을 듣고 놀랐다.

"이길 뻔했는데. 거의 대답을 들을 뻔했는데. 빌어먹을! 저 늙은 이는 몹쓸 악마야!"

19

앙헬은 힐을 만나러 갔다. 노인은 전날 공격을 받은 뒤로 기운 없이 축 늘어져 있었다. 이마에 붙인 거즈도 갈지 않은 채 힐은 앙 헬을 초조히 기다리고 있었다. 노인은 어떤 소식이든 듣고 싶어서 조바심을 내며 들어오라고 했다. 앙헬은 소파에 앉아 그 뒤로 다 른 일은 없었는지 물었다. 힐은 그저께부터 아무도 집에 오지 않았 다고 말했다.

"찬카를 만나고 왔어요."

"그래서 뭔가를 알아냈나요?"

"전혀요. 몽둥이로 맞을 뻔했죠. 비겁하고 몹쓸 인간이더군요. 액수를 두 배로 늘렸으면 다 불었을 텐데요."

"돈을 주었나요?"

"네. 그런데 받지 않았어요. 받으려고 했다가, 갑자기 뭔가 의심

한 것 같더군요. 제가 경찰이거나 시청에서 나온 사람이라고 생각
했는지, 말하기를 거부했어요. 노르가 어디에 있는지 틀림없이 알
고 있는데 말이에요."

"혼자 있던가요?"

앙헬은 반짝이는 눈빛으로 자신을 바라보던 여자가 생각났다.

"아뇨, 혼자가 아니었어요. 유색인 아가씨가 있었어요."

"젊던가요? 스물네댓 살쯤 먹어 보이지 않던가요?"

"맞아요. 키가 크고 날씬했어요."

"나비예요."

힐은 힘없는 목소리로 여자의 이름을 말해 주었다.

"찬카의 부인, 아니 노예지요. 모르겠어요. 알고 싶지 않아요. 하
지만 어쩌면 그 여자가 우리를 도울 수 있을지도 모르겠어요. 그
여자는 노르도 알고, 저도 알지요."

앙헬은 다시 강렬하면서 넋을 잃은 듯한 그 눈빛을 떠올렸다. 처
음 만났던 순간을 기억해 내려고 애쓰며 말했다.

"뭔가 제게 말하고 싶었던 것 같아요. 움막에서 나왔을 때 애절
한 눈빛으로 저를 쳐다봤지요. 찬카는 여자가 나온 걸 알아차리고
는 안으로 들어가라고 했고요."

힐은 자리에서 일어났다. 방 안을 서성이다가 거울 앞에 서서 이
마에 손을 댔다. 거울에 비친 자신의 모습을 보는 게 아니라, 내면
에서 대답을 찾으려는 것 같았다. 앨리스가 거울로 드나드는 길을

찾듯이, 그렇게 몇 초 동안 가만히 있었다. 힐은 몇 초 뒤에 다시
제자리로 돌아왔다.

"찬카 없이 나비를 만날 수 있는 곳을 알아요. 선생님이 제 친
구이고, 노르를 찾는 사람이 저라고 말씀하신다면 알고 있는 것을
말해 줄 겁니다."

"왜 저랑 함께 가지 않으세요? 나비를 아신다면, 어쩌면……."

"보세요. 제 다리를 보세요."

힐은 바지를 살짝 올렸다.

앙헬은 힐이 걸을 때 힘겨워하는 모습을 보지 못했다. 집이 좁아
서 제대로 볼 수도 없었다. 앙헬은 힐의 다리를 보고 있자니 구역
질이 나올 것 같았지만 내색하지 않았다. 부어오른 피부 위로 혈
관들이 터질 듯이 드러나 있었고, 살가죽이 벗겨진 상처들은 병이
얼마나 깊이 진행되었는지 보여 주고 있었다. 앙헬은 다리에서 거
두고 싶은 시선을 간신히 붙잡아 두었다.

"방법이 없어요. 지금부터는 아프기만 할 거예요. 다리를 자를
수도 있겠지만 그러고 싶지 않아요. 아마 절단하다가 죽겠죠. 지금
다리를 떼어 내 봤자 소용없지요."

앙헬은 다리를 그만 보고, 나비에 관해서 묻고 싶었다. 하지만
힐은 이야기를 이어 갔다.

"저는 나비를 만나러 같이 갈 수 없어요. 사실 난 이미 모든 것
과 작별을 했지요. 그런데 선생이 백조의 노래처럼 삶의 받침대를

잡도록 했다오. 아시지요? 세상을 떠나기 전, 마지막 호흡 말이에요."

앙헬은 힐이 자신의 고통을 기뻐하고 있다고 생각했다. 스스로 고통을 주려는 듯했다. 앙헬은 지나친 관심을 보이지 않기로 했다. 어쨌든 이 노인에 대해서 거의 몰랐고, 노인이 자신에게 스스로 감동하는 기쁨을 뺏어서는 안 되었다.

"그런데 나비는 왜 우리를 도우려고 할까요? 찬카의 아내라고 하셨잖아요?"

"아내라기보다는 노예라고 말했지요. 나비를 모욕하는 단어를 쓰고 싶지 않아서요. 나비하고는 우연히 알게 되었어요. 나비는 이곳에 막 도착한 무리와 함께 아래층에 살고 있었어요. 어느 날, 문 앞에서 흐느끼는 소리가 들려 나가 보았지요. 나비가 층계에 꼼짝 않고 앉아서 울고 있더군요. 찬카가 나비의 부담금을 받으러 집으로 찾아왔는데, 줄 돈이 없다고 했어요. 아래층으로 내려가려고 하지 않길래, 그날 오후 내내 우리 집에 있게 했지요. 제가 돈을 빌려주었지만, 그 돈으로는 충분하지 않았어요. 며칠 뒤, 나비가 찾아왔어요. 찬카와 합의를 했고 이젠 떠난다고, 이젠 아무 문제도 없다고 했지요. 전 그 말을 믿지 않았어요. 나비와 찬카 사이에 비참한 합의 말고 또 뭐가 있겠어요? 그 뒤로 찬카는 나비가 자기 아내라고 떠들고 다녔지요. 그러고도 남을 인간이었어요. 전 때때로 노르 편에 돈을 들려 보냈어요. 나비는 언제나 같은 대답을 해 왔죠. 언젠가 찾아뵙겠다고 전해 달라고요. 하지만 여태 저를 찾아온 적은 없어요."

앙헬은 힐의 말을 듣고 슬픔에 잠겼다. 그저 놀라울 뿐이었다. 앞으로 얼마나 많은 이야기를 듣게 될까. 힐로 인해 자신이 까마득히 몰랐던 세계가 활짝 열리는 듯했다.

"나비는 어디서 만날 수 있습니까?"

"내일 예배에서요."

"예배라고요? 교회 말씀이신가요?"

"맞아요. 장로교회예요. 많은 이민자가 그 교회에 다녀요. 집시들도 마찬가지고요. 학교 바로 아랫동네에서 모이지요."

"나비를 만나면 무엇을 알아낼 수 있겠습니까?"

"노르가 어디에 있는지, 어디에서 노르를 찾을 수 있을지 알게 되겠지요. 우리 두 사람이 알고 싶어 하는 것 말입니다."

'우리 두 사람이라고?'

이윽고 앙헬은 힐의 집에서 나왔다. 왜 힐의 말에 귀를 기울였는지, 어떻게 그토록 짧은 시간에 노인을 믿게 되었는지 모를 일이었다. 힐은 앙헬이 선택하지 않은 길, 달아날 수 없는 길로 앙헬을 이끄는 듯했다.

그렇다 해도, 왜 앞으로 나아가야 할까? 앙헬은 자기도 모르게 박애주의에 이끌려 움직이기 시작했다. 순간 방어적이고 이기적인 생각이 몰려들었다. 쓸데없이 위험 속으로 달려가고 있다니. 자신이 왜 위험에 노출되어야 하는가? 이 모든 일이 자신과 무슨 상관 있는가? 스페인 전체가 골칫거리 이민자로 가득했다. 스페인뿐만이 아니라, 유럽 전체가 마찬가지였다. 그런 마당에 자신이 무슨 일을 할 수 있을까? 우주의 수많은 존재가 저마다 사라지지 않으려고 버둥대는 판에, 왜 자신이 다른 사람의 인생을 걱정할 의무를 진단 말인가?

앙헬은 '살아남는다'는 단어를 떠올렸다. 잘못 사용한 단어일까? 어떤 이들은 단순히 살고, 어떤 이들은 살아남는다. '살아남는다'는 말은 사실 삶의 기준치 이상에서 살았다는 말이다. 생존은 상위의 삶을 의미해야 한다. 인간은 단지 살기 위해서 숨을 쉬는 게 아니라 살아남기 위해서 숨을 쉬어야 한다. 반대로 숨을 쉬니까 사는 것이기도 하지만.

살다, 살아남다, 함께 살다, 잘못 살다, 열심히 살다······. 앙헬은 이 단어들을 떠올리고, 각각이 지닌 의미를 깊이 생각해 봤다. 단어마다 안에 배어 있는 느낌이 전해졌다. 전에는 느끼지 못했던 것들이다. 앙헬은 그동안 사는 것은 너무도 당연하다고 생각했다. 그래서 이렇게 많은 단어의 의미가 지닌 느낌의 차이를 생각조차 못했다.

'다른 사람들을 위해 너무 열심히 살지 않도록 조심해.'

앙헬의 의식이 이렇게 경고하는 듯했다. 다른 사람들이 삶을 얻게 하려면 우리 삶을 빼앗겨야 하니까. 어쩌면 힐은 노르를 위해 열심히 사는 일 말고는 다른 일은 하지 않고 있었다. 그러나 힐의 측면에서 보면 노르에게 내어 주는 매 순간의 삶은 그에게 몇 배가 되어 되돌아가는 일이었다. 힐이 아직 삶의 의미를 찾는 것이 노르 때문이니까.

앙헬은 예배 장소로 향했다. 교회에서 가까운 카페에 자리를 잡고 커피를 주문했다. 앙헬은 그곳에서 신문을 들고 교회 문을 관찰했다. 교회는 몇 층짜리 건물 맨 아래에 있었다. 점원에게 물어보니 사람들이 곧 도착할 거라고 했다.

"사람들이 와도 수입이 오를 거라는 기대는 하지도 않아요. 저자들은 한 푼도 쓰지 않거든요. 예배드리고 노래 부르면서 배를 채우나 봐요."

점원이 자세히 설명해 주었다.

앙헬은 웃음 지었을 뿐, 점원의 말은 한 귀로 흘려보냈다. 앙헬은 교회에 드나드는 사람들을 주의 깊게 쳐다보았다.

곧 교회 문이 열리고, 한 남자가 나와 문 앞을 쓸기 시작했다. 무늬가 눈에 띄는 밤색 스웨터 차림에 몸집이 작은 남자였다. 남자는 쓰레기 더미를 여러 개로 나누어, 하나씩 쓰레기통에 넣었다.

교회 앞이 깨끗해지자, 이번에는 파란 재킷에 회색 바지를 입은 사람이 밖으로 나왔다. 남자는 손을 비비며 동네를 훑어보았다. 겉모습으로 보아 신도를 기다리는 목사임이 틀림없었다. 그는 비가 오는지 가늠해 보려는 듯 하늘을 여러 차례 올려다보았다. 목사에게조차 하늘은 우선 날씨를 알 수 있는 곳이고, 그다음이 하느님의 집인 모양이었다.

곧 신도들이 도착하기 시작했다. 양옆 길에서부터 가족이 함께 오는 사람들 또는 혼자 오는 사람들이 보였다. 나비도 나타났다. 거리 끝에서 피부가 검은 젊은 여자가 보였다. 나비는 교회로 발걸음을 재촉하고 있었다. 앙헬은 힐이 말한 대로여서 놀랐다. 처음에는 나비가 아닌가 싶어서 조심스러웠지만, 여자가 가까이 다가올수록 나비임이 확실해졌다.

앙헬은 어디서 다가가야 할지 망설이다가 교회 안이 좋겠다고 생각했다. 앙헬은 목사를 피해 옆문으로 찾아가 나비를 기다렸다.

앙헬은 나비가 옆문으로 들어서자마자, 잠깐만 시간을 내어 달라고 부탁했다. 나비는 깜짝 놀라서 그냥 지나치려 했다. 그러다가 전날 찬카와 이야기를 나누었던 앙헬의 얼굴을 알아보았다.

"부탁입니다. 어제는 남편분과 이야기를 나누려고 집으로 찾아갔었지요. 어제 제게 뭔가 하실 말씀이 있었던 것 같아서요."

나비는 누가 자신을 보는 사람은 없는지 양쪽을 살펴보았다.

"그는 제 남편이 아니에요."

나비는 외국인 억양이 물씬 풍기는 스페인어로 말했다.

여자는 앙헬이 가리킨 쪽으로 갔다. 이야기할 준비가 되어 있다는 표시였다.

"여기로 오면 당신을 만날 수 있다고 힐 선생님이 알려 주셨어요. 그분이 저를 보냈다고 말하라고 하셨죠."

힐의 이름을 듣자, 나비의 얼굴에 드리워져 있던 의심의 빛이 사라졌다.

"힐 할아버지를 아세요?"

"제 이웃이죠."

"힐 할아버지는 어떠신가요?"

나비가 힐에게 관심을 보이며 부드럽게 물었다.

"한쪽 다리 때문에 걷는 데 많이 불편해하세요. 어쨌든 지금 그분의 걱정은 노르입니다. 노르가 어디 있는지 아가씨가 알고 있을 거라고 하셨어요."

나비는 의자에 앉았다. 기도하는 듯 두 손을 모아 손가락 끝에 입을 대었다. 나비는 고개를 숙이고 눈을 감은 채 이야기하기 시작했다.

"노르는 동생을 찾으러 갔어요. 아직 스페인에 도착하지 않은 모양이에요. 문제가 생겼나 봐요. 저랑 같이 사는 남자가 전화를 기다리고 있는데, 이틀 전부터 아무한테도 전화가 안 와요. 모두 바다에 빠졌든지, 길을 잃었든지, 아니면 모로코를 빠져나오지 못했든지 했을 거예요. 노르는 기다리고 있을 거예요."

"어디에서 기다리고 있단 말인가요?"

몇몇 집시 가족이 화려한 옷차림으로 교회에 들어섰다. 제단에서 빗자루를 들고 있던 작은 남자가 이번에는 촛불을 켜고 있었다. 입구에서는 목사가 교회로 들어오는 사람들에게 인사를 건네며 종이를 나누어 주고 있었다. 성가나 복음 말씀이 쓰여 있을 터였다.

나비는 양옆을 바라보며 다시 고개를 들었다.

"어디로 갔는지 말해 주세요. 어디에서 동생을 기다린단 말입니까?"

"볼로니아일 거예요. 찬카가 마지막으로 그곳 이야기를 하는 걸 들었어요. 그곳에 아툰 아마리요라는 여관이 있어요. 아마 그곳일 거예요. 만약 거기서도 못 만나면 야고보 신부님을 찾으세요. 그분만이 뭔가 말씀해 주실 수 있어요."

앙헬은 좀 더 정확하게 이야기해 달라고 말하려 했다. 그러나 여자는 자리를 떨치고 일어섰다.

"힐 할아버지께 아프지 마시라고 전해 주세요. 그리고 찬카는 제 남편이 아니라는 말도요. 이 말을 꼭 전해 주세요."

나비는 거침없이 의자 사이를 가로질러 제단과 가장 가까운 곳에 앉았다. 앙헬은 목사가 여러 사람과 신 나게 인사하는 사이 다른 문으로 교회를 빠져나왔다.

20

앙헬은 교회를 나오자마자 서둘러 바벨탑으로 향했다. 힐을 만나서 나비가 해 준 이야기를 전해야 했다. 앙헬은 길을 가면서 나비를 떠올렸다. 여자로서 무척 아름다웠지만 너무 어렸다. 앙헬 자신한테도 어린데, 나비를 옆에 붙잡아 놓은 나쁜 그놈한테는 더욱 어렸다. 나비는 우리에 갇힌 신세였다.

나비와 비슷한 또래로 보이는 여자아이가 앙헬 앞을 지나갔다. 머리띠를 한 여자아이는 하늘색 운동복을 입고 뛰어가고 있었다.

'얼마나 서로 다른 운명을 지녔는가.'

앙헬은 여자아이를 보며 생각했다. 우리를 이리저리 몰고 가는 위태로운 회오리바람을 누가 알아볼 수 있을까? 인생을 이해한다는 것은 얼마나 어려운 일인가!

앙헬은 바벨탑에 도착해서 힐에게 먼저 인터폰을 했다. 엘리베이터를 타고 힐이 사는 층에 이르렀을 때, 힐은 이미 문 앞에서 앙헬을 기다리고 있었다.

"나비를 만났습니까?"

"네. 찬카가 자기 남편이 아니라고 전해 달라더군요."

"그런 말을 하던가요? 찬카가 남편이 아니라고? 기쁜 일이군요. 최악의 상황에서도 자신을 지키고 있다니. 아직 때가 이르지만 조만간 그곳에서 벗어날 거라 믿어요. 그 파렴치한 놈을 두려워하는 마음만 잦아들면 말이지요. 두려움만 없다면 그 누구도 힘으로 자유로운 존재를 묶어 놓을 수는 없는 법이지요."

앙헬은 힐의 인지력에 얼떨떨해졌다. 우리가 이웃에 대해 얼마나 모르고 사는지 다시금 느껴졌다. 날마다 인사를 건네는 친절한 이웃이 결국에는 살인자인 경우도 있고, 옷차림이나 행동거지만 보고는 무뚝뚝한 얼굴 뒤에 일급 정보가 숨어 있으리라고는 상상도 못 하곤 한다. 또 중산층으로서 안정된 삶을 살면서 헌신적으로 다른 사람들을 돌보는 부부도 있다.

힐은 보면 볼수록 놀랍고 예측할 수 없는 인물이었다. 자기 집에서 한 발자국도 나오지 않은 채 여러 사람의 삶에 관여하고 있었다. 정작 노인에 대한 이야기는 아무것도 드러내지 않은 채 말이다.

"어디에 있는지 알면 그다음에 어떡할 셈이오?"

"찾으러 가야지요."

앙헬이 확고히 말했다.

"찾으러 가서 함께 돌아오려고요. 하지만 돌아온 뒤에는 노르에 대해서도 잊고, 이 탑에 사는 사람도 모두 잊을 겁니다. 이 복잡한 곳에서 되도록 멀리 떨어진 곳에 가서 철학에만 전념할 거예요."

"이 일에 매달리는 것 또한 철학에 전념하는 일이라 생각지 않소? 인간의 현실에 참여하는 것 말입니다. 철학이란 세상을 변화시키려는 노력이지, 생각하는 일이 아니라고 누군가 말했지요."

"아, 아닙니다. 그런 말에 발목 잡히지 않을 거예요. 철학을 이해하는 데는 수천 가지 방식이 있고, 힐 선생님께서 말씀하신 것은 제가 가장 좋아하지 않는 방식입니다. 행동하는 것, 행동만이 우리를 구원한다는 듯 끊임없이 행동하는 것, 저는 그 생각에 동의하지 않아요."

"행동은 진정한 인간의 축제라오. 안 그렇습니까?"

"아니요. 저는 파스칼이 더 좋습니다. 모든 문제는 우리가 방 안에 조용히 머물 줄 모른다는 데서 나오지요."

"선생은 이제 방 안에서 더는 시간을 보내지 않을 거예요. 이렇게 말하는 것을 용서하시오. 선생은 지금까지 네 면의 벽 안에서 너무 오랜 시간을 살아왔어요. 지금부터는 열려 있는 하늘이 얼마나 좋은 집인지 알게 될 거요."

"왜 제게 그런 말씀을 하십니까?"

"선생께는 내가 겪은 일과는 정반대로 일이 진행되는 것 같구려. 내 삶은 늘 밖으로 드러나 있었지요. 삶이 내게 가져다준 모든 함정에서 출구를 찾으려고 이리저리 뛰어다녔지요. 나는 쫓기는 동물처럼 촉각을 세우고 있었어요. 바바리의 색깔, 친절한 웨이터의 전화, 여관 앞에 서 있는 자동차, 어디선가 본 듯한 자동차, 누군가 그럴듯한 사업을 제안하지만 내키지 않는 마음…… 사사건건 신경을 곤두세우고 있다가, 위험이 느껴지면 본능에 따라 경계 태세에 들어갔지요. 늘 좋지 않은 낌새를 예감하며, 쫓기는 여우가 자신을 방어하듯 그렇게 나를 방어하며 세상을 살았어요. 그게 내 방패였지요. 이 굴을 찾아내기 전까지 말이지요. 이 바벨탑을 찾은 뒤 다시는 세상에 나가지 않기로 했어요."

힐은 앙헬이 뭔가 말할 기회를 주려고 잠시 침묵을 지켰다. 무슨 말이 나오길 기대했지만, 아무 말도 듣지 못했다.

"어쩌면 결심한 것이 아니라 그저 세상에 나가지 않게 되었을 뿐인지도 모르겠지만. 하지만 선생! 당신은 나와 반대로 살아왔어요. 먼저 굴 안에 살았고 세상은 밖에 있다는 걸 깨달았지요. 세상은 당신이 유일한 현실이라고 믿었던 그 은신처보다 훨씬 더 크고 더 아름답다는 사실도 말이오."

"선생님의 상상력에 놀랄 따름이에요. 경험에서 나왔다기보다는 독서의 결과로 하시는 말씀이 아닐까요?"

"어쩌면 지금은 그럴지도 모르지요. 너무 많이 읽고 잠은 거의 못 자서《돈키호테》에 나오는 구절로 돈키호테의 머리가 이상해진 이유를 설명한 말 머리가 말라 버렸을지도. 하지만 전에는 이러지 않았다고 맹세할 수 있

158

어요. 이젠 기억조차 희미한 시절이지만. 잠깐만 기다려요. 보여 주고 싶은 게 있어요."

힐이 몸을 일으켰다. 힘들어하는 모습이 고스란히 엿보였다.

"다리가 아프세요?"

"통증이 심해져서 이젠 아픔조차 못 느낀다오."

힐은 어렵게 몇 걸음 옮기고, 가구에 몸을 의지하며 침실로 갔다. 잠시 뒤에 노인은 손에 책을 한 권 들고 돌아왔다.

앙헬은 고서에 깊이 매력을 느끼는 사람이었다. 그래서 노인이 들고 온 책을 보자마자 귀한 물건을 대하듯 조심스럽게 손을 뻗쳤다. 금박으로 장식된 가죽 표지가 책을 감싸고 있었다. 이 가죽을 만질 때는 앙헬의 눈빛이 반짝 빛났다. 앙헬은 책장을 열어 안쪽 표지를 보고는 넋을 잃고 말았다. 그 책은 《구스만 데 알파라체》스페인 소설가 마테오 알레만의 작품. 대표적인 피카레스크 소설의 아주 오래된 판본이었다!

"바벨탑에 이런 책이 있으리라고는 상상도 못 했습니다. 정말 귀한 책이군요."

"그렇소. 초판이지요."

"어쩌면 이 책을 쓴 마테오 알레만이 초판을 직접 만졌을 수도 있겠네요."

앙헬이 놀라워하며 말했다.

"손은 대지 못했다 해도, 적어도 이 판본이 출판되었을 때 살아 있었을 가능성은 충분하지요.”

“그런데 이 책은 어떻게 손에 넣으셨나요?”

“아주 긴 이야기지만 들려 드리지요. 이 책은 오래전부터 내게 부적 같은 존재였어요. 이 책 때문에 이 마을에 살게 되었다오.”

앙헬은 잠시나마 보물을 갖고 있다는 생각에 조심스레 책을 살펴보았다.

“이건 사백 년 전의 책입니다! 지금 제 손에 있고요. 이 표지는 얼마나 많은 손길을 거쳐 왔을까요?”

“그 손길을 일일이 알 수는 없지요. 하지만 선생이 손대기 전에 마지막으로 닿은 손길이 누구의 것인지 말해 줄 수는 있다오.”

“누구인지 알고 싶군요.”

앙헬은 호기심이 일었다.

“스페인 내전이 끝나던 1939년에 마드리드에서 이 책을 만났어요. 당시 나는 공화파 군대 소속이었고, 파시스트들이 들어올 때까지 마드리드에 머물러 있었지요. 마드리드에서 맞이한 마지막 날들이 자랑스럽지 않다는 건 잘 알아요. 그 마지막 날에, 다시는 어떤 전쟁도 지지하지 않겠다고 다짐했지요. 잔인한 일을 많이 봤거든요. 반대로 영웅 같은 모습을 보인 사람들도 봤어요. 신은 존재하지 않지만, 만약 존재한다면 세상에 한 번 더 기회를 주고 싶은 마음이 생겼을 거요. 자동차 바퀴에 팔이 잘릴 때까지도 아들의 손을 놓지 않는 어머니, 자신이 먹을 빵 조각을 남에게 건네는 사람,

패배가 불 보듯 뻔한 상황에서 품위 있게 자리를 지키며 가슴으로 날아오는 총알을 당당히 맞고 불명예로부터 자유로워진 중위…….그러나 고통은 이루 말할 수 없었지요. 자신이 역사의 주체라고 믿었지만 그 역사에 짓밟힌 수많은 사람은 엄청난 고통을 겪었어요. 신이 존재한다 할지라도 피할 수 없는 상처를 받았지요. 그때부터 전쟁을 증오했다오. 전쟁을 증오하고, 전쟁을 치르는 사람들의 마음속에 독사의 알처럼 자리하고 있는 분노를 증오해 왔지요.”

앙헬은 잠자코 귀를 기울였다. 전쟁을 겪은 적이 없었기 때문에 감히 할 말을 찾지 못했다.

힐이 이야기를 이어 갔다.

“당시 우리 군대는 라말레스에 있던 한 집에 머물렀어요. 집주인은 달아났는지, 습격대 손에 죽었는지 모를 일이었지요. 우리는 집을 통째로 차지하고, 각자 방 하나에 침대 하나씩 쓰기로 했어요. 이 집에 네 개의 부대가 두 달 동안 살았지요. 이 집에는 교양 있는 가족이 살았던 게 분명했어요. 부자였다는 뜻이 아니라오. 가구나 집 안에 있던 물건들이 화려하지는 않았거든요. 하지만 거실에는 피아노가 있고, 장식장에는 진기한 물건들이 있었어요. 그중에는 옛날 동전, 은 조각품, 만년필, 내가 몇 시간이고 바라보던 멋진 망원경 그리고 책이 한 권 있었어요. 첫날에 동료 하나가 열쇠로 문을 열기가 귀찮다며 장식장의 유리문을 깨 버렸지요. 그런 난폭한 행동에 화가 났어요. 사람마다 뭔가를 파괴하는 데 익숙해져 있던 거예요. 곧 모든 물건이 사라졌어요. 책만 빼고요. 바로 그 책도 우리가 머물던 두 달 동안 무사했지요."

"이 책 말씀입니까?"

"맞아요. 선생 손에 있는 그 책 말이에요. 그저 오래된 책이려니 생각하고, 나 또한 마음에 두지 않았어요. 그러다 속표지에 있는 그 그림을 봤지요."

힐이 속표지에 있는 그림을 가리켰다. 그림을 보자마자 단번에 무슨 책인지 알아보았다고 했다.

"누군가 어쩔 수 없이 버리고 떠나간 집에 산다는 건 잊지 못할 경험이었다오. 언젠가 집주인이 나타날 것만 같았어요. 주인이 깜짝 놀라며 우리가 누구인지, 자기 집에서 뭘 하고 있는지 물을 거라는 생각이 늘 머릿속에 맴돌았어요. 그 집에서 무언가를 만지기가 겁이 나더군요. 양심 한구석에는 그 집과 집 안에 있는 가재도구들은 남의 것이라는 생각이 자리 잡고 있었지요. 집 구석구석에 각자의 삶이 깃들어 있고, 물건마다 익숙한 손길의 온기를 기다리고 있을 거라고요. 옷장에 걸린 아이의 외투니, 자개단추가 빛나는 바느질 상자가 말이에요. 물건마다 유령의 것처럼 느껴졌어요. 그 유령이 우리를 죽음으로 이끄는 듯했지요."

힐은 담뱃불을 붙인 뒤 다시 이야기를 계속했다.

"이미 말했듯이 그 집에서 두 달을 살았어요. 우리는 조금씩 지루해졌죠. 동료들은 카드놀이나 하며 시간을 죽이며 보냈어요. 나는 우리가 쳐들어온 첫날 산산조각이 난 장식장 안에서 아무도 거들떠보지 않는 그 책을 집었어요. 그 책을 가지고 방에 틀어박혀 동료들의 웃음소리가 들리지 않도록 솜으로 귀를 틀어막았지요. 갈수록 거칠어지고, 의식 없는 소리처럼 들렸거든요. 맞아요, 그 책은 《구스만 데 알파라체》라는, 아주 옛날에 쓰인 책이었어요. 나로서는 읽을 수 없겠거니 생각했어요. 그런데 한번 읽기 시작하니 재미있더군요. 글자를 해석하는 데 재미가 들렸지요. 그 집을 떠날 때 그 책도 가죽 부대에 챙겨 갔어요. 우리 군이 프랑스에 이르기까지 모든 여정을 그 책과 함께했지요. 프랑스에서도 밤마다 침대 머리맡에 책을 두고 잤어요. 책을 읽지 않고 옆에 두는 것만으로도 책이 부적처럼 나를 지켜 주는 것 같았거든요. 하지만 그 책을 펼칠 때면, 그 부분을 읽던 장소가 정확히 떠오르곤 했지요. 그 뒤로 프랑스 부르데오스에서 칠 년을 살면서 '구스만 데 알파라체와 내전'이라는 제목으로 글을 한 편 썼다오. 어떻게 구스만이 운명에 맞서 싸운 스페인 사람이 되었는지를 쓴 글이지요. 친구 하나가 바르셀로나에 있는 대학교 잡지사에서 일했어요. 그 친구를 통해 책으로 냈지요. 친구는 친절하게도 내 글이 좋았다고 말해 주었어요. 또 알고 지내던 젊은이가 하나 있었는데, 이 친구도 내 글이 마음에 든다고 하더군요. 이 친구 고향이 바로 구스만의 고향인 알파라체였다오. 난 알파라체가 마을 이름일 거라고 생각해 본 적이 없었어요. 어딘가에 있으리라고는 상상도 못 했지요. 아랍어처럼 낯선

이름이라, 마테오 알레만이 지어낸 곳이라고 지레짐작했어요. 백과
사전을 들춰 보고 나서야 마을 이름임을 알았어요. 나는 칠십 년
대에 들어서서 스페인으로 돌아왔어요. 대개 망명자가 그렇듯, 가
족도, 친구도, 친척도 없었지요. 딱히 갈 곳이 없던 나는 그 책에
운명을 맡겼어요. 새로운 약속의 땅을 가리키는 지도처럼 말이에
요. 내 여행에 의미를 부여하며 자신에게 말했지요. 알파라체로 가
자! 그렇게 해서 내가 지금 여기에 있는 것이라오. 이 책과 늘 함께
말이오."

앙헬은 힐의 이야기에 감동했다. 수많은 패배자의 공허함을 채
워 주는 이야기였다. 앙헬은 힐과 동질감을 느꼈다. 사람들과 싸우
지만 않았을 뿐, 자신 또한 패배자였으니까.

힐이 이어 말했다.

"한편으로 그 책은 내게 영원한 상처와도 같다오. 그 책을 볼 때
마다 죄의식에 시달려야 했어요. 모든 것을 버리고 떠나야 했던 그
집 가족의 운명이 머릿속에서 떠나지 않았어요. 때로는 그들이 꿈
속에 나오더군요. 집으로 돌아와 그곳에서 잠자고 있는 우리를 발
견한 거예요. 그러고는 가족 중에 한 남자가 만화경으로 우리를
한 명씩 겨누고 그걸로 우리를 쏘아서 죽이지요. 우리 이마에는 만
화경에 있던 반짝이는 돌들이 박혀 버리고 말이오."

"주인에게 책을 돌려주었다면 악몽도 사라졌을 텐데요."

"돌려주려고 했어요. 그럴 수 없었을 뿐이었지요."

"왜요?"

앙헬이 성급히 물었다. 주제넘은 질문일지도 모른다는 생각은 할 새도 없었다.

"그 질문에 답을 하고 나면, 인간에 대한 선생의 생각이 변할지도 모르겠네요."

앙헬은 이 말이 고통스러운 경고로 들렸다.

"내 대답을 듣고 나면, 틀림없이 인간은 선하다는 생각을 버리게 될 거요. 루소라도 당신을 도우러 오지 않을걸요, 철학 선생."

앙헬은 힐이 자신을 천진한 사람으로 보고 있다는 생각이 들었다. 인간 세계에는 책에 나온 그 이상의 무언가가 있다는 것을 경고하는 말이었다.

"아무래도 상관없습니다. 이미 오래전부터 인간이 악행을 저지른다고 해서 인류의 명예가 땅에 떨어지는 건 아니라고 생각했어요. 선행이 인간의 가치를 높여 주는 건 맞지만요. 이상하게 들리실지 모르겠지만, 인간이 참담한 행동을 저지른다고 해서 인간에 대한 믿음을 잃어버리는 건 아니지요. 덕을 쌓는 너그러운 행동은 당연히 인간의 가치를 믿게 하지만 말입니다."

"그렇다면, 좋아요. 대답해 드리지요. 저는 72년도에 스페인으로 돌아와 발렌시아로 갔어요. 그런데 독일 뒤셀도르프에서 생활한 뒤로는 답답한 시골 분위기에 적응이 안 되더군요. 그래서 마드리드로 갔어요. 두 달 동안 푸엔카랄이라는 동네 하숙집에 살았지요. 어느 날 오후, 라말레스로 산책을 나섰어요. 마드리드에서 마지막 두 달을 지냈던 터라 그곳 위치를 기억하고 있었지요. 마침내 그 집을 찾았어요. 난 일단 바에 들어갔다오. 그 집이 잘 보이는 가게였지요. 적당한 자리를 찾아 앉으려는데, 낯익은 얼굴이 보였어요. 저절로 눈길이 가고 말았지요. 그 사람도 내 시선을 느끼고 나를 쳐다봤어요. 나는 그의 얼굴을 보고 긴가민가하고 있는데, 그는 저를 한눈에 알아보더군요. 그의 기억력에 감탄했지요. 내가 얼떨떨해하는 사이에 남자가 내 자리로 옮겨 오더니, 말을 걸더군요. '자네, 힐이지? 힐 아마도르.' 난 놀라서 자리에서 일어나 그렇다고 했어요. '야, 자네 하나도 안 변했군. 머리만 빼놓고 똑같아. 내가 누군지 모르겠나?' 얼굴을 보고 목소리를 들으니 기억이 살아나는 듯하더군요. 그래도 정확히 누군지는 몰랐어요. '나, 페피뇨야. 기억 안 나나?' 그러더니 밖을 가리키며 말했지요. '저 집이…….' 그 말만으로 충분했어요. 곧바로 그가 누군지 생각났거든요. 그자는 분명 그 집을 습격했던 우리 부대의 소대장이었어요. 난 일어나서 그를 껴안았어요. '믿을 수가 없군. 십오 년이 지난 뒤에 이곳에서 자네를 만나다니. 이곳을 떠나지 않았나 보군?' 난 농담 삼아 던진 말이었다오. 그런데 상대방은 아니었어요. '떠나다니? 아직 같은 집에서 살고 같은 방에서 잠을 자고 있다네.' 그러고는 웃음을 터뜨리더군요. 그 말을 듣고 깜짝 놀랐어요. 어떻게 그럴 수가 있는지. 그는 내게 끔찍한 이야기를 들려주었다오."

앙헬은 힐의 이야기에 푹 빠진 채, 책을 들고 있던 손에 힘이 들어가는 줄도 몰랐다. 이야기를 계속 듣고 싶은 마음뿐이었다.

"그가 말했어요. '우리는 저 집을 떠나 뿔뿔이 흩어져야 했지. 기억나지?' 그건 또렷이 기억했지요. 우리가 함께 가면 발각될 위험이 컸으니까요. 그래서 각자 다른 곳으로 가기로 했지요. '그런데 말이야, 난 왕궁에 가기도 전에 다리에 총을 맞고 쓰러졌네. 다행히 도랑에 빠졌고, 더는 총알이 날아오지 않았지. 계속 길을 갈 수 없어서 밤까지 기다렸다가, 우리가 나온 그 집으로 되돌아갔어. 아는 곳도 없었고, 그곳이라면 나를 찾지 못하리라 생각했네. 내 옷은 모두 버리고, 민간인 시체에서 셔츠와 바지를 벗겨 내 그걸 입었지. 마드리드가 점령되고 사람들이 돌아올 때도 난 그 집에 숨어 있었어. 그러던 어느 날 아침, 문밖이 시끌시끌하더군. 사람들이 라말레스 광장으로 모여들었어. 그리고 집을 향해 계단을 올라오는 사람들이 있었지. 난 집주인이 돌아온 걸 직감했어. 어떻게 해야 할지 모르겠더군. 나를 발견하면 그 자리에서 죽일 텐데. 그때 좋은 생각이 떠올랐어. 살고 싶은 본능에 상황 파악이 금세 되더군. 난 총을 들고 계단으로 가서, 빨갱이들아, 가려면 내 시체를 밟고 넘어가라, 하고 소리쳤어. 그러고는 허공에 대고 총을 몇 방 쐈어. 즉시 대답이 돌아오더군. 프랑코 만세! 스페인 만세! 동지여, 우리는 자네 편이야! 팔랑헤당 청년 한 명이 이렇게 외쳤어. 그 청년은 겁에 질린 내게 오더니 내 손을 잡고 다시 집 안으로 데리고 들어갔네. 다른 사람들이 올라왔을 때, 난 그 집을 점령한 공화파들의 뒤를 쫓다가 부상을 당했다고 말했지. 거의 실신할 지경이었지만, 그 틈에도 내 말이 어떤 결과를 가져올지 정신을 모으고 있었네. 한 아가씨가 나를 동정해서 물을 한 컵 가져다주더군. 난 살기 위해 그 아가씨를 희생물로 선택했지. 내 판단은 틀리지 않았어. 일 년 뒤에 난 그 아가씨와 결혼했네.'"

순간 힐은 이야기를 멈추고 묘한 표정으로 물었다.

"그 아가씨가 누구인지 아시겠소?"

앙헬은 이야기를 막지 않으려고 침묵을 지켰다.

"바로 그 집주인의 딸이었어요. 페피뇨는 아내를 소개하겠다며 집으로 초대했지만 거절했어요. 도저히 그 상황을 견디지 못할 것 같았거든요. 그때 책을 주인에게 돌려줘서는 안 되겠다고 마음먹었지요. 책을 돌려주면 내 '친구'는 그것으로 자기 욕심을 채울 게 분명했으니까요. 그래서 지금까지 내가 간직하고 있는 겁니다."

앙헬은 넋을 잃은 듯 그 책을 손으로 만지작거리고 있었다. 점점 더 책이 운명처럼 느껴졌다.

"참혹한 이야기군요."

"그렇다오. 그런데 이 책이 얼마나 나가는지 아시오?"

감동의 무게가 절정에 달한 순간, 힐 입에서 튀어나온 속된 경제 논리에 앙헬은 깜짝 놀랐다. 이 노인도 다른 사람보다 나을 게 하나도 없다고, 결정적인 순간에 욕심을 드러냈다고 생각했다.

"얼마인지 아시겠어요?"

힐은 아무렇지도 않게 다시 물었다.

"옛 페세타로 자그마치 이백만 페세타요, 이백만! 잘 들으셨소? 아직 이 책 속 판화는 값어치가 얼마나 나가는지 알 수 없지만 말이오."

그러고는 힐은 그림을 가리켰다.

앙헬은 지금 왜 그런 말을 하는지 알 수 없었다. 책을 보여 준 것만으로 충분한데 말이다. 앙헬은 마땅찮은 표정으로 그를 바라보았다. 힐은 앙헬의 마음을 알아차렸다.

"아, 나를 경멸하는군요. 내가 돈만 밝힌 것 같소? 나를 위해 돈 얘기를 꺼냈다고 말이오. 걱정하지 마세요. 첫날 내게 받은 인상은 정확하셨소. 그 생각을 바꿀 필요는 없어요. 돈 이야기를 꺼낸 것은 선생이 알아야 하기 때문이에요. 내게 무슨 일이 생길 때를 대비해서 선생이 책의 가치를 알아 두기를 바랐지요. 어디에 보관해 두는지도 말입니다. 보세요."

힐은 앙헬 손에서 책을 가져가 책상 앞으로 갔다. 그러고는 책상 서랍에 책을 넣었다.

"여기에 있어요. 잊지 마세요."

"왜 제게 그런 말씀을 하십니까?"

"이 책은 노르에게 주는 선물입니다. 이걸 팔면 노르가 대학에 가는 데 얼마간 보탬이 될 거예요. 충분한 돈이 아니라는 걸 알지만, 어느 정도는 도움이 되겠지요. 가능하면 선생께서 이 책을 팔도록 도와주세요. 노르 혼자서는 힘들 겁니다. 내가 이 세상에 없으면, 선생이 이 일을 맡아 주실 수 있지요?"

앙헬은 무슨 말을 해야 할지 몰랐다. 자신 없이 고개만 끄덕였다. 힐과의 수업이 시작된 뒤, 온갖 고백과 부탁을 들어서 피곤했다. 갑자기 친해져서 당혹스러웠다. 그러나 한편으로는 누군가 자신을 필요로 한다는 사실에 마음속 깊이 감사함을 느꼈다. 앙헬이 가장 바라지 않는 것, 바로 '외로움'에서 빠져나갈 길이었으므로.

앙헬은 뒷날 학생들에게 설명해 주기로 마음먹었다.

인간은 미래를 향해 열려 있는 존재라고.

그 미래는 우리 자신도 알 수 없는 것이라고.

21

그날 아침, 앙헬은 아침 일찍 밖으로 나왔다. 부활절을 일주일 앞둔 일요일, 즉 성지 주일이었다. 거리는 자동차도 사람도 없이 텅 비어 있었다. 그동안 도시를 이렇게 바라본 적이 없었다. 알파라체를 이렇게 바라본 적이 없었다. 이곳에 온 뒤로 일요일에 일찍 나온 적이 한 번도 없었다.

앙헬은 일요일이면 집에서 책을 읽거나 시계를 고치곤 했다. 시계 수리는 앙헬이 좋아하는 일이었다. 시계와 맺은 인연은 독특했다. 시계에 얽힌 옛 기억을 떠올릴 때마다 앙헬은 기분이 좋았다.

앙헬은 어린 시절에 어떤 시계공과 친하게 지냈다. 어머니는 수업이 끝난 오후와 주말이면 앙헬을 시계공에게 보냈다. 그러면 앙헬은 가게를 쓸고, 작은 진열장 유리를 닦고, 물건을 다시 진열한 뒤 역사 공부를 했다. 시계공을 떠올릴 때면 그가 쓰던 돋보기와

날랜 솜씨가 먼저 생각났다. 시계공 세바스티안은 고장 난 기계를 고치고, 쓸모없는 부품을 치우면서 앙헬에게 가르침을 받았다.

역사학자가 되고 싶어 한 시계공과 시계공이 되고 싶던 앙헬. 두 사람은 여러 해 동안 아름다운 공존을 유지해 갔다. 앙헬이 역사 교과서를 읽어 주면, 세바스티안은 자신이 알고 있던 사실을 확인하고 아이가 새롭게 알려 주는 사실들을 기억해 뒀다. 반대로 세바스티안은 앙헬에게 돋보기와 작은 드라이버를 주고 나사 조이는 법을 가르쳤다. 앙헬은 그 시절에 태엽 시계가 작동하는 원리를 습득했다. 내용은 기본적이지만 주옥같은 지식이었고, 앙헬은 그런 지식을 알아 가며 큰 즐거움을 느꼈다.

앙헬은 시계가 '합리주의의 기념물'이라고 생각했다. 시계라는 기계 안에는 창의성뿐만 아니라 모든 합리주의자의 위험한 야심이 배어 있었다. 가능한 한 작은 숫자로 광범위한 현실을 지배하는 것, 그것은 조물주의 야망과 같았다.

세바스티안의 맥박은 불안정해졌고, 시력도 나빠졌다. 결국 시계 방을 다른 이에게 넘겨야 하는 지경에 이른 순간, 세바스티안은 앙헬을 불렀다. 그는 진지하고 다정한 태도로 금으로 된 재규어 주머니 시계를 앙헬에게 선물했다. 그가 간직한 시계 가운데 가장 좋은 시계였다.

"이 시계는 진정한 열쇠를 가지고 있단다. 언젠가 알게 될 거다."

세바스티안이 말했다.

앙헬은 스승이 제자에게 건넨 듯한 이 말을 마음속에 담아 두었지만 특별한 의미는 찾지 못했다. 그러던 어느 날, 시계 안에 답이 있을지도 모르겠다는 생각에 시계를 분해했다. 정말 그 안에 답이 있었다. 물리적인 정답이 아닌, 정신으로 이해하는 답이었다. 시계 안에는 이런 문장이 새겨져 있었다.

생의 황혼 무렵 우리의 사랑이 드러나리.

눈물이 흘러내렸다. 시계공 노인 곁에 여러 해를 있었으면서, 그가 물리적인 시간 개념이 아닌 정신적인 시간 개념을 지니고 있는 줄은 꿈에도 몰랐다. 세바스티안이 '진정한 열쇠'라고 한 말이 새삼 떠올랐다. 앞으로 결코 잊지 못할 말이었다.

앙헬은 알파라체에 와서 취미로 다시 시계를 고치기 시작했다. 동료 교사들과 만날 일이 없는 주말이면 옛날 시계들을 수리하며 주말을 집에서 보냈다. 그런데 이제 아침 시간을 되찾고, 사모라에서 아내와 일찍 산책하던 시절처럼 이른 시간에 도시를 둘러보니 기분이 좋았다.

즐겨 가던 카페에 가니 실망스럽게도 아직 문을 열지 않았다. 다른 카페를 찾아 정처 없이 걷는데 라시드가 보였다. 길 건너편에서 신호등이 바뀌기를 기다리는 중이었다. 사람이 많았다면 라시드를 보지 못했을 텐데, 예기치 않은 결투를 앞둔 남자처럼 거리에는 둘

뿐이었다. 앙헬은 라시드에게 인사를 건네고, 라시드가 길을 건너 오기를 기다렸다.

"잘 지냈니, 라시드?"

"네, 선생님. 그럭저럭 먹고삽니다."

"왜 학교에 나오지 않니?"

"학교생활에 잘 적응하지 못하겠어요, 선생님. 스페인어로 말은 하겠는데 읽기가 어려워요. 이해가 안 돼서 공부를 못 하겠어요."

"작별 인사도 하지 않았잖니. 네 이름은 여전히 출석부에 있단 다."

"정 둔 사람도 없어요. 선생님한테만 말씀드린 거예요."

"다른 친구들과 이야기해 보려고 노력하지 않았는지도 모르지. 어쨌든 나한테는 작별 인사를 할 수도 있었잖니."

"그러려면 선생님을 만나야 하잖아요. 그래서 하지 않았어요. 선 생님도 바벨탑에 있는 쪽방에 사시지요?"

"그 아파트에 살고 있지. 아파트라고 말하는 거야, 라시드."

"알아요, 선생님. 하지만 저는 아파트에 있는 쪽방 하나만 빌려서 살고 있어요. 제가 사는 집에는 방마다 다른 사람이 살아요. 이렇 게 쪽방을 빌리는 게 더 싸니까요."

바벨탑에서는 쪽방으로 세놓는 경우가 있었다. 아파트 한 채에 딸린 방을 따로따로 세놓는 경우였다. 앙헬도 그 사실을 알고 있 었지만, 자기가 가르치는 학생 가운데 그렇게 사는 아이가 있을 줄 상상도 못 했다. 자신은 아무것도 모르는 사람처럼 느껴졌다.

"어디 가는 거니?"

"몇 가지 물건을 찾으러 가는 길이에요. 열 시에 시장에 좌판을 놓으려고 친구랑 만나기로 했어요."

앙헬은 급한 일이 없었다. 이번에는 다른 때처럼 피하지 않기로 했다.

"라시드, 선생님이랑 차 한잔 할까?"

라시드가 앙헬을 쳐다보았다. 선생님이 자신과 이야기하고 싶어 한다는 사실에 놀라움과 기쁨이 섞인 눈길이었다. 앙헬 선생님이 자신과 이야기하고 싶어 하다니.

라시드는 음침한 일에 엮인 사람처럼 미심쩍고 소심해 보이는 아이들에 속했다. 이런 아이들에게 말을 걸거나 같이 이야기를 나누고 싶어 하는 친구가 있을 리 없었다. 라시드 쪽에서 먼저 몸을 빼기도 했고, 다른 사람들한테 거부당하기도 했다. 라시드는 생존 그 이상은 생각하지 않는 습성이 몸에 배었다. 속되고 물질적이며 계획 없이 하루하루 먹고살기 바빴다. 미래 계획이나 장래 희망 따위는 꿈도 꾸지 않았다. 그럭저럭 게으르게 살면서 굳은살이 박여도 느끼지 못하는 신세가 되었다. 그래서 앙헬의 초대를 받고 라시드는 깜짝 놀랐고, 생각할 것도 없이 초대를 받아들였다.

그 시간에 문을 열었을 법한 카페를 라시드가 알고 있었다. 두 사람은 그쪽으로 걸음을 옮기다가 길 건너편에 불이 켜진 카페를 보고 그쪽으로 발길을 틀었다. 라시드는 앙헬과 함께 카페로 들어가며 왠지 모르게 마음이 편해졌다. 그동안은 이민자들이 많이 모이는 선술집으로 다녔는데, 선술집에 들어갈 때마다 다른 사람들의 시선을 피하며 슬그머니 들어가곤 했다. 스페인에 도착한 이래로 뒤로 물러나고 싶은 기분에 사로잡혔던 라시드였다. 아무리 노력해도 어디에 있든 당당할 수 없었다. 그런데 앙헬과 함께 있으니 아무도 자신을 의심할 것 같지 않아 마음이 편안해졌다. 스페인에 와서 처음으로 느끼는 특별한 평온함이었다.

두 사람은 커피와 토스트를 주문한 뒤 창가에 앉았다. 라시드는 학교와 친구들과 선생님들에 대해 몇 가지 질문을 건넸다. 평소 라시드답지 않게 부끄러워하며 베르타의 이야기도 꺼냈다. 심지어 베르타를 좋아하고 있다는 것까지 털어놓았다.

앙헬은 베르타가 라시드를 좋지 않게 생각하는 부분이 있다고 말해 주었다. 라시드는 자기도 그 점을 알고 있지만, 베르타가 아직 자기를 잘 모르기 때문이라고 대꾸했다. 앙헬은 순간, 베르타가 라시드에 대해 너무 많이 알고 있기 때문이라고 말할 뻔했다. 하지만 아직은 베르타가 본 것을 말할 때가 아니라고 생각했다.

"라시드, 노르에 대해 알고 있는 게 있니?"

"노르는 제 친구가 아닌데요."

"노르가 너와 친구가 아니라는 건 나도 알아. 그래도 노르에 대해 뭔가 알고 있지 않니?"

"노르에 대해 왜 알고 싶으신데요? 노르가 학교에 가지 않았나요?"

"며칠 전부터 노르 상황을 아는 사람이 하나도 없어. 노르는 자신을 도와 달라는 메모를 나한테 보냈고."

"도움을 청할 일이 아니죠. 자기 일은 스스로 혼자 해야 하는 거 아니겠어요? 저도 그랬는데요, 뭘."

"뭘 혼자 해야 한다는 말이니?"

"동생을 데려오는 일 말이에요. 미친 짓이죠. 결국은 혼자 돌아오겠지만요."

앙헬은 아무도 모르는 사실을 라시드가 알고 있다는 것에 당혹스러웠다. 어떤 사람들은 아무것도 모르는데, 어떤 사람들은 많은 걸 알고 있다니.

"너는 노르가 어디에 있는지 아니?"

"네, 알아요. 아직 배가 도착하지 않았다면 타리파스페인 최남단 해안 도시에 있을 거예요. 배가 도착했고, 경찰에 잡히지 않았다면 두세 군데에 있을 수도 있어요."

"찬카와 함께 사는 여자아이 말로는 노르가 볼로니아에 있을 거라고 하더구나. 아툰 아마리요에 있을 거라고."

"나비가 그렇게 말했어요?"

"응, 그래. 거기가 어디인지 아니?"

라시드는 토스트를 들고 한 입 베어 물었다. 토스트를 씹어서 삼키고 커피를 한 모금 마셨다.

라시드가 손가락으로 테이블을 두드리며 입을 열었다.

"나비도 참. 그런 말을 하면 안 되는데. 입을 다물고 있어야지. 선생님, 선생님은 나비한테 물어보지 마셔야 했어요."

"왜 그러면 안 되는데?"

"선생님이 모르는 사건에는 끼어들지 않으시는 게 좋아요. 그냥 학교에 계세요. 선생님은 윤리를 가르치시니까 무엇이 선이고 무엇이 악인지 설명하실 수 있겠지요. 하지만 늘 선생님 생각대로 골라서 행동할 수는 없어요. 나비도 마찬가지예요. 나비는 옳지 못한 일을 하며 살아가고 있어요. 그게 싫으면 떠나든가, 아니면 입을 다물고 있어야죠. 안 그래요?"

"왜 그런 말을 하니? 네 말을 들으니 네가 걱정스럽구나. 넌 몇 살이지? 열여덟? 열아홉?"

"열일곱 살이에요. 언제나 열일곱이죠. 나쁜 짓을 하려면 열여덟 살이 넘으면 안 돼요."

앙헬은 그 말뜻을 되새겨 보았다. 법을 어기는 일을 하려면 나이가 어릴수록 유리하다는 뜻이리라. 그랬다. 그 말이었다. 그러니까 라시드는 열일곱 살이 아니었다.

"난 노르를 찾으러 가려고 해. 오늘 당장 타리파로 가겠어. 그러고 나서는 나와 관련 없는 일에 두 번 다시 끼어들지 않기로 약속하지. 하지만 이번만은 가야 해."

"뭐 하러 가세요? 노르 일에 필요한 사람은 아무도 없는데. 혼자 해야 할 일을 잘 아는 사람이 바로 노르예요. 만약 노르가 돌아오지 않는다면 그건 그 애 운명일 테고요. 누구나 운명이 있고, 운명은 누구도 바꿀 수 없죠."

"바보 같은 소리 마라, 라시드. 운명이란 건 없어. 네 운명이란 게 없다니까. 네 삶을 바꾸고 싶으면 바꾸고, 네가 하고 싶은 일은 네가 결정하면 돼."

라시드는 앙헬 말을 믿지 못하겠다는 듯 미소를 지었다. 이 선생은 자기 같은 아이들이 다른 세계, 즉 자기 자리를 선택할 수 있는 세계에 속해 있다고 생각하는 모양이었다. 그래서 말귀를 못 알아듣는 거다.

"전 지금까지 아무것도 결정하지 않았어요. 일이 생기면 생기는 대로 받아들였죠."

"그래? 그렇다면 왜 모로코를 떠나 왔니? 왜 위험을 무릅쓰고 여기까지 왔니? 그건 네가 결정한 일이 아니었니?"

"이해하지 못하시겠지만 정말로 제가 결정하지 않았어요. 제안을 받아들였을 뿐이에요."

"그게 결정이야, 라시드. 우린 뭘 할지를 결정할 뿐만 아니라 뭘 하지 않을지도 결정하는 거란다. 제안하기로 한 것도 결정이고, 제안을 받아들이기로 한 것도 결정이야."

라시드는 앙헬을 바라보았다. 그리고 학교에서 앙헬과 나누었던 몇 가지 대화를 떠올리며 그리움에 잠겼다. 앙헬은 세상이 책에서 말하는 대로 이루어진다고 믿는 순진하고 선한 사람 같았다. 라시드는 처음 앙헬을 만난 수업 시간이 생각났다. 앙헬은 라시드에게 친절하게 대해 주었고, 공책과 책을 비롯해 학교에 챙겨 와야 할 것들을 알려 주었다. 수업이 끝난 뒤에는 라시드에게 다가와 어디에 사는지, 스페인에는 어떻게 왔는지, 부모님은 같이 왔는지 물어봐 주었다. 그러고는 스페인어 사전을 선물로 주었다. 라시드는 얼마나 기쁘고 고맙던지, 그 은혜를 꼭 갚겠다고 다짐했다. 앙헬은 그런 일들을 대수롭지 않게 여기고 잊어버렸겠지만 말이다.

"제가 같이 가 드릴게요, 선생님."

라시드가 앙헬의 반응을 살폈다.

"같이 가 주겠다고? 정말이니?"

"네, 진짜예요. 오늘 오후에 일 하나만 처리하면 같이 갈 수 있어요."

앙헬은 생각에 잠겼다. 사실 같이 가 주겠다는 말을 기다렸다. 라시드가 같이 가 준다면 지금 상황에서 더 바랄 것이 없었다. 라시드가 카디스에 있는 볼로니아 해변에 가는 것이 처음은 아닐 터였다. 그렇지만 라시드의 호의를 받아들여도 될지 망설여졌다.

"네가 같이 가 준다면야 나야 고맙지. 그런데 부모님께 먼저 말씀드려야 하지 않겠니?"

"부모님과 같이 살지 않아서 괜찮아요. 여기 왔을 때부터 혼자 살고 있거든요. 부모님은 저랑 같이 오시지 않았어요."

앙헬은 라시드의 말이 거짓말은 아닐지 미심쩍었다.

"하지만 학교생활 기록부에는……."

앙헬은 여기까지 말했다가, 퍼뜩 그때 일이 생각났다.

"맞아, 전에 네 아버지도 오셨……."

"진짜 아버지가 아니었어요."

라시드가 앙헬의 말을 가로챘다.

"그러면?"

"그래서 제가 같이 가고 싶은 거예요, 선생님. 선생님 혼자 가셔서는 노르를 만나지 못할 수도 있으니까요."

22

앙헬은 쾌감을 느꼈다. 오래도록 이렇게 비이성적인 결정을 내린 적이 없었다. 겁을 내거나 주춤하지 않고, 위험을 감수하기로 한 이런 결정은 우리에게 힘을 준다. 앙헬이 여러 번 학생들에게 한 말이 있다. 낙천적인 사람은 실패를 두려워하지 않고 성공의 가능성에 더 많은 것을 거는 사람이고, 회의적인 사람은 성공하려고 시도해 보지도 않고 실패를 두려워하는 사람이라고. 스스로 낙천주의자라고 생각하고 싶어서 한 말이었다. 사실 자신은 그런 사람이 아니기에. 앙헬은 위험한 일에는 한 걸음도 내딛지 못하는 부류였다. 오래도록 자기도 모르게 안전에 길들었다. 하지만 이제 달라지기로 했다. 앙헬은 위험을 감수하기로 마음먹었다.

집에 들어가니 정리가 잘 되어 있어 집 안이 깔끔했다. 루시아가 다녀간 것이 분명했다. 일을 시작한 지 일주일밖에 안 됐지만, 그 뒤로 집이 완전히 달라졌다. 루시아는 앙헬이 없는 시간에 오기로 되어 있어서, 첫날 루시아를 본 뒤로 만나지 못했다. 앙헬은 루시아에게 메모를 남기기로 했다. 여러 날 동안 루시아가 정리한 상태 그대로 있어도 놀라지 말라고 말이다.

앙헬은 종이에 글을 쓰기 시작했다.

> 루시아, 며칠 동안 집을 비웁니다. 일요일 전에는 돌아오니, 이번 주에는 오지 않으셔도 됩니다.
>
> 감사합니다.
>
> 앙헬

메모를 읽어 보니 서툰 느낌이 들었다. 앙헬은 새 종이를 꺼내 다시 썼다.

> 루시아, 며칠 동안 휴가를 떠납니다. 그러니 이번 주에는 오지 않으셔도 됩니다. 돌아오면 연락드리겠습니다.
>
> 앙헬

두 개를 비교해 읽으니 나중에 쓴 것이 더 마음에 들었다. 앙헬은 문 앞에 메모를 붙인 뒤 방으로 들어가 가방을 꾸렸다. 셔츠와 스웨터, 청바지 같은 옷가지와 모자, 칫솔, 면도기를 챙겼다. 이어서 앙헬은 책장으로 가 책을 한 권 빼냈다. 몸에 밴 습관이었다. 어디로 여행을 떠나든, 지옥으로 가는 길일지라도 책 한 권 챙겨 가야 했다. 앙헬은 어떤 주머니에도 들어갈 수 있는 가장 작은 책을 골랐다. 타니자키의 《그늘에 대하여》라는 책으로, 일본인이 아름다움을 보는 방식을 담은 책이었다. 책을 펼치지 못할 수도 있지만, 챙겨 가는 것만으로도 충분했다. 그다음으로 지갑을 열어 보았다. 돈은 충분해 보였다. 이제 모든 준비가 끝났다. 힐에게 말해야 할까 생각하다가, 단숨에 노인의 집까지 올라갔다.

문을 두 번 두드려도 대답이 없었다. 잠을 자고 있는지도 몰랐다. 힐의 생활 방식을 몰라서 문을 두드리던 손길을 멈췄다. 앙헬은 현금 지급기에서 나온 영수증 뒷면에 노르를 찾으러 간다고 썼다. 연락하고 싶어 할지도 모른다는 생각에 휴대 전화 번호도 적어 두었다.

앙헬은 두 시에 바벨탑 현관 앞에 자동차를 대 놓고 기다렸다. 거리는 활기가 넘쳐 보였다. 찬란한 태양이 성지 주일의 아름다운 오후를 예고하는 듯했다. 사람들은 특별히 차려입고 나온 듯이 보였다. 앙헬은 자신의 고향에서도 성지 주일을 기념했던 것이 생각났다. 베나벤테의 성에서 아내와 팔짱을 끼고 산책하던 일이 기어이 떠오르고 말았다. 앙헬은 슬픈 기억에서 벗어날 방법을 하늘에서 찾으려는 듯 위를 올려다보았다. 아무 답도 없이, 탑만이 다른 집 위로 높이 솟아 있었다. 어떻게든 집을 넓히려고 테라스에 유리를 단 집들이 보였고, 빨래를 널어놓은 건조대, 카나리아가 있는 새장이 보였다. 그리고 2층에 라시드가 보였다. 앙헬은 어서 내려오라고 손짓했다. 곧 라시드가 파란 가방을 들고 현관에 나타났다.

"준비되셨어요?"

라시드가 가방을 뒷좌석에 놓으며 물었다.

앙헬은 자동차에 시동을 걸고 안전띠를 매면서 외쳤다.

"출발!"

23

앙헬과 라시드는 시원하게 뚫린 도로를 힘차게 달렸다. 이 시간
에는 카디스로 가는 고속도로가 버려진 길처럼 텅 비어 있었다. 도
로에는 몇몇 운전자들과 길을 훤히 알고 달리는 외국인들의 캠핑
카만 보일 뿐이었다. 준비성 있는 사람들 대부분은 성주간을 맞아
해변이나 세비야에 가려고 주말이 시작될 무렵 이미 여행길에 올
랐기 때문이다.

앙헬은 엘 쿠에르보에서 차를 멈추고 기름을 넣으며 비로소 이
번 여행을 걱정하기 시작했다. 어쨌든 불법 체류자인 모로코 소년
과 떠나는 여행은 평화롭지 않았다. 게다가 여행의 목적은 다른
불법 이민 소년을 만나서 집으로 데려오는 것이다. 흔히 있는 일이
라 해도 경찰이 차를 세우고 심문할까 봐 두려웠다. 라시드한테 서
류가 없다는 것을 알면 두 사람을 체포할 수도 있었다.

"라시드, 너 불법 체류 중이지?"

앙헬이 용기를 내어 물어보았다.

"아니에요. 서류가 있어요. 올해 얻었죠. 야고보 신부님이 구해 주셨어요."

야고보 신부의 이름을 들은 게 벌써 두 번째다.

"야고보 신부님은 누구시니? 나비도 그분 얘기를 하던데."

"타리파에 계세요. 여기 오는 사람들 가운데 그분 이름과 성당 주소를 들고 오는 사람들이 있어요."

라디스는 열띤 목소리로 신부님 이야기를 했다.

"너는 회교도잖니?"

"네, 그렇죠. 하지만 그건 중요하지 않아요. 야고보 신부님은 '타이브'세요."

앙헬은 타이브가 뭔지 몰랐다.

"무슨 뜻이니?"

"좋은 사람, 하느님의 사람이란 뜻이에요. 선생님도 타이브세요."

"너도 역시 그렇게 되어야 한단다. 계속 공부하고, 지금 하고 있는 일로 시간을 허비해서는 안 돼!"

"그런 말씀은 이제 그만하세요. 모든 사람이 공부해야 하는 건 아니에요. 저는 일을 찾아서 돈을 벌어야 하고요. 어쨌든 상관없어요. 제 인생도 괜찮아요. 스페인에서 만족하며 잘 살고 있죠. 모든 사람이 공부해야 하는 건 아니잖아요? 공부가 필요 없는 사람도 있고요. 말하고, 듣고, 바라보고, 그걸로 충분해요. 이들의 목표는 아는 것이 아니라 사는 것이니까요."

앙헬과 라시드는 헤레스의 두 번째 요금소에 도착할 때까지 이야기를 나누었다. 앙헬은 자신에게서 움터 나오는 생명력이 놀라웠다. 영혼의 새 영양분을 발견한 듯이 창문을 열고 들판의 향기를 머금은 공기를 들이마셨다. 라시드는 뜻밖의 말솜씨로 순례 여정에서 생긴 일들을 들려주었다. 그 뒤로 타리파에 도착할 때까지 잠이 들었다.

앙헬은 그동안 살아온 지난날을 떠올렸다. 고등학교를 졸업할 무렵 아버지와 다투었던 때가 기억났다. 아버지는 앙헬이 대부 리사르도의 대장간에서 일하기를 바랐다. 그즈음 리사르도는 농사일과 배 제작에 필요한 연장을 만들기 시작했다. 이 사업은 조금씩 번창해 회계를 맡아 줄 사람이 필요하게 되었다. 앙헬의 아버지와 자식 없는 리사르도는 그 일이 앙헬에게 딱 맞겠다고 생각했다. 그러나 앙헬은 공부하고 싶어서 살라망카로 떠나왔다. 그해 여름 내내 아버지와 아들 사이에 다툼이 일었고, 조금씩 사이가 벌어졌다. 앙헬은 아버지를 이해할 수 없었고, 아버지는 철학을 공부하겠다고 나가는 소년의 경솔함이 못마땅했다.

"앙헬, 대체 공부해서 어디에 쓸 거니?"

"생각하는 데에 쓰려고요."

"뭘 생각한다는 거냐? 앙헬, 내가 생각하지 않고, 네 엄마가 생각하지 않는 일을 생각하겠다는 거냐? 살라망카에서만 생각할 수 있다더냐? 대장간 생각은 안 하니? 리사르도가 대장간을 너에게 준다고 했어. 우리를 얼마나 사랑하는 분인지 알고나 있니? 그분한 테는 자식이 없잖니. 너한테 아버지와도 같은 분이야. 대장간을 소유하는 게 뭐가 나쁘다는 거냐?"

앙헬의 아버지는 언제나 '소유하다'는 동사를 썼다. 앙헬은 그 단어가 싫었다. 그런 표현에서 비겁함을 느꼈다. 아버지는 넘치는 야심을 그런 단어로 표현하려 했다.

앙헬에게는 언제나 아버지가 둘이었다. 두 아버지는 어렸을 때부터 이웃이었고, 같은 학교에 다니며 함께 성장했다. 그러나 두 사람은 서로 다른 곳에서 행운을 누렸다. 앙헬의 아버지는 두 아버지가 동시에 사랑했던 여인과 결혼하는 행운을 잡았다. 하지만 사업에서는 운이 따르지 않았다. 돼지 페스트가 퍼지는 바람에 두 번 시작한 사업이 두 번 다 망했다. 반대로 대부 리사르도는 꿈꾸던 사랑을 얻지 못했지만 사업에서는 언제나 승승장구였다. 이렇게 두 아버지는 서로 상대방에게 없는 것을 소유하고 있다는 것을 인식하며 관계를 유지해 왔다.

당시 앙헬은 두 아버지가 겪은 실패를 알지 못했다. 두 아버지에 얽힌 사연 때문에 대부 리사르도의 일을 받아들이지 않은 게 아니었다. 단지 앙헬은 대장간이 다른 세계라고 생각했다. 기름과 연기에 휩싸인 어두운 대장간 사무실에서, 철의 소비량을 계산하고 쇠

바퀴를 만들 예산을 세울 자기 모습을 떠올리고는 질겁했다. 햇볕에 탄 아름다운 여인 모습이 담긴 빛바랜 달력을 바라보며 대장간 사무실에 앉아 세월을 보내기 싫었다. 달력 속 모델이 한 해를 후루룩 살듯 그렇게 일 년 일 년을 살기 싫었다. 그런 장면을 상상하자 몸서리가 쳐졌다. 그 무렵, 앙헬은 구스타브 도레의 그림을 그대로 베껴 그렸다. 돈키호테가 나무로 만든 우리에 갇힌 채 마을로 끌려 돌아오는 장면을 그린 그림이었다. 그 그림을 보자, 몸이 더욱 떨렸다. 앙헬은 그림 밑에 이렇게 썼다.

학사 앙헬 데 베나벤테가 우리에 갇힌 채 대장간으로 운반되다.

앙헬은 모눈종이에 그림을 크게 그렸다. 그러고는 그 그림을 자기 방에 걸어 놓고, 아버지가 고집을 부릴 때마다 주먹을 쥐고 그림 밑에 적은 글을 읽었다. 앙헬은 자신의 결정에 후회하지 않았고, 그의 결정으로 가족이 자신에게 실망한 점에도 후회하지 않았다. 그리고 아버지가 고백하던 끔찍한 밤의 일조차 후회하지 않았다. 그 고백이 앙헬의 일생에 상처를 남겼을지라도.

당시에는 이미 어머니는 돌아가시고 아버지 홀로 살던 때였다. 아버지는 병이 심해져 침대 신세를 져야 했다. 평일에는 간호인이 아버지를 돌보고, 주말에는 앙헬이 아버지를 돌보았다. 그리고 그 끔찍한 밤, 앙헬이 옆에서 신문을 읽고 있는데 아버지가 이야기하기 시작했다. 처음에는 아버지가 잠꼬대하는 줄 알았다. 그러다 곧 노인들이 상대가 이야기를 듣고 싶어 하건 말건, 자신을 짓누르던 무게를 가볍게 하려고 내뱉는 고백임을 알았다.

"내가 너를 대장간에서 일하게 하려던 것을 기억하니?"

앙헬은 깜짝 놀랐다. 까마득히 먼 옛 기억이었다. 앙헬은 마치 자신이 그때로 돌아가기라도 한 듯, 아버지가 그때처럼 야단치려는 줄 알았다.

"그때 생각은 하고 싶지 않아요, 아버지."

앙헬은 신문에서 눈을 떼지 않았지만, 아버지가 던진 질문에 온몸은 굳어져 있었다.

"네가 잘했다."

"모르겠어요, 아버지. 각자 나이에 맞게 살아야죠. 그때 대장간에서 일한다는 건 생각도 못 할 일이었어요."

"대장간이 너한테 넘어오도록 내가 리사르도한테 얼마나 머리를 숙였는지 아니?"

"옛날 얘기는 그만두죠."

"아니다, 너를 나무라려는 게 아니야. 내가 겪은 수모를 말하고 싶구나. 너도 알았으면 좋겠다."

앙헬은 신문을 치웠다. 아버지가 이야기를 계속하게 할까, 말까 망설여졌다. 자신에게 좋은 말이 나올지, 아직도 더 힘을 뺄 말이 나올지 감이 오지 않았다.

"너도 알다시피 네 어머니는 나를 택했다. 리사르도를 선택할 수 있었지만, 나를 택했어. 그런데 봐라. 나는 네 어머니에게 가난과 고통과 병만 안겨 주었지."

"고문을 시작하실 거면 저는 가겠습니다."

"나는 네 어머니에게 보상해 주려고 너를 팔기로 했던 거야."

앙헬은 자리에서 일어났다. 그러나 나가지는 않았다.

"당시 나는 리사르도를 미워하고 있었지. 그의 번영과 우아함, 있는 척하는 모습을 참을 수 없었다. 그런데 불행히도 그에게 두 번이나 돈을 빌려야 했고 한 번도 갚지 못했지. 리사르도는 빚을 탕감해 주었어. 그 대가로 리사르도는 우리 집을 드나들며 함께 밥을 먹고, 네 어머니와 너를 바라보는 권리를 얻은 거야. 어느 날 리사르도가 술에 취해서 말했지. 네가 자기 아들일 수 있었다고. 그날 그놈을 죽이고 싶었어. 그때부터 리사르도에게 증오심을 드러낼 때마다 그놈은 어음을 꺼내어 취소할 수 있다는 협박을 했지. 그때 네가 그자의 사무실에서 일하게 된다면 협박도 끝나고 고통에서 벗어나리라 생각했단다. 그런데 네가 판결을 내려 주었지."

"제가 판결을 내렸다고요?"

"그래. 네가 나한테 판결을 내려 주었어. 그랬지."

앙헬의 아버지가 마지막 이야기를 쏟아 내었다.

"네가 결국 살라망카로 가 버리자, 리사르도는 날마다 우리 집에 저녁 먹으러 왔다. 그런데 일주일을 못 온 적이 있었어. 철을 사러 레온에 갔거든. 그런데 네 어머니가 불쑥 리사르도가 보고 싶다는 말을 하더구나. 늘 보다가 못 보니 그냥 보고 싶다고 가볍게 한 말이었어. 그렇지만 질투심이 솟구치더구나. 그놈을 용서할 수 없었지. 그날 뒤로 다시는 그놈을 우리 집에 발도 못 붙이게 했어. 나는 빚을 다 갚으려고 땅을 팔고, 술 창고를 팔고, 떡갈나무 숲을 팔았지. 기억나니? 그해 여름 방학에 집에 왔을 때 네 어머니는 앓아누웠고, 난 그때 일에 대해서 입도 벙끗 못 했지. 너는 철학이라는 것에 빠져서 인생의 의미가 어떻고, 하더구나. 난 인생에는 어떤 의미도 없다고 생각하며 분노로 몸을 떨었지. 그때가 기억나니?"

라시드가 몸을 뒤척거렸다. 그제야 앙헬은 고통스러운 기억으로 길을 잘못 든 것을 알았다. 그 길로 멀리까지 가는 바람에, 천둥소리 같던 아버지의 목소리를 들은 듯했고, 어린 시절에 맡았던 떡갈나무 숲의 향기와 소나무의 송진 냄새까지 느껴졌다.

"조금 전에 타리파로 들어섰단다."

앙헬이 현실로 돌아와 라시드에게 말했다.

라시드는 몸을 일으켜 눈을 비비고 팔을 폈다. 왼쪽에는 바다가 보였다. 저 멀리 푸르스름한 빛이 감도는 흐릿한 산도 보였다.

라시드가 먼 곳을 가리켰다.

"보세요, 선생님. 저기에 우리 집이 있어요."

앙헬은 모로코의 리프 산맥이 드리운 그림자를 보았다. 그렇지만 자신의 집은 이제 어디에도 없었다.

195

24

타리파의 거리로 들어섰다. 라시드가 그곳을 속속들이 알고 있어서 앙헬은 깜짝 놀랐다. 어느 길로 가야 하는지, 어떤 길이 금지된 길이고 어떤 길로 갈 수 있는지 술술 알려 주었다. 이 도시에 여러 번 들른 게 분명했다.

"걱정하지 마세요, 선생님. 제가 잘 알아요. 삼 년 전부터 보름에 한 번씩 여기에 왔어요."

전에 베르타가 알려 주기를, 라시드가 스테파노의 집에서 시디를 복제한다고 했다. 앙헬은 라시드가 불법 행위를 저지르고 있으리라 확신했다. 그러나 여행 중에 그 이야기는 꺼내지 않았다. 앙헬과 라시드 사이에 믿음과 정이 깊어져, 라시드의 사생활까지 질문할 수 있을 때를 기다렸다. 그 순간이 오면 꼭 이야기를 꺼내리라 마음먹었다. 라시드처럼 영리하고 착하고 가능성 있는 소년이 나쁜 일에 발을 담그고 있다는 사실이 마음 아팠다.

여행길에 나서기 전, 한 학생이 자신은 경찰 말만 존중한다고 말했다. 앙헬은 소용없는 소리인 줄 알면서도, 힘이 통제하는 상황에 익숙해지고 힘에만 복종하는 사람은 결국 인간의 의미를 잃어버리게 될 거라고 말했다. 학생은 약한 자를 딱히 여기고 삶의 의미를 높이 평가하는 앙헬의 말에 코웃음을 쳤다. 앙헬은 라시드 또한 삶에 지친 채 주변에 난무하는 폭력에 몸을 내맡겼을까 봐 두려웠다. 끌어당기는 대로 끌리고 피하라면 피해 버리는 삶, 짚신벌레나 아메바처럼 지능 없는 유기체가 자동으로 움직이듯 의미 없이 사는 삶을 살까 봐.

앙헬은 라시드가 함께 와 주어 기뻤다. 도시에 있으려니 완전히 길을 잃은 느낌인데, 라시드는 움직임 하나하나에 확신이 차 있었다. 그 모습을 보며, 앙헬은 습관이 인간을 결정짓는다는 진리를 재확인했다. 어디에 주차할지, 둘이 어느 여관에서 묵을지, 라시드는 척척 알려 주었다.

앙헬과 라시드가 묵을 여관은 좁은 골목에 있었다. 이름은 '라 플로르 데 테투안'이었다. 건물은 낡았고, 마당에는 아직도 한구석에 우물이 있었다. 안에 물이 있는 우물이었지만 사용하지는 않았다. 여관 마당에는 낡은 세간과 집기들, 녹슨 침대 틀, 물통, 청소 도구가 한가득 있었다. 여관 안벽은 칠이 벗겨지고, 계단에서는 발을 디딜 때마다 삐걱거리는 소리가 났다. 손님 대부분은 모로코로 건너갈 생각으로 알헤시라스페인의 남쪽 끝에 있는 항구 도시로, 모로코와 가장 가까 운 지점에 오가는 사람들 같았다.

둘은 방을 두 개 잡았다. 사람들의 의심이란 끝이 없는 법이어 서, 앙헬은 최소한의 이야깃거리도 남기고 싶지 않았다. 두 사람은 방에 짐을 두고 밥 먹으러 나왔다. 라시드가 여관에서 어떤 남자 와 아랍어로 이야기를 나누었는데, 전부터 알고 지낸 사이처럼 편 안해 보였다. 남자가 앙헬을 바라보았다. 앙헬이 주저하며 인사를 건넸다. 여관 밖으로 나오자, 라시드가 운이 좋을 것 같다고, 노르 가 아직 그곳에 있을 것 같다고 말했다.

"노르가 있는지 그 사람한테 물어본 거니? 노르를 봤대?"

"흑인들이 많이 있는 걸 봤대요. 그 아저씨는 노르 얼굴도 몰라 요."

"그러면?"

"한 남자애가 월요일에 이곳에 있었대요. 스페인 말을 잘하고 뭔 가 달라 보였대요. 노르가 틀림없어요. 여기서 달라 보였다는 말은 바보 같다는 말이에요. 그러니까 노르 같다는 말이지요."

"그렇게 말하지 마라. 순수와 바보를 헷갈리면 안 되지. 그런 습 관을 들이면 넌 이유 없이 나쁜 사람이 될 수밖에 없어. 선을 증 오할 수밖에 없는 바보가 되는 걸 두려워해야지. 그나저나 노르가 어디에 있는지 알고 있대?"

"노르는 볼로니아에 있을 것 같대요. 무슨 일인가 일어나서 도착

장소를 바꾼 게 분명해요. 확실한 건 상품이 아직 도착하지 않았다는 거예요."

"무슨 상품?"

"흑인들요. 열다섯에서 스무 명쯤 올 건데, 그 가운데에 노르의 동생이 있어요."

"그럼 언제 찾으러 가야 하니?"

"오늘 밤은 여기에서 지내는 게 좋겠어요, 선생님. 더 정확한 정보를 알려 줄 수 있는 사람이 있는데, 지금은 모로코에 있어요. 오늘 밤에 돌아올 거예요."

"그 사람과 아는 사이이니?"

"네, 다른 일로 아는 사람이에요. 하지만 그 일에 대해서는 밀씀 드리고 싶지 않아요."

둘은 거리로 나왔다. 이미 어두워지고 있었다. 그 유명한 타리파의 바람은 아직 불지 않았다. 거리에는 축제일을 즐기러 나온 사람들이 수없이 오갔다. 가족과 함께 일상의 삶을 사는 사람들. 라시드 눈에는 모든 게 즐거워 보였다. 반대로 앙헬은 피곤하고 기운이 빠졌다. 갑작스레 화려한 거리를 보니, 자신의 결정이 터무니없게 느껴졌다. 학생 하나 찾으러 스페인 끝으로 오다니. 자신이 '양떼를 버리고 길 잃은 양을 찾아 나서는 목자' 같았다. 자신은 무슨 목자인가? 왜 이런 일을 맡았던가? 누군가 앙헬의 등을 두드렸다.

"가세요, 선생님. 저기에 기막히게 맛있는 맥주가 있어요."

25

밤이 되어 여관으로 돌아온 앙헬은 이전과 달라져 있었다. 아침에 출발하면서 내비쳤던 용감함은 어느새 사라지고 없었다. 앙헬은 그날 밤 너무 많은 이야기를 쏟아 내어 후회됐다. 맥주를 많이 마셔서 이야기가 새어 나오는 걸 막지 못했다. 학생을 앉혀 두고, 6년 전부터 이어지던 의미 없는 삶을 푸념해 버렸다.

앙헬은 아내의 죽음으로 삶이 부서졌다. 자식 없이 혼자 산다. 자식이 있었기를 바라는 마음은 나중에라도 생기지 않을 것 같았다. 하지만 이 말에도 확신이 서지는 않았다. 사실 부성이 무엇인지도 몰랐다. 그저 외로움을 달래 주는 것이리라 짐작했다. 앙헬에게 다른 기회가 주어진다면, 친구 관계에 더 신경을 쓸 테고, 사람들과 관계를 많이 맺어 갈 터였다. 아내가 살아 있는 동안에는 부족한 것이 아무것도 없다고 생각하며 살았다. 아내가 병으로 입원

했을 때 비로소 자신을 둘러싼 외로움을 느꼈다.

앙헬이 여관에 들어서며 입을 열었다.

"베르타가 너에 대해 뭐라고 말했는지 아니? 네가 몇 가지 이상한 일을 하고 있다더구나."

"베르타가요? 뭘 알고 있는데요?"

"네가 불법 음반을 만들고 있는 것 같다고 의심하더구나. 스테파노 집에 녹음실을 설치했다며? 아니야?"

"그런 줄 어떻게 알아요?"

"소리치지 마라. 잠깐 앉아 봐."

앙헬은 여관 입구에 있는 테이블에 앉았다.

"빌어먹을! 저를 감시하고 있었어요. 저를 잡으려고요! 스테파노한테 말하면……."

"그 말을 하고 싶었어. 스테파노는 보호받을 수 있어. 방어해 줄 사람이 있단 말이다. 아버지와 함께 살고 있으니까. 하지만 넌 못 빠져나오겠지. 언젠가 넌 붙잡혀서 감옥에 가는 신세가 될 거야."

"뭐예요, 이제 모든 악당의 구세주라도 되셨나요? 바보 같은 흑인 놈을 찾으러 저를 여기로 데려와 놓고, 이젠 설교하시려고요? 지금 무슨 생각하시는 거예요? 아직도 우리가 학교에 있는 줄 아세요?"

"잊어버려라, 라시드. 너한테 설교하려는 생각은 없어. 나도 피곤하고 골치 아프고 나한테 실망스럽단다. 그리고 너한테 이런 말을 하는 게 잘하는 짓인지도 모르겠어."

"잘하시는 게 아니에요. 진짜 아니에요. 선생님께 중요한 일이 아니면 끼어드는 게 아니에요. 제가 선생님 인생에 끼어든 적 있어요? 노르를 찾아 여기까지 오시는 게 바보 같은 짓이라고 비웃지도 않았잖아요. 나쁜 의식을 지닌 바보 같은 유럽인이나 하는 짓이라고 말하지도 않았잖아요. 제가 그런 말씀을 드리던가요?"

앙헬은 갑자기 자존심이 상했다. 라시드가 무례하게 굴어서 속이 상했다. 앙헬은 흥분해서 라시드를 차갑게 바라봤다.

"아니, 너는 아무 말도 하지 않았어. 왜냐하면 나한테 아무것도 말할 수 없는 코흘리개일 뿐이니까. 넌 고작 열일고여덟 살일 뿐이지. 오만한 꼬맹이에 불과해. 너를 이용하는 마피아들의 속임수를 꿰뚫고 있다고 착각하고 있거든. 하지만 난 네 아버지뻘이다. 알겠니? 네 아버지뻘 되는 사람이라고. 게다가 네 선생님이야. 내가 너한테 내 생각을 이야기하면 넌 입 다물고 들어야 하는 입장이야, 이 코흘리개야! 또 내가 말하고 싶은 것은…… 듣고 있어? 내가 말하고 싶은 것은, 두 해 안에 네놈이 감옥에 처박히는 꼴을 보고 싶지 않단 말이다. 또 먼지나 일으키면서 세상을 떠돌아다니는 그런 놈이 되지 말았으면 하는 거다. 지금 네가 꼭 그렇게 보이거든. 알아? 바람에 날려 버릴 먼지 같은 놈처럼 보인단 말이다!"

라시드는 자리에서 벌떡 일어나 안내대에 있는 소년에게 갔다.

"열쇠 내놔, 대포야. 잠이나 자러 가야겠다."

"대포라고? 대포가 누구니?"

"쟤가 대포예요. 모두 그렇게 불러요."

라시드가 안내대 뒤에 있는 남자아이를 가리키며 말했다.

"저 아이도 이름이 있을 텐데, 이름을 불러 주면 좋지 않겠니?"

앙헬이 남자아이를 바라보며 물었다.

남자아이는 당황스러웠다.

"제 진짜 이름은 아무도 몰라요. 여기서는 다들 제 이름을 제대로 발음 못 하더라고요. 대포라고 불리는 것도 나쁘지 않아요."

앙헬은 맥이 빠졌다. 그런 별명이 끔찍하게 싫었다. 남자아이는 앙헬이 웃어 주기를 기대했다. 하지만 계속 기다려도 앙헬이 웃지 않자, 안내대에서 나와 한쪽 다리를 보여 주었다. 의족이었다.

"보세요. 대포 때문에 한쪽 다리를 잃었어요. 왜 대포라고 불리는지 아시겠지요?"

"아니, 모르겠어. 네 이름이 발음하기 어려워도 제대로 불러 주려고 애를 써야지."

"그건 그렇죠. 제 이름은 클라흐디예요."

"그래 잘 자라. 클래르……디."

라시드와 남자아이는 서로 마주 보았다. 그러고는 한목소리로 대답했다.

"아뇨, 그렇게 발음하시는 게 아니라요……."

26

라시드가 아침을 먹으러 로비로 내려오니, 앙헬은 이미 로비에서
기다리고 있었다. 앙헬은 밤새 잠을 제대로 못 잤다. 앞으로 달려
가야 할 길에 대한 불안감과 과연 노르를 만날 수 있을지에 대한
생각으로 밤새도록 뒤척였다.

어젯밤 안내대에 있던 남자아이는 아침을 준비하고 있었다. 앙
헬은 남자아이가 한 손에는 커피포트, 다른 손에는 우유병을 들고
다가올 때 남자아이의 한쪽 다리를 슬쩍 바라보았다. 걸음걸이가
어색했다. 걸음을 옮길 때마다 금속성의 소리가 났다. 남자아이는
라시드에게 다가와 친한 사이처럼 일찍 일어나려니 힘들다고 말을
걸어 왔다. 라시드도 둘이 아는 사이라는 것을 자연스레 드러내며
대답했다. 앙헬은 남자아이를 유심히 살펴보았다. 남자아이는 커피
와 우유를 힘겹게 따르고 있었다. 금발의 앞머리가 이마 한편으로

흘러내렸다. 커피를 따르는 게 서툴러서 식탁보에 커피 방울이 톡 톡톡 떨어졌다. 남자아이는 라시드와 동갑내기처럼 보였지만, 생김 새와 피부색이 달랐다. 앙헬은 이 두 소년이 말을 주고받는 모습을 바라보며, 누가 더 불행한 처지인지 헤아려 보고 싶었다. 한 소년은 한쪽 다리를 잃고 타리파의 지저분한 여관에 자리 잡아 이 세상 에서 달리기를 그만두었다. 다른 소년은 두 다리로 쉬지 않고 달아 나고 있었다.

클라흐디가 커피를 다 따른 뒤 식탁에 빵과 올리브유를 가져다 줄 때 라시드가 물었다.

"대포야, 앙길라 도착했어?"

"응. 그런데 열두 시까지는 일어나지 않을걸. 앙길라하고 이야기 하려면 기다려야 할 거야."

"네가 불러 줘. 우리가 이야기하고 싶어 한다고 말이야. 이분이 앙길라랑 이야기하고 싶어 하시거든."

클라흐디가 앙헬을 바라보았다.

"선생님께서 앙길라와 이야기 나누고 싶으세요?"

앙헬은 뭐라고 대꾸해야 할지 몰랐다. 어떻게 대처해야 할지 알 지 못한 채 라시드가 이끄는 대로 가고 있었다. 앙헬이 미처 대답 하기 전에 라시드가 일어났다.

"여기서 기다리세요, 선생님. 제가 올라가 볼게요."

라시드는 앙길라가 어느 방에 묵는지 이미 알고, 성큼성큼 위층으로 올라갔다.

앙헬은 혼자 남아 있는 동안 클라흐디에게 노르를 본 적 있는지 물어보았다. 클라흐디는 라시드와 똑같은 말을 했다. 노르를 본 것 같다고, 이곳에 뭔가 물어보러 왔지만 묵지는 않았다고 말했다.

"노르라는 애는 왜 돌아왔을까요? 저라면 다시 오지 않았을 거예요. 대도시에 머무는 게 훨씬 더 좋죠. 여기서는 경찰한테 잡히기 쉬워요."

"동생을 기다리는 것 같던데. 동생에게 무슨 일이 일어날까 봐 찾으러 온 거란다."

"저는 동생이 없어요. 하지만 엄마가 국경에 오신다면 저도 어머니를 기다리겠죠."

"넌 부모님과 함께 살지 않니?"

앙헬이 궁금해서 물었다.

"네, 같이 안 살아요."

"그럼 부모님은 어디에 계시니?"

"돌아가신 분들이 계신 곳에요. 선생님은 돌아가신 분들이 어디에 있는지 아세요?"

앙헬도 전에 이와 비슷한 문제를 여러 번 생각했다. 삶과 죽음, 존재와 무. 그러나 고통에서 나온 그 질문에는 뭐라고 대답해야 할지 몰랐다. 클라흐디는 기껏해야 열여덟 살로 보였다. 그러나 가슴 아픈 기억들을 안고 살아가는 모습에서 서른 살쯤의 무게가 느껴졌다.

앙헬은 클라흐디의 말이 마음에 걸렸다. 어떻게든 위로해 주고 싶었다.

"우리는 때때로 두 종류의 삶을 산단다. 우리를 억누르는 가슴 아픈 옛 삶과 우리에게 의미를 찾아 주고 우리를 구원하는 새 삶이지. 우리는 새 삶을 향해 나아가야 해, 클라흐디."

이번에 앙헬은 대포의 이름을 제대로 발음했다.

앙헬은 자기가 왜 그런 말을 했는지 알 수 없었다. 클라흐디는 손으로 앞머리를 쓸어 넘겼다. 이마가 훤히 드러나니, 훨씬 더 어리게 보였다. 라시드가 갑자기 나타나 침울했던 분위기를 바꿔 주었다. 앙헬은 클라흐디한테서 시선을 돌리다가, 다시 그의 한쪽 다리에 눈길이 갔다.

"앙길라한테 물어봤어요. 오늘 밤에 도착할 거래요. 노르가 목요일에 물어보러 왔었대요. 그 뒤로는 노르를 보지 못했고요. 볼로니아로 배가 온다니까 우리도 그쪽으로 가는 게 좋겠어요."

27

밤이 지나고 아침이 되자, 날씨는 사람의 마음처럼 변덕스럽게
바뀌어 있었다. 여관을 나서니 동풍이 불어와서 폭풍우가 치는 날
처럼 하늘이 어두웠다. 바다는 파도가 거칠게 일며 사나워져 있었
다. 앙헬과 라시드는 옛 로마 도시로 가는 고속도로로 들어섰다.
도로 양옆으로 훌쩍 자라난 식물들이 파도치고 있었다. 앙헬은 운
명이 때때로 장난처럼 느껴졌다. 직장 동료들에게 볼로니아에 대
한 이야기를 숱하게 듣고 언젠가 기회가 닿으면 꼭 여행을 떠나리
라 생각했다. 그런데 지금 이 순간 그런 옛 도시가 생존을 위해 투
쟁하는 몇 사람의 운명이 걸린 도시가 되었다. 곧이어 안개가 걷히
고 기대하지 않았던 햇빛이 비추었다. 그러자 나비가 알려 준 여관
이 희미하게 보였다. 모퉁이를 돌 때 건물 모습이 드러나자, 라시드
가 말했다.

"저기예요. 저기가 아툰 아마리요예요."

여관 건물은 절벽 가까이에 외롭게 솟아 있었다. 앙헬은 로마의 신들이 머물렀다던 이 해변에, 한여름 피서객들이 법석 떠는 모습은 상상하기도 싫었다. 그런데 그러한 곳에 2미터가 넘는 노란색 참치'아툰 아마리요'는 스페인어로 '노란색 참치'라는 뜻가 있었다.

"이렇게 한적한 곳일 줄은 몰랐구나. 뭔가 많이 있을 줄 알았는데."

"일 년 내내 이래요. 여름에만 사람들이 몰려오죠."

앙헬은 여관 문 앞에 자동차를 세우고 안으로 들어갔다. 카운터에는 얼굴이 까무잡잡한 남자 두 명이 있었다. 둘은 어느 축구 선수를 두고 입씨름을 벌이고 있었다. 주인 겸 웨이터로 보이는 남자는 키가 땅딸막하고 곱슬머리가 눈까지 내려와 이마가 보이지 않았다. 라시드는 앙헬더러 말하라고 했다. 곳에 따라서는 흑인이 입을 열지 않는 게 나았다. 앙헬은 곱슬머리 남자한테 방이 있는지 물었다. 남자는 방이야 남아돌 만큼 넘쳐 난다고 했다.

"그럼 방 두 개를 주세요."

"언제까지 계실 건가요? 목요일부터는 죄다 예약되어 있거든요."

"오늘 밤이면 돼요. 아니면 내일까지요."

"그러시다면 문제없어요. 유적을 보러 오셨나요?"

"네, 맞아요. 여기서 다른 남자아이와 만나기로 약속했어요. 벌써 왔는지 모르겠네요."

"유색인 소년이에요."

라시드가 덧붙였다.

"아, 로마 유적지를 보고 리포트를 써야 한다던 학생 말씀이시군요?"

앙헬과 라시드는 서로 마주 보며, 노르가 틀림없다고 생각했다. 노르가 아무도 눈치채지 못하게 하려고 둘러댄 말일 터였다.

"지금 방에 있나요?"

"아뇨, 아침 일찍 나갔어요. 유적지 출입문은 열 시가 되어야 열릴 거라고 말했는데도요. 학생은 바다를 보고 저 산에도 올라가 보고 싶다며 나갔어요."

여관 주인은 창밖으로 높이 솟은 모래 언덕을 가리켰다.

"저기서는 만 전체가 다 보이지요."

"나는 망원경으로 봤다오."

축구 얘기를 하던 남자가 끼어들었다. 그들은 낯선 손님이 여관에 들어올 때부터 관심을 기울이고 있었다.

"아마 저쪽으로 갔을 거예요."

여관 주인이 다시 한쪽 해안선을 가리키며 말했다.

앙헬과 라시드는 다시 자동차로 돌아가서 가방을 챙겨 들었다. 주인은 방 열쇠를 건네며, 방으로 올라가기 전에 방값을 먼저 치르라고 했다. 앙헬은 그 요구에 기분이 상했다.

"신분증을 맡기지 않은 대신이지요."

여관 주인이 앙헬의 표정을 보고 말했다.

그제야 앙헬은 이 여관이 어떤 곳인지 알아차렸다. 노르도 저 여우 같은 주인을 속이지 못했다는 사실도. 유적을 보러 왔느냐는 질문은 여관에 머무는 사람들에게 흔히 건네는 말일 뿐이었다. 앙헬은 주인이 걱정하는 바를 이해하고, 지갑을 꺼내 방값을 치렀다.

방에서 보이는 전망은 멋졌다. 해변 모래는 남쪽에서부터 여관 건물 바로 앞까지 밀려들었고, 바다에는 거대한 파도가 끝없이 몰아쳤다. 그 모습을 보자니, 물살을 가르고 달리는 배에 탄 듯이 현기증이 일었다. 파도가 맹렬히 이는 바다의 모습은 사나운 짐승 같았다. 피서객들이 데려온 애완동물 같은 귀여운 느낌은 찾아볼 수 없었다. 바람이 부는데도 앙헬은 오른쪽에서 왼쪽으로 해변 전체를 살펴보았다. 아직 비는 내리지 않았지만 곧 폭풍우가 몰아칠 게 분명했다. 바람에 모래가 흩날려서 해변이 꿈속에서 보듯 뿌옇게 보였다. 그때 옆방 창문에서 라시드의 목소리가 들려왔다.

"선생님, 저기 보세요."

그제야 앙헬은 라시드도 창밖을 보고 있는 줄 알았다.

"어디?"

앙헬이 소리쳤다.

"그쪽에서는 안 보여요. 제 방으로 오세요."

앙헬은 복도로 나가 라시드의 방으로 들어갔다.

"테라스로 나와서 보세요. 저기예요."

라시드가 팔을 뻗어서 저쪽을 가리켰다.

모래바람이 일어 앙헬은 손으로 이마를 가렸다. 해변 한가운데에 바람을 가로질러 걸어가는 사람은 앙헬이 보기에도 노르 같았다.

"나랑 같이 가자. 노르를 데리러 가자."

"선생님, 곧 비가 올 텐데요. 흠뻑 젖을 거예요."

"그럼 너는 여기 있어라."

앙헬은 급히 계단을 내려갔다. 이번에도 카운터 한쪽에서 포도주를 마시던 두 남자와 마주쳤다. 앙헬이 나가려는 모습을 보고 남자들이 말했다.

"비 맞으실 텐데요."

"괜찮습니다."

"여기, 우비 입으세요."

여관 주인이 경찰이 입는 것과 비슷한 우비를 건넸지만, 앙헬은 이미 밖으로 나간 뒤였다. 라시드가 뒤따라 와서 주인 손에 들린 우비를 낚아챘다.

"주세요. 제가 입을게요."

앙헬은 이미 바닷가를 달리고 있었다. 저 앞에서 바람을 가로지르며 걸어가는 사람의 모습이 보였다. 200미터가 채 남지 않은 곳에서 앙헬은 노르가 틀림없다고 확신했다. 그래도 계속 앞으로 나아가며 손을 흔들었다. 라시드도 우비를 입으면서 앙헬이 자신에게 손을 흔드는 줄 알고 마주 손을 흔들었다. 노르도 두 사람이

손을 흔드는 모습을 보았다. 처음에는 자신이 아는 사람들일 거라
고는 상상도 못 했다. 오십 미터쯤 가까워졌을 때 왠지 그들 같았
다. 그러다 삼십 미터쯤 가까워졌을 때, 모래 폭풍 한가운데에서,
소용돌이치는 바닷가에서 손을 흔드는 사람이 자신의 선생님인
앙헬이라는 것을 알고 마주 달려오기 시작했다. 라시드가 이들에
게 다다를 때까지, 앙헬과 노르는 꼭 끌어안고 있었다. 마침내 둘
은 떨어져서 서로 바라보았다. 노르의 눈에 눈물이 가득했다. 앙헬
의 눈동자도 금방 눈물을 쏟아 낼 듯 반짝거렸다. 라시드는 두 사
람을 바라보며 따라 하고 싶은 마음은 없었지만, 감격에 겨워 그
느낌을 그리워했다. 여러 해 전부터 잊어버렸던 감정이었다. 라시드
는 희미하게나마 어린 시절 가장 슬프게 울던 때를 기억했다. 어머
니가 돌아가셨다는 이야기를 들었을 때였다. 그 뒤로 그런 느낌을
느낀 적이 없었다.

　다시 만난 사람들의 마음은 아랑곳하지 않는 듯, 비는 그칠 줄
을 몰랐다. 비는 이제껏 협박에 지나지 않았던지, 행동에 들어갔
다. 그러자 세 사람 머리 위로 물기둥이 덮쳐 왔다. 유일하게 우비
를 입고 있던 라시드만이 폭풍 속을 뚫고 나온 것을 투덜거렸다.
세 사람은 빗속을 힘겹게 달려서 여관으로 돌아왔다. 단골손님인
두 남자가 유리창 너머로 비를 흠뻑 맞고 돌아오는 세 사람을 관
심 없는 척 바라보며 기다리고 있었다.

28

노르는 그곳에 앙헬과 라시드가 나타난 사실이 믿어지지 않았다. 사실 그곳은 노르 자신도 있어서는 안 될 곳이었다. 동생이 도착한다는 소식이 정확하다 할지라도, 무슨 일이 생겨서 여행 일정이 바뀔지도 모를 일이었다. 노르는 모든 사람이 암묵적으로 지켜온 법칙을 깨뜨린 셈이었다. 누군가를 기다리기 위해 해변에 나가서는 안 되었다. 새로 오는 사람은 끝까지 혼자 힘으로 와야 했고, 감시하는 사람이 아무도 없다는 게 확실할 때에만 다른 사람과 접촉할 수 있었다.

하지만 노르의 걱정은 눈덩이처럼 불어나기만 했다. 최근 들어 난파 소식이 자주 들렸다. 그래서 노르는 해변에서 동생을 기다리고 있다가 구출해 줘야 한다는 책임감을 느꼈다. 노르의 숙모는 집에 꼼짝 말고 있으라며, 타리파에서 위험할 수 있다고 겁을 주었다. 하지만 노르는 숙모의 말을 듣지 않았다.

앙헬과 라시드와 노르는 함께 식사했다. 노르는 두 사람을 만나서 무척 반갑지만, 오늘 밤 당장 떠나 달라고 부탁했다. 어차피 동생이 다음 주 안에 오지 않으면 자기도 기니로 돌아가기로 마음먹고 있었기 때문이다. 라시드는 다 바보 같은 짓이라고 생각하며, 건성으로 들으며 맛있게 먹기만 했다.

라시드는 자신이 맡은 역할이 마음에 들지 않았다. 앙헬을 위해 그곳까지 온 것이지, 노르를 위해 온 것은 아니었다. 그런데 자기가 무슨 아프리카 왕족이나 되는 듯이 구는 노르가 불쾌했다. 선생님들한테 받는 사랑과 여러 언어를 능숙하게 말하는 능력, 수학 문제를 푸는 뛰어난 지능이 기분 나빴다.

"너도 다른 사람들이랑 똑같이 먹고살려고 여기 온 거야. 안 그래?"

언젠가 라시드가 노르에게 한 말이었다. 도무지 노르를 참을 수가 없었다. 더구나 노르가 얼굴빛 하나 변하지 않은 채 라시드의 사고가 닫혀 있어서 자신을 이해하지 못한다고 말했을 때 더욱 참지 못했다. 딱 한 번, 노르에 대해서 달리 생각한 적이 있다. 언젠가 토론 시간에 라시드가 다른 친구들한테 비난을 받던 때가 있었다. 그때 노르가 라시드를 변호해 주었다. 처음에는 자기편을 들어주는 사람이 노르라는 사실 때문에 불쾌했다. 라시드는 다시 다른 아이들한테 공격을 받았고, 우리 가운데 자기가 태어난 곳을 선택한 사람은 아무도 없다고 말한 노르의 의견을 빌려 말했다. 라시드는 토론을 잘하는 노르의 능력, 다른 사람을 공격하지 않으면서 자기 생각을 침착하게 말하는 노르의 용기가 부러웠다. 하지만 노르와 자신이 동일시 여겨지는 건 반갑지 않았다. 둘이 같이 이민자 무리에 속해 있다는 사실도 마음에 들지 않았다. 이런 점에서 라시드는 쫓기는 자들이 갖는 공통적인 심리 상태를 지녔다. 자기가 싫어하는 사람들을 거부하면서도, 쫓기는 자들과 자신을 동일시하려는 경향이 있었다. 앙헬은 오래전부터 이런 사실을 꿰뚫고 있었다. 이런 심리를 조심스럽고 주의 깊게 관찰하고 있었다.

앙헬은 앞으로 어찌할지 이야기를 나누었다. 라시드는 이런 이야기에 끼어들 생각이 전혀 없었지만 두 사람의 이야기를 듣지 않을 수는 없었다. 그래서 노르가 동생이 도착하지 않으면 기니로 돌아가겠다는 말을 하자, 경멸하듯 말했다.

"너 바보 아니야? 돌아가겠다고? 어디로 가려고?"

결국 싸움으로 끝날 일이었다. 그러한 사실을 잘 알았지만, 앙헬은 라시드가 던진 말 덕분에 노르가 생각할 시간을 가질 수 있을 것도 같아서 말리지 않았다.

"내가 온 곳으로 돌아간다고."

노르는 그 자리에 라시드가 있다는 사실이 고마웠다. 그래서 라시드가 말을 험하게 해도 화내지 않고 대답했다.

"모로코를 통해서 돌아가려고? 그게 쉬울 것 같아? 모로코에 도착하면, 처음으로 만나는 경찰한테 꼭 전해. 알파라체의 학교에 라시드라는 친구가 있는데 너를 모로코에 보냈다고 말이야. 그러면 분명 '지나가시지요, 노르 왕자님.' 하고 대추 몇 알과 낙타 젖 한 컵을 줄지도 모르니까. 더 미리 말해 줬다면 쉬어 가실 천막이라도 준비했을걸."

앙헬과 노르는 입을 다물고 있었다. 라시드가 무슨 말을 하고 싶어 하는지 이해하고 싶었다.

"그리고?"

"테투안에서 나갈 생각일랑 마, 이 검둥이 놈아. 아무 데도 가지 말고 영원히 해변에나 있어. 네 동생이 도착하지 못할 수도 있지 않겠어? 그걸 알아야지, 이놈아. 이제 너도 네 밥벌이를 해야 할 나이야, 이 젖먹이 애송이 놈아. 남들이 네 입에 먹을 걸 물어다 줄 때를 기다리면서 학교나 어슬렁거리지 말고……."

"닥쳐! 살모사 같은 놈. 남한테 상처 주기만 좋아하는 자식. 넌 너를 도와준 사람들한테 상처만 줬어. 베르타한테도 그랬지. 생각 나? 사진첩을 훔쳐서 스테파노한테 팔았지? 마르코스한테도 못되게 굴었어. 네가 남자답다는 걸 보여 주려고 마르코스를 패기까지 했어. 네가 미워하는 나한테는 늘 그랬고. 내 얼굴색 때문에 그러는지, 내 머리 때문에 그러는지 모르겠다. 너는 알겠지."

사실 라시드는 해변을 걸어 다니는 게 얼마나 위험한지 알려 주고 싶은 마음뿐이었다. 그랬는데 노르의 말을 듣고 상처를 입었다.

걷잡을 수 없이 화가 일었다.

"사진첩 일을 네가 어떻게 알아? 내 뒤를 밟기까지 했단 말이야?"

"무슨 상관이야?"

"그래, 네 동생이 오늘도, 내일도, 아니 결코 오지 못할 거라는데에 내기 건다. 네 아버지가 누구인지 모르니까, 네 동생도 누구인지 모를 거다."

라시드가 화를 내며 말했다.

"그만하지 못해, 라시드!"

라시드가 지나치게 험한 말을 하자, 이를 듣다못해 앙헬이 소리쳤다.

"저더러 입을 다물라고요? 제게 돌아오는 말이 그 말뿐인가요? 여기까지 와서 이 검둥이 놈한테 설교까지 듣고 있으라고요?"

"라시드, 네가 한 말은 취소해야 한다고 생각한다."

"취소할 말 없어요. 바다를 건너오는 놈들이 죄다 죽어 버린다 해도 저하고는 아무 상관 없어요. 제가 여기에 와 있다고요, 아시겠어요? 딴 놈한테 무슨 일이 일어나든 그게 저랑 무슨 상관이에요? 선생님도 이제 정신 차리시라고요."

"너, 정말!"

"아니에요, 선생님. 내버려 두세요."

노르가 앙헬을 말렸다.

218

라시드가 벌떡 일어나 가 버렸다. 여관에 있던 사람들은 셋이 다투는 소리를 듣고 구경했고, 주인은 자기 집에서 소리치면 안 되며 또 한 번 싸우는 소리가 들리는 날에는 발길로 걷어차서 거리로 쫓아내겠다고 예의 없게 소리 질러 댔다. 앙헬은 한 번도 겪지 못한 굴욕감을 느꼈다. 라시드가 내비친 상스러움 때문에 마음이 상했는지, 주인이 보인 무례함 때문에 속이 상했는지 알지 못했다. 앙헬은 마음을 가라앉히려고 애썼다.

"라시드는 너한테 사과해야 해."

"그냥 두세요, 선생님. 걱정하지 마세요. 라시드는 그저……."

"멍청한 놈이지!"

앙헬이 화가 나서 노르의 말을 막았다.

"아니에요. 그렇지 않아요. 라시드는 고통받는 소년일 뿐이에요."

앙헬은 노르의 속 깊은 말에 당황했다.

"언젠가 라시드 이야기를 들려 드릴게요. 그러면 왜 저러는지 이해하시고 용서하실 거예요. 지금은 라시드랑 먼저 이야기를 해 봐야겠어요."

29

아무리 찾아도 라시드는 보이지 않았다. 밥 먹다가 싸운 뒤로 사라져 버렸다. 앙헬은 걱정되기 시작했다. 낯선 곳에서 청소년 둘을 데리고 있는데 둘 다 문젯거리였다. 경찰에 잡히기라도 하면 뭐라고 말할 것인가? 아툰 아마리요는 겉으로 보기만 멀쩡할 뿐, 라시드 말을 빌리면 이민자를 거래하는 곳이었다. 이런 곳에서 뭘 하고 있었다고 대답할 수 있을까? 저 아이들과 이곳에 있는 이유를 뭐라고 둘러댈 것인가? 답사하러 방문했다면 그럴싸해 보일까? 그런 말이 통할 리 없었다. 앙헬은 자신이 그곳에 있어야 마땅한 이유와 그것을 입증할 서류가 없었다. 그나마 감시가 심하지 않아 보여 다행이었다. 주변에 아무도 보이지 않았다. 앙헬은 머리가 아팠다. 해는 저물어 갔고, 여섯 시쯤 되니 마을 사람 두 명은 이야기를 멈추었다. 둘은 담배만 피워 대며, 바보가 된 듯 수평선에 눈길을 꽂은 채 지는 태양을 바라보았다. 그러다 날이 어두워지기 전에 나가려고 자리에서 일어났다.

그때 앙헬이 아래층으로 내려왔다. 두통을 잠재울 아스피린이 있나 물어보려던 참이었다. 여관을 나서던 마을 사람 둘이 앙헬을 보고 "행운을 빌어요." 하고 말했다. 앙헬은 그 인사의 의미를 이해하지 못했다. 무엇을 위한 행운을 말할까? 그저 그 지방에서 쓰는 인사말일까?

"행운이 필요할 거예요."

여관 주인이 말했다.

"그렇게 생각하세요?"

앙헬이 물었다.

"오늘 밤은 좋지 않을 거예요. 바다가 사나워서 땅 가까이 내려주지 않으면 도착하지 못할 거예요."

여관 주인은 이내 목소리를 낮췄다.

"아, 선생님. 아까 다툴실 때 제가 함부로 지껄여서 죄송했습니다. 뉘신지 몰라 뵈었어요."

앙헬은 주인이 무슨 말을 하는지, 무슨 생각을 하는지 통 알 수 없었다.

주인은 대충 앙헬이 자기 이야기를 잘 따라온다고 생각하고는, 앙헬이 당황한 것을 알아채지 못하고 이야기를 이어 갔다.

"스무 명은 많아요. 점점 더 많이 데려오고 있다니까요. 말도 안 되는 짓이지요. 계속 그런 식이면 죄다 물에 빠져 죽든가, 아니면 경찰에 잡힐 게 뻔해요. 서너 명이라야 도망이라도 치죠. 스무 명을 다 감춰 줄 떡갈나무 숲이 어디 있답니까?"

앙헬은 그 말이 맞는다는 듯이 고개를 끄덕였다.

"아까 그 아이가 나가면서 무슨 말을 하던가요?"

앙헬은 자신이 빠진 늪에서 빠져나갈 궁리를 하며 용기를 내어 물었다.

"누구요? 라시드요?"

주인은 어떤 아이를 말하는지 금방 알아챘다. 라시드와 여관 주인이 아는 사이임이 분명해졌다.

"네, 어디로 간다고 말하지 않던가요? 아직 돌아오지 않는 게 이상해서요."

"걱정하지 마세요. 밤까지 좀 놀다가 온다고 했어요. 오늘은 일이 많으시지요, 그렇지요?"

앙헬은 또다시 무슨 말인지 어리벙벙했다.

"그렇게 돈을 많이 버신다면서요? 라시드가 선생님께서 가장 많이 데려가신다고, 일이 아주 잘 된다고 귀띔해 줬어요. 경찰들과 잘 지내고 있다면 잘나가는 거지요."

앙헬은 자기 귀를 믿을 수 없었다. 대체 무슨 말인지 이해가 안 됐다. 앙헬이 마피아나 그런 부류의 사람이라고 믿고 있는 걸까? 주인은 접시를 닦다가 잠시 멈추고, 앙헬을 바라보며 대답을 기다렸다. 앙헬은 주인이 한 말을 되풀이하는 것으로 답을 대신했다.

"네, 제가 잘 번다고요? 그러려면 아는 사람이 많아야 하죠. 그렇지 않으면…… 아시겠지만요."

"앙길라한테 그런 일이 일어났죠."

주인이 통 알 수 없는 이야기를 계속했다.

"일이란 게 그냥 덤벼들기만 하면 되는 줄 알았어요. 흑인들이 도착했을 때 무슨 일이 일어났는지 이미 보셨을 테죠. 앙길라는 흑인들한테 먹을 것만 주면 되는 줄 알았지요. 하지만 여기는 세우타나 알헤시라스 같은 곳이 아니지요. 흑인들도 자기들이 어디 있는지 잘 알고요."

여관 주인은 얼굴을 감싸더니, 목이 막힌 듯한 표정을 지었다. 웃음이 나서 그러는지, 울음이 나서 그러는지 알 길이 없었다. 다만 충분히 수다를 떤 주인은 신중하기 위해서인지, 두려워서 그런지, 입을 다물고 더는 말하지 않았다.

앙헬은 주인한테서 아스피린을 받아 들고 들릴락말락 인사했다. 주인은 앙헬한테 바짝 다가서는, 아무도 듣는 사람이 없는데도 목소리를 낮추었다.

"편하게 지내세요, 앙헬 선생님. 저한테 허락 같은 건 받으실 필요 없으십니다. 오시기 전에 미리 말씀하셨더라면 아가씨라도 준비해 놓았을 텐데요. 쉬실 수 있게 말이지요."

"신분증 여기 있습니다. 아까는 찾지 못해서요."

"신분증 같은 건 필요 없습니다. 그런 건 믿을 수 없는 사람들 때문에 필요한 것이지요. 하지만 선생님은…… 제게 선생님 말씀은 공증인 앞에서 쓴 계약서보다 더 효력이 있습니다, 앙헬 선생님!"

앙헬은 계단을 올라가면서 달려가야 할지 소리쳐야 할지 몰랐다. 앙헬은 라시드를 만나야 했다! 라시드와 이야기를 해야 했다! 저 멍청이는 대체 무슨 말을 한 건가? 자신은 대체 어떤 상황과 마주하고 있는 걸까?

위층에 올라간 앙헬은 노르와 마주쳤다. 가방을 싸서 나가는 길이었다.

"어디 가니? 아직 이르잖아?"

"네, 아직 이르지만 여기서 참고 기다릴 수가 없어요. 풍차간에 가 있으려고요."

"거기서 뭘 하려고? 아직 여섯 시간이나 남았어. 비라도 또 내리면 폐렴에 걸리고 말 거야."

"제 걱정은 마세요, 선생님. 선생님은 여기서 라시드를 기다리셨다가 라시드가 돌아오면 함께 떠나세요. 저는 돌아가지 않을 거예요. 서로 다른 길을 가도록 해요. 선생님은 알파라체로, 저는 기니로 돌아가는 거죠."

앙헬은 노르가 성숙한 사람으로서 진지하게 말하는 소리를 들었다. 다른 이들은 몇 년이 걸려야 이루는 성숙함을 노르는 단 며칠 만에 얻었다. 얼굴도 똑같고, 키도 똑같고, 마음이 넓고 솔직해 보이는 미소도 예전과 똑같았다. 다만 눈빛이 달라져 있었다. 노르의 눈빛에는 새로운 무언가가 있었다. 어린아이와 같던 과거에서 결정적으로 멀어지게 한 무엇이었다. 어쩌면 어떤 그림자나 피하고 싶은 불빛, 죽음의 환영일지도 몰랐다. 뭐라고 묘사할 수는 없지만, 노르의 눈에는 이제 고통의 기억 없이는 세상을 바라볼 수 없는 이의 냉정함이 담겨 있었다.

"너 없이 나 혼자 돌아가지 않을 거야, 노르. 나는 너를 데리러 여기 왔고, 꼭 데리고 갈 거야."

"선생님께 저를 데리러 오시라고 부탁한 게 아니에요. 저를 잊지 마시길 바란 거죠. 사람들은 모두 자기 하고 싶은 대로 하기 마련인가 봐요. 그러니까 선생님도 하시고 싶은 대로 하세요. 어쨌든……"

노르가 손을 내밀었다.

"고맙습니다, 선생님. 정말 고맙습니다."

앙헬은 노르의 손을 두 손으로 잡았다. 그때 노르가 보여 준 눈빛은 그 뒤로 누구한테서도 보지 못했다. 한 인간이 보여 줄 수 있는 모든 고마움을 담은 눈빛이었다. 그 뒤로 더 부드럽고 더 뜨거운 눈빛은 만났다. 그러나 그날 밤 노르가 보여 준 눈빛처럼 고마움을 한가득 담은 눈빛은 보지 못했다. 처음으로 또 유일하게 인간이라는 동질감을 느끼게 해 준 눈빛이었다. 누구나 쉽게 느낄 수 있는 감정이 아니었다. 대부분 느끼지 못할 감정이었다. 마치 마음이 한 줄기 빛처럼 영원을 향해 날아가는 느낌이었다. 이런 감정을 느낀 사람이라면 자신이 남들과 다른 특별한 존재라는 사실을 간직할 터였다.

30

한밤중이 되자 앙헬은 신경이 곤두섰다. 이미 신문은 다 읽었다. 라시드가 보일까 싶어서 주위를 둘러보았다. 뭔지 모를 것을 기다리며 여관에 남아 있는 것이 미친 짓이라는 생각이 들었다. 그동안 살던 환경에서 벗어나자, 자신은 아무것도 할 수 없는 존재임을 깨달았다. 자신의 세계에서는 모든 것이 효과적이고 어떤 결정이든 정확했다. 하지만 이곳에서는 서툴고 애매할 뿐이었다. 라시드가 돌아와야 했다. 무슨 일을 해야 할지 틀림없이 알고 있을 터였다. 그렇지만 그 코흘리개가, 코흘리개라는 표현이 딱 어울리는 라시드가 이곳에서만큼은 다른 이보다 우월하다는 점을 악용해 뭔가를 꾸밀 수도 있었다. 그때 복도에서 소리가 났다. 누군가 어둠 속에서 무언가에 부딪히는 소리였다. 앙헬은 재빨리 문을 열었다. 방에서 나온 불빛이 삼각형 모양으로 벽을 밝혀 주었다. 어둠 속에서 라시드의 상반신이 보였다. 라시드는 바닥에 의자를 던져 버린 채 벽에 기대어 있었다.

"라시드니?"

앙헬은 어둠 속이라 혹시 실수할까 봐 물어보았다.

웃음소리가 들렸다. 이어 알아들을 수 없는 말소리도 들려왔다. 그 형체는 앞을 향해 한 걸음 내디뎠다. 이윽고 불빛에 얼굴이 보였다. 라시드가 맞았다. 제대로 서 있기도 힘들어 보였다.

"무슨 일 있었니, 라시드?"

다시 웃음소리가 들렸다. 완전히 취해 있었다. 라시드는 다시 넘어질 듯이 비틀거렸다. 앙헬이 라시드를 붙잡았다. 라시드가 넘어지거나 복도에 있던 콘솔을 던지기라도 할까 봐 걱정되었다. 앙헬이 라시드를 방으로 데려가 침대에 눕히자, 갑자기 라시드가 웃음을 뚝 그치고 울기 시작했다.

"무슨 일이야? 바보가 된 거야? 왜 우는 거니?"

라시드는 대답하지 않고 베개에 얼굴을 묻었다. 슬픈 일을 겪은 어린아이 같았다.

"커피 한 잔 가져오마. 꼼짝 말고 여기 있어라."

앙헬은 아래층으로 내려갔다. 아래층에는 불이 꺼진 채 아무도 없었다. 간판의 노란 불빛만이 이따금 깜박이며 여관을 희미하게 비춰 주었다. 앙헬은 주인을 부를 생각은 하지도 않았다. 여관에 늦게 돌아오는 취객들이 저마다 커피 한 잔 달라고 깨운다면 미치지 않을 주인은 없을 테니까. 앙헬은 카운터 뒤를 살펴보았다. 우유를 찾아 컵에 한 잔 따르고 디카페인 커피 한 봉지를 털어 넣었다. 라시드가 이걸 마시고 토하면 오히려 속이 더 좋아질 터였다. 앙헬은 음료수도 한 팩 들고 위층으로 올라가 라시드에게 주었다. 잠시 뒤 라시드는 화장실에 가서 토하기 시작했다.

"이제 괜찮아질 거야. 잠깐 눈 좀 붙이고 자. 세 시에 노르를 찾으러 나가야 하니까."

"저는 안 갈래요."

라시드는 다시 심하게 흐느꼈다.

"그런데 왜 우는 거니? 말해 보렴."

라시드가 침대에 앉더니 물 한 잔 달라고 했다.

"자, 이걸 마셔라."

앙헬은 아래층에서 가져온 음료수를 따라 주었다.

"노르를 보고 싶지 않아요."

"그래, 그럼 노르를 보지 않아도 돼."

"걔 동생을 돕기 싫어요."

"그런 말은 하지 마. 우린 그 애를 도와야 해. 그러려고 여기 왔잖니."

"선생님이야 그러시겠죠. 선생님은 좋은 사람이 되고 싶으실 테니까요. 하지만 저는 나쁜 아이예요. 다들 저랑 같이 있기 싫을걸요. 왜냐하면 저는 상처 주기를 좋아하니까요. 저는 언제나 상처를 주기만 해요."

"그런 소리 하지 마라, 라시드. 지금 신경이 날카로워져 있어서 그래. 한잠 자는 게 낫겠다."

"그거 아세요, 선생님? 전 형제가 없어요. 아버지는 있죠. 하지만 우리 아버지는 한 번도 저를 도와준 적이 없어요. 아버지한테 저는 중요하지 않아요. 오히려 제가 태어난 걸 싫어하셨죠. 엄마는 그런 말을 한 적이 한 번도 없지만, 다른 사람이 하는 말을 듣고 알았죠. 아버지는 제가 태어나기 전에 떠났고, 다시는 돌아오지 않았어요. 아버지의 친구 한 분이 우리 아버지가 사는 곳을 알고 계셨어요. 제가 스페인에 온다는 사실을 알려 드리려고 편지를 보냈죠. 여행할 돈이 필요했고 아버지가 그 돈을 주셔야 한다고 생각했어요. 그래서 아버지한테 돈을 부탁했죠. 그랬더니 아버지는 제가 잘못 알고 있다고, 제가 당신 아들이 아니라고, 제가 사는 도시에는 아는 사람이 아무도 없다고, 세상 어디에도 당신 자식이 없다고, 제가 스페인을 가든 어딜 가든 자기와는 아무 상관 없다고 답장을 보내왔어요. 엄마한테는 그 이야기를 하지 않으려고 했어요. 엄마는 아직도 아버지가 돌아오기만을 기다리고 계셨으니까요. 십삼 년을 기다려 왔는데 인제 와서 제가 그 희망을 깨뜨릴 필요는 없었지요. 그래서요 선생님, 저는 아버지를 증오해요! 아버지의 사랑 운운하는 사람들도 다 증오해요! 원래 사람은 자기가 받은 사랑 이상은 이해하지 못하잖아요. 그러니까 전혀 사랑을 받아 보지 못한 사람은 그 말뜻조차 모르는 거예요."

"네가 살아가고 싶다면 그 기억을 잊어야 할 것 같구나."

"이미 살고 있는걸요. 보세요. 그러니까 살기 위해서 잊을 필요는 없어요. 잊지 않는 게 오히려 나을 때도 있어요. 그래서 제가 싫다고 말해야 할 때도 저는 아무렇지도 않아요."

"라시드, 제발 지금은 그걸 잊어라. 두 시간 안에 노르한테 같이 가야 해. 나를 노르한테 데려다 줄 사람은 너뿐이야. 나는 어디로 가야 할지 모르겠어."

라시드는 등을 돌린 채 대답하지 않았다. 더는 울지도 않았다. 숨소리가 점점 더 깊어지고 있었다. 라시드는 잠이 들었다.

31

두 시간이 채 지나지 않았을 무렵, 앙헬은 라시드를 깨우기로 했다. 앙헬은 아기 다루듯 최대한 부드럽게 깨웠다. 처음에 라시드는 못 들은 척하고 돌아누웠다. 그러다 다시 눈을 뜨고 주위를 살펴보며 자신이 어디에 있는지 떠올려 보았다. 라시드는 앙헬이 나갈 준비를 마치고 모자를 쓰는 모습을 보고는 침대에서 몸을 일으켜 어디 가려는지 물었다. 앙헬은 먼저 라시드를 떠보고, 라시드가 말을 듣지 않으면 강제로 끌고 갈 작정이었다. 그래서 라시드가 같이 가지 않아도 좋지만, 어쨌든 자기가 떠난다는 사실을 알리려고 깨웠다고 말했다.

"같이 안 가도 좋다고요?"

라시드가 침대에서 일어나 앉았다.

"같이 가 준다면야 좋겠지만, 이 일에 관여하고 싶지 않다면 네 생각을 존중해 주려고 해."

"선생님은 제가 그만 빠져 줬으면 하는 거죠? 제가 가든 안 가든 상관없다고요? 제가 별 쓸모없다고 생각하시는 거죠?"

"그런 뜻이 아니야."

"그거 아세요? 선생님께서 바라시든 아니든, 전 갈 거예요."

앙헬은 속으로 만세를 외쳤다. 전략이 먹혀들었다.

"한 번 더 제 눈으로 노르를 보고 싶어요. 꿈이 부서진 영웅의 모습을요. 아무것도 할 수 없어서, 물에 뛰어들 용기가 없어서, 모두 바다에 빠지는 모습을 바라만 볼 수밖에 없어서, 아니 그들과 함께 죽지 못해서 계속 자책하며 모래 위에 고꾸라지는 모습을 보고 싶어요."

라시드는 "오지 않으면 돌아갈 겁니다." 하고 노르를 흉내 내며 비웃었다.

"먼저 고향 사람들이 물에 빠지는 꼴을 똑똑히 본 다음에 아프리카로 돌아가라지요! 그러고 나면 노르랑 저랑 남자 대 남자로 이야기할 수 있겠지요? 나쁜 놈 대 나쁜 놈으로요!"

라시드는 분명 같이 가 줄 작정이었다. 그래서 앙헬은 마음이 놓였지만, 잠자코 라시드의 말을 들으며 마음이 아팠다. 공격적인 충동에 사로잡힌 영혼, 그 안에 깃들인 분노가 안타까웠다.

앙헬은 그동안 공격하고 싶은 기질을 누르고, 타인과 관계 맺기를 두려워하지 않으려고 애써 왔다. 어려운 상황에 부닥치면 인간의 본능은 두 가지로 반응한다. 공격하거나, 도망치거나. 이런 원시적인 두뇌가 지닌 해결책을 깨뜨리고 대화로 나아가야 한다. 대화가 진정 인간답게 되는 유일한 방법이다. 앙헬은 그 사실을 당장 라시드에게 알려 주고 싶었지만 때가 때인지라 그런 말은 잠시 접어 두기로 했다.

"그래, 그 얘기는 나중에 하고 지금은 나가자."

놀랍게도 밖은 바람이 잠잠해져 있었다. 춥지만 고요한 밤이었다. 구름이 걷힌 하늘에는 별이 셀 수 없이 빛나고 있었다. 신비로운 별빛이었다. 앙헬은 별을 보면서 젊은 시절에 수없이 되뇌었던 파스칼의 말을 떠올렸다. '저 무한한 우주의 침묵이 나를 떨게 한다.' 이 말과 함께, 지금 그 순간 앙헬이 진심으로 걱정하는 일도 아주 사소한 것, 아주 사소한 일상, 그저 살아야 하는 일임을 새삼 깨달았다. 반대로 별이 빛나는 저 우주에는 어떤 두려움도 보이지 않았다. 바다 위에 펼쳐진 하늘일 뿐이었다. 대기권이 지닌 형태일 뿐이었다. 그 어떤 표지도 보이지 않았다. 그런 우주를 바라보는 앙헬의 내면에 어떤 변화가 일고 있었다. 이해하는 방식이 달라지고 있었다. 앙헬은 뒷날 학생들에게 설명해 주기로 마음먹었다. 인간은 미래를 향해 열려 있는 존재라고. 그 미래는 우리 자신도 알 수 없는 것이라고.

라시드가 자동차에 올랐다.

"저기 하얀 기둥이 있죠? 그 옆에 있는 샛길로 들어가야 해요."

라시드가 손으로 샛길을 가리켰다.

앙헬은 시동을 걸고 라시드가 가리킨 방향으로 차를 몰았다. 저쪽에 폐허가 된 풍차간이 보였다. 희미하게 만이 보이는 지점이었다. 풍차간에 가려면 내륙으로 나 있는 샛길을 지나야 했다. 비탈진 샛길은 올라갈수록 구불구불 굽이졌다. 길에서 아래를 내려다보니, 해변에서 움푹 파인 곳이 시커먼 우물처럼 보였다. 그 우물에 갑자기 파도가 줄지어 나타나는 것만 같았다.

앙헬은 빛에 반사된 하얀 석회질 물질을 보고 그곳이 풍차간임을 알았다. 라시드가 불을 끄라고 알려 주었다. 둘은 어둠 속에서 앞으로 조금 더 나아가 폐허가 된 건물 옆에 차를 세웠다. 아무도 보이지 않았다. 노르가 두 사람을 확인하고 벽 뒤에서 나왔다.

"여기서 뭐 하세요? 가시라고 말씀드렸잖아요."

"난 너랑 돌아가는 게 아니면 가지 않겠다고 했지."

"여기 오신 건 잘못이에요. 경찰이 이곳을 철저히 감시하고 있어요. 발각되면 잡힌다고요."

"그러면 다 잡으라지. 하늘을 관찰하고 있었다고 말하면 돼. 나는 선생님이잖아."

"신분증도 없는 두 아프리카 놈을 데리고 하늘 관찰 수업을 하신다고요? 안 믿을걸요."

라시드가 힘주어 말했다.

"우리를 경찰서에 데리고 가지 않으려면 믿어야지."

"이쪽으로 오세요, 선생님."

세 사람은 바람을 피해 담을 넘어 벽 뒤에 자리 잡았다. 안쪽에는 노르가 종이 상자와 나뭇가지로 모닥불을 피워 놓고 있었다.

"선생님, 오늘 밤 일이 잘 되면 제 인생이 바뀔 거예요. 어떤 분과 약속했어요. 마드리드로 가서 대학에 들어가겠다고요. 그 약속을 꼭 지킬 거예요. 마드리드에는 동생도 데려갈 거예요. 동생은 어리지만 아주 똑똑해요. 귀여운 녀석이에요. 못 본 지 삼 년이나 되었어요. 많이 자랐겠죠."

앙헬은 노르가 두렵고 우울한 마음으로 하는 말임을 알아차렸다. 자기가 꿈꾸는 일들이 실제로 이뤄지지 않을지도 몰랐기 때문이었다. 라시드는 조용히 있었지만 여전히 노르한테는 나쁜 감정을 품은 채였다.

"몇 시에 도착한다고 했지?"

"벌써 도착했어야 해요."

노르가 대답하자, 라시드가 끼어들었다.

"이상한 일도 아니에요. 언제 어디로 올지 정확히 말해 줄 사람은 아무도 없으니까요."

"반쯤 왔을 때 동생이랑 통화했어."

"그건 아무도 모른다니까. 오는 사람들도 몰라. 저들을 데려다 줄 장소를 다르게 말하는 경우도 여러 번 있으니까. 목숨을 거는 일에 누가 흔적을 남기려 하겠어?"

"그래도 어디로 오는지 내가 알아."

노르가 확신에 차서 말했다.

"네가 아는 곳이 변함없으면 좋겠다."

라시드가 심드렁하게 말했다.

"이 지역에서는 삼백 미터 앞에서 미리 내려 줘. 네 동생 수영할 줄 알아?"

"물론이지. 내가 살던 곳에서는 모두 수영할 줄 알아. 물에 빠져 죽는 사람은 우리 부족이 아니야."

앙헬은 일어나서 조그만 창으로 밖을 내다보았다. 그곳은 해변이 한눈에 보이는 자리였다. 앙헬은 아이들끼리 이야기하도록 내버려 두었다. 그러다 결국 서로 이해할 터였다. 바다 끝 어둠 속에서 희미하게나마 불빛이 보인 듯했다. 앙헬은 헛된 희망을 주지 않으려고 아직 아무 말 없이 불빛 쪽을 주시했다. 등 뒤에서 아이들 목소리가 계속 들렸다. 앙헬은 바다만 뚫어지게 바라보았다. 일 분쯤 지나고 다시 아무것도 보이지 않았다. 앙헬은 말하지 않아서 다행이라고 생각했다. 신중하게 굴어서 다행이라고 생각하던 순간, 다시 희미한 불빛이 더 또렷이 보였다.

"노르, 라시드! 저기 좀 봐!"

둘은 이야기를 멈추고 창가로 달려왔다. 형체가 희미했지만, 끊임없이 반짝이는 불빛으로 보아 바다 한가운데에 배 한 척이 떠 있는 게 분명했다.

"맙소사, 그들일까?"

"아니며 누구겠어?"

노르는 가방에서 망원경을 찾아들고 다시 자세히 살펴보았다.

"보여요. 이제 똑똑히 보여요. 그들이에요. 뱃머리만 보여요."

"이리 줘 봐."

라시드가 망원경을 빼앗아 갔다. 이제 노르는 더는 기다리지 않았다. 풍차간에서 뛰어나가 해변으로 이어진 오솔길이 나올 때까지 비탈길을 달렸다. 어둠 속에서 내리막길이 시작되는 지점까지 노르의 그림자만 보였다. 그나마도 그림자는 모래 언덕의 능선에 가려 반쯤 잘린 채였다. 앙헬은 무슨 일을 해야 할지도 모르면서 노르 뒤를 따랐다. 이런 일에 경험 많은 라시드는 모든 게 마무리될 때까지 나서지 않기로 했다. 해변에 도착해서 보니 해안선에서 삼백 미터쯤 떨어진 곳에 멈춰 서 있는 배가 똑똑히 보였다. 배에서 내리라는 명령이 내렸던지, 사람들은 배에서 일어섰다가 아래로 사라지기 시작했다. 물속으로 뛰어든 것이다.

"하느님, 맙소사!"

사람들이 물에 뛰어드는 모습을 보고 앙헬이 소리쳤다.

"배가 왜 해안까지 오지 않지?"

"해안까지 오는 배는 없어요. 사람들이 육지에 발을 디디기도 전에 배는 떠나 버려요."

노르 말대로 사람들이 모두 바다에 뛰어들자마자 배는 방향을 틀었다. 해안 경비병들이 소리를 들을 수 없도록 최대한 소리를 죽이며 멀어져 갔다. 앞선 무리가 어느덧 해안선 가까이에서 죽을힘을 다해 팔을 휘젓고 있었다. 앙헬과 노르가 가까이 다가갔다. 노르가 육지와 물의 경계를 넘어 바다로 들어갔다. 그들에게 가까이 다가갈수록 더 도와줄 수 있다고 생각한 것 같았다. 그런데 노르와 앙헬이 나타나자 뜻밖의 일이 일어났다.

사람들은 팔을 휘젓고 있었고, 그때 위에 남아 있던 라시드는 자동차 불빛으로 그들에게 신호를 보내야겠다고 생각했다. 그 갑작스러운 불빛과 바닷가에 나타난 두 사람의 형체를 보고, 사람들은 예상 밖의 행동을 했다. 자신들을 잡으려고 기다리던 경찰인 줄 알고, 다른 곳으로 몸을 돌리기 시작했다. 앙헬은 그 사실을 알아차리고, 노르에게 다른 수를 찾아야 한다고 말했다. 둘은 당황스러웠고, 물속에서 어찌해야 할지 몰랐다. 노르는 소리치기 시작했다. 사람들을 부르면서 겁내지 말라고, 그들을 도와주러 왔다고 소리쳤다. 그래도 사람들이 다가오지 않자, 이번에는 고향의 언어로 이야기했다. 그제야 사람들은 다시 헤엄쳐 오기 시작했다. 노르의 말을 이해했는지, 아니면 그저 죽게 될까 봐 두려워서 그랬는지 모르겠지만 어쨌든 사람들은 다시 모여 하얀 거품을 일으키며 해변으로 헤엄쳐 왔다. 사람들이 점점 더 가까이 왔다.

"여기, 자, 이쪽으로!"

앙헬이 격려했다.

해변에 도착한 사람들은 기진맥진했다. 모두 해안에 모인 가운데 노르가 동생 이름을 불렀다.

"바리, 바리!"

먼저 도착한 사람들 가운데 아무도 대답하지 않았다. 그들은 모래밭에 누워 있다가, 다시 일어나 달리기 시작했다.

노르는 이쪽저쪽으로 뛰며 동생 이름을 불렀다.

"바리, 바리이이이이!"

노르는 물속을 들락거리며 해변에 도착하는 사람들을 도왔지만, 노르의 부름에 대답하는 이는 없었다.

그때 누군가 앙헬에게 소리쳤다. 앙헬은 알아들을 수 없는 언어였다.

"바리! 바리예요!"

노르가 앙헬 대신 알아듣고 소리친 사람 쪽으로 달려갔다. 해변에 도착한 사람들 모두 모래 언덕으로 달렸다. 모래 언덕이 드리운 그림자 속에 몸을 숨길 때까지 뛰어갔다. 라시드는 위에서 그런 모습을 내려다보고 있었다. 자신이 도착하던 때가 저절로 떠올랐다. 똑같은 긴장감, 똑같은 두려움, 떡갈나무 숲에 몸을 숨길 때까지 쉬지 않고 달리고 또 달릴 수밖에 없었던 동물적인 본능.

노르는 간신히 도착한 동생을 알아보았다.

"선생님, 여기예요!"

앙헬은 낯선 어둠 속을 달려 노르와 동생이 있는 곳까지 갔다.

노르는 제대로 보이지도 않는 아이를 부둥켜안고 입술 세례를 퍼붓고 있었다. 앙헬은 노르가 하는 말을 하나도 알아들을 수 없었다. 틀림없이 고향의 언어일 터였다. 그 아이는 바리가 맞았고, 그곳에 도착하리라는 말은 거짓이 아니었다.

모두 도착한 것 같았다. 그때 몇 미터 떨어지지 않은 어둠 속에서 누군가 외치는 소리가 들려왔다. 한 사람이 해변에 오르지 못한 듯했다. 그러나 캄캄해서 모습이 보이지 않았다. 그때 풍차간에서 망원경으로 보고 있던 라시드가 달려 내려오는 모습이 보였다. 눈 깜짝할 사이에 물속에 뛰어든 라시드는 바다로 헤엄쳐 나아갔다. 그쪽에 한 사람이 있었다. 라시드가 도와주지 않았다면 익사했을 터였다. 라시드가 그 사람을 붙잡고 끌어당겼다.

"봐, 노르. 라시드야. 라시드가 구해 주고 있어."

노르도 동생을 내려놓고 물속에 뛰어들어 라시드에게 다가갔다. 라시드가 물에서 끌어올리던 사람은 기운이 다 빠져서 짐 덩이처럼 꼼짝도 못하고 있었다. 라시드와 노르가 그 사람의 팔을 한쪽씩 잡고 함께 헤엄치며 끌어올렸다.

앙헬은 바리를 일으켰다. 바리를 제대로 살펴보지 못했지만, 몹시 놀라고 온몸이 굳어 있었다. 나중에 이 일을 떠올리면 사람을 구해 준 형들을 우러를 터였다. 마침내 라시드와 노르와 남자가 해변에 올라왔다.

"이제 다 왔어요. 바리가 모두 여섯 명이라고 했거든요. 이 사람까지 합하면 여섯이에요."

노르가 말했다.

갑자기 수평선 멀리 있는 등대에서 불이 켜졌다.

"경찰이다! 가요, 이 사람은 놔두고 가요!"

라시드가 소리쳤다.

"그렇지만……."

"가세요, 선생님. 생각하지 마세요. 이제 목숨은 구했어요. 나머지는 우리 힘으로 할 수 없어요."

노르가 말했다.

"그래도……."

"우리를 택하실 거예요, 아니면 아무도 택하지 않으실 거예요? 뭘 얻으실 수 있겠어요? 가세요!"

앙헬도 더는 선택의 여지가 없음을 알았다. 다른 이들과 마찬가지로 본능에 이끌려 달려야 한다는 것을 알았다. 언덕을 오르는데 경찰차가 다가오는 모습이 보였다.

"더 빨리요, 선생님! 저들이 도착하기 전에 나가야 해요."

사람들을 도우며 뒤에서 오고 있던 노르가 외쳤다.

"그리고 불은 켜지 마세요!"

라시드가 주의를 주었다. 아까 불을 켰다가 이런 일이 생긴 것을 깨달았기 때문이다.

앙헬과 아이들이 자동차로 들어선 순간, 경찰이 해변에 도착했다. 아마도 배가 들어온 것을 알아챘을 것이다. 그러는 사이에 사람들은 어둠 속에서 도망치고 있었다. 라시드가 알려 준 샛길을 따라 떡갈나무 숲 깊숙이 들어갔다. 모두 경찰의 감시망에서 되도록 빨리 벗어나려고 서둘렀다.

이제 어느 정도 위험에서 벗어났을 때였다. 라시드는 노르와 바리에게 차에서 내려 자기를 따라오라고 했다. 오솔길을 따라 떡갈나무 숲 깊숙이 있다가, 다음 날 아침 국도변에서 앙헬을 다시 만나기로 했다. 지금은 교차로마다 자동차를 모두 세울 것이기 때문에 앙헬 혼자 가야 했다. 차가 떠나기 전에 라시드는 자동차 뒷자리에 있던 덮개를 빼서 자기 몸에 둘렀다.

32

앙헬은 한숨을 돌리고 자동차의 불을 켰다. 수평선에 푸른빛이 감돌며 해가 떠오르고 있었다. 해가 다 뜨기까지 아직 몇 시간이 남아 있었다. 여관 간판에는 이미 불이 꺼져 있었고, 그래서 그런지 여관에 다다르기까지 길이 더 길게 느껴졌다.

앙헬은 뒷문으로 들어갔다. 여관 문이 잠겨 있으면 뒷문으로 오면 된다고 주인이 일러두었다. 앙헬은 최대한 소리를 죽여 조용히 위층 방으로 올라갔다. 앙헬은 무엇을 해야 할지 몰랐다. 다시 혼자가 되니 그동안 겪어 보지 못한 불안감이 밀려들었다. 해변에 버려둔 사람을 떠올리고는, 그를 운명에 맡겨 버렸다는 사실을 생각하니 오싹 소름이 끼쳤다. 다시 생각해 보니 그것이 최선이었다. 해가 떠오르는 사이, 앙헬은 지난밤 일어난 일을 다시 떠올렸다. 때로 인간이 동정심과 합법성 사이에서 느껴야 하는 모순을 생각했다. 앙헬은 지금껏 마피아와 끈끈이 결탁한 불법 이민 거래를 반대하는 입장이었다. 찬카가 떠올랐다. 상스럽고 비인간적인 그의 행동이 떠올랐다. 찬카는 불행한 사람들의 비참한 상황을 이용하는 자였다. 어젯밤과 같은 일들이 알파라체에 있는 찬카와 또 다른 찬카의 주머니를 부풀려 준다는 생각이 들었다.

앙헬은 발코니 문을 열고 나갔다. 다시 바람이 불고 있었다. 바다를 바라보았다. 방파제에서 끊임없이 불빛이 반짝였다. 해변에는 아무도 없었다. 앙헬은 다시 안으로 들어왔다. 무엇을 할 수 있을까? 라시드는 10시 전에는 절대 나오지 말라고 했다. 그리고 10시 30분에 어디서 만날지 알려 주었다. 의심을 사지 않도록 주의를 주며, 자동차 바퀴가 터진 듯 차를 세워 놓고 자기들이 나타날 때를 기다리라고 했다.

앙헬은 잠이 오지 않았지만 침대에 누웠다. 그러고는 침대 옆 탁자 서랍을 열어 보았다. 신경이 날카로운 때는 서랍을 열어 보곤 했다. 안에는 담배 한 갑과 라이터가 있었다. 누가 넣어 두었을까? 청소부가 서랍 속은 살펴보지 않은 모양이었다. 마침 담배가 떨어져서 한 개비 꺼내 입에 물고 불을 붙였다. 숨을 너무 깊게 들이마셨는지 기침이 나기 시작했다. 앙헬은 발코니 문을 열고 담배를 던져 버렸다. 바닥에 떨어지는 담배는 박쥐처럼 보였다.

앙헬은 다시 침대에 누웠다. 순간 아이들의 운명을 잊고, 이곳에 오기 전 루시아와 나눈 대화를 되새겼다. 옛날에 어떤 모습이었을지 쉽게 짐작 가는 얼굴에, 루시아가 했던 말에 다시금 마음이 끌렸다.

"우리는 인생에서 뭔가를 찾아 헤매지만 때때로 잘못된 길을 가면서 정작 중요한 걸 잃어버리지요. 잘못된 길에서 벗어나는 것만이 유일한 해결책인데, 문제는 어떻게 나와야 하는지 모른다는 거예요. 방법을 알았을 때는 너무 늦었지요."

이미 때가 늦었다는 루시아의 표현이 마음 아팠다. 왠지 모르지만 늘 마음에 걸리는 표현이었다. 갑작스레 몰려들었던 긴장감에서 벗어나자, 어떤 장면이 떠올랐다. 늦었다는 표현을 증오하게 된 순간이. 어머니를 돌아보며 '너무 늦었다.'라고 말한 사람은 아버지였다. 어머니는 돌처럼 굳은 듯 꼼짝 못하고 있다가 절망적으로 울기 시작했다. 기억을 더듬어 보아도 그 이상은 생각나지 않았다. 같은 장면만 반복될 뿐이었다. 아버지의 목소리, 바닥을 바라보던 아버지, 어머니의 절망적인 울음소리……. 왜 그런 일이 일어났는지는 몰랐다. 양쪽 모두 세상을 떠났기에 앙헬에게 이야기해 줄 수 없는 노릇이었다. 무슨 일이 있었을까? 왜 '너무 늦었다.'라고 말했을까?

앙헬은 그 뒤로도 같은 말을 여러 차례 들어야 했다. 그때마다 불쾌했다. 아내가 수술을 받을 수 있을지 물었을 때도 돌아온 대답은 '너무 늦었다.'였다. 자신의 길을 바꾸려고 결심했을 때도 결론은 '너무 늦었다.'였다. 루시아도 웃으며 '너무 늦었다.'라고 말했다. 왜 이렇게 불안한 가운데 루시아가 떠오를까? 앙헬은 서서히 잠이 들었다. 그러다 여관에서 나는 금속성 블라인드 소리에 잠에서 깼다. 발코니에서 햇빛이 쏟아져 들어오고 있었다. 앙헬은 재빨리 시계를 보았다.

"맙소사!"

앙헬은 벌떡 일어났다.

"열 시 십오 분이네. 어떻게 잠이 들 수가 있지?"

앙헬은 가방에 물건들을 마구 집어넣었다. 화장실로 들어가 정신이 바짝 나도록 세수를 했다. 바람에 헝클어진 머리가 자다가 더 엉망이 되어 있었다. 앙헬은 머리를 빗은 뒤 아래층으로 서둘러 내려갔다. 여관 주인은 비질을 하고 식탁을 정리하고 있었다. 주인은 앙헬을 보자 하던 일을 멈추었다. 빗자루에 몸을 기대고는 말을 걸려는데, 초조해 보이는 앙헬 모습에 그럴 때가 아니라고 생각했다.

"다 잘 됐습니까, 선생님?"

주인이 앙헬에게 다가서며 물었다.

"거의요. 마지막에 문제가 약간 생겼지만요."

앙헬은 질문에 담긴 이중적인 의미를 생각하며 대답했다.

"이번에도 많았습니까?"

"생각만큼 많지 않았어요. 게다가 하나를 잃었지요. 그 정도는 흔히 일어나는 일이지요. 다시 돌아오겠지만, 혹시 모르니 제 방과 아이들 방값 계산을 끝내고 싶군요. 빚지는 걸 싫어해서요."

주인은 그 말을 듣고 앙헬의 가방을 쳐다보았다. 앙헬이 위급한 상황에서 냉정히 일을 처리한다는 느낌이 들었다. 여관 주인은 자기 몫은 챙기기로 했고, 앙헬은 방값을 치렀다. 앙헬은 오십 유로를 더 얹어 주며, 그 정도면 주인도 만족하리라 생각했다.

"정말 고맙습니다, 선생님. 이제 우리 여관을 아시니까요, 전에 말씀드렸듯이 미리 귀띔해 주시면 귀여운 아가씨도 준비해 놓겠습니다."

앙헬은 손짓으로 대답을 대신하며, 힘들여 마피아 같은 미소를 지었다. 그것으로 자신이 상연하던 장면을 제대로 마무리했다고 생각했다.

앙헬은 자동차에 시동을 걸고 우회 도로로 들어섰다. 라시드와 노르와 바리가 기다리고 있는 지점까지 달려가야 했다. 금방이라도 경찰과 마주칠까 봐 두려웠지만, 아이들한테 무슨 일이 일어났을까 봐 더 초조했다. 아이들이 무사하기를, 그곳에서 세비야까지 무사히 돌아가기를 간절히 바랐다.

그러는 사이, 노르와 라시드와 바리는 떡갈나무 숲에 있는 바위 뒤 도랑 근처에 몸을 숨기고 있었다. 아침이 될 때까지 앙헬이 내려 준 숲에 머물러 있었다. 노르는 그제야 라시드가 왜 자동차 덮개를 가져왔는지 이해했다. 덮개로 물에 흠뻑 젖은 몸을 닦은 덕에, 추운 밤을 그나마 버틸 수 있었다.

셋은 옷을 벗어 떡갈나무에 걸어 두었다. 몸을 닦은 덮개로 다시 몸을 덮고, 셋은 날이 밝기를 힘겹게 기다렸다. 날이 밝자 셋은 다시 옷을 입었다. 옷에서는 물이 떨어지지 않았지만 아직 젖은 채였다. 셋은 옷에서 느껴지는 찬 기운을 꾹 참고, 햇빛이 비추는 바위 뒤에 자리를 잡았다.

기다림은 끝나지 않을 것 같았다. 앙헬과 약속한 시간이 될 때까지 셋은 일 분 일 분 헤아려 가며 아무 말 없이 침묵을 지켰다. 앙헬과 만나기 10분 전, 셋은 도랑 가까이 내려가 앙헬이 오는지 잘 보이는 곳을 찾아 숨었다. 시간이 되어도 앙헬은 나타나지 않았다. 30분이 더 지났다. 라시드는 15분이 더 지나도 앙헬이 오지 않으면 직접 찾아 나설 테니, 노르는 바리와 따로 길을 찾아가라고 했다.

자동차가 여러 대 지나갔다. 그 가운데 앙헬의 차는 없었다. 그러는 사이, 늦어서 화가 난 앙헬이 있는 힘을 다해 모퉁이를 돌았다. 셋이 자리를 뜨려는 순간, 라시드가 앙헬의 차를 알아봤다.

"선생님 차 같아."

노르와 바리는 기뻐서 손을 흔들었다. 늦었지만 드디어 앙헬이 와 주었다.

앙헬은 적당한 곳에 차를 세우고 약속한 신호를 보낸 뒤 주위를 둘러보았다. 아무도 나타나지 않자, 정해진 대로 자동차 바퀴를 두 번 발로 찼다. 순간 놀랍게도 바위 뒤에서 세 사람이 나타났다. 아직도 그곳에 있으리라고는 생각지 못했다. 아이들은 철조망을 넘어 길로 나왔다.

"가자. 서둘러! 뒷자리에 옷가지가 있어."

자동차가 출발함과 동시에 아이들은 앙헬이 가져온 옷으로 갈아입었다.

"미안하구나. 옷을 사느라 늦었어. 젖어 있을 것 같아서. 거기 마실 거리랑 샌드위치도 있다."

앙헬은 자동차 안을 최대한 따뜻하게 했다. 옷을 갈아입은 아이들은 기쁨에 넘쳐 샌드위치를 먹어 치웠다. 네 사람은 세비야로 가는 길목에 접어들었다.

33

돌아오는 길은 문제없었다. 앙헬은 지방 도로를 이용할까 생각했지만, 라시드가 먼저 국도로 들어서고 그다음에 고속도로로 가라고 말해 주었다. 이와 반대로 가는 게 좋다고 생각하기 쉽지만, 이럴 경우에는 국도보다는 지방의 작은 도로에 더 감시가 심하다고 했다. 사실이었다. 계약서 없는 이민자 대부분은 대도시에 도착할 때까지 지방 소도시를 떠돌기 일쑤였다. 특히 카디스를 나서는 길목에서 잡히기 쉬웠다.

"조금만 더 가면 걱정 끝이에요. 경찰은 이런 일에 끼고 싶어 하지 않아요. 못 본 척하고 싶어 하죠. 정치인들도 이런 일로 문제를 일으키고 싶어 하지 않아요. 그래서 국경을 지나면 다들 입을 다물고 아무것도 묻지 않아요."

라시드가 설명해 주었다.

네 사람은 지난밤 겪은 지옥 같은 일에서 조금씩 힘을 되찾아 갔다. 라시드는 아직 모든 위험에서 벗어난 것은 아니라며 잔소리를 했다. 스페인어를 모르는 바리는 아무 말 없이 형이 해 주는 이야기에만 귀를 기울였다. 바리는 뒷자리에 누워 이따금 창밖을 바라보았다. 천국에 막 도착한 사람들한테는 바라보는 것만으로도 충분했다. 고속도로와 마을, 옆에서 앞질러 가는 자동차들. 모든 것이 바리의 눈길을 끌었고 경이로워 보였다. 노르는 자기네 말로 가장 심각한 위험은 지나갔지만 아직 조심할 일이 많다고 바리에게 설명했다.

앙헬은 뒷거울로 아이들을 바라보았다. 아무리 설명해도 믿을 수 없고, 감옥에 끌려갈 수도 있었던 이번 여행을 어떻게 해냈는지 얼떨떨했다. 그러는 한편 마음속으로 만족스럽기도 했다. 자신이 한 행동보다, 예사롭지 않은 결정을 내린 데에 이루 말할 수 없는 기쁨을 느꼈다.

'의무감으로 행동하는 것, 칸트가 말한 바로 그것인가?'

자신과 고속도로가 영화 속 장면처럼 느껴지던 순간, 이런 생각이 들었다. 그러나 자신에게 질문을 던져 봐도 대답할 수 없었다. 자신이 하는 행동이 의무감 때문이었는지 모호할 때가 있다. 특히 의무가 사랑과 일치하지 않을 때는 더욱 그렇다. 생각 안에서는 모든 것이 불확실하다. 반대로 행동에서는 시작한 일을 끝까지 끌고 가려는 의지만 확고하다면 행복을 느낀다.

두 번째 요금소를 지나 산후안에 도착했을 무렵, 완전히 긴장이 풀렸다. 노르는 진지한 태도로 앙헬과 라시드의 어깨에 손을 올려 놓았다. 요 며칠 사이에 얻은, 소년답지 않은 진지함이 묻어났다. 어깨에 손을 얹으며 감사의 마음을 전하려고 했다. 라시드는 속마음과는 다르게 심드렁한 척하며 '다시는 이런 일을 하지 않겠다.'는 태도를 보였다. 노르는 더욱더 고마워했다.

"아직 시험은 끝나지 않았단다. 논리 시험에서 일 점도 받지 못했어도, 이번에 무모한 행동으로 맨땅에서 헤어치는 방법은 터득했을 것 같구나."

바리는 뒷자리에서 일어나 어리벙벙한 표정으로 세 사람을 쳐다보았다. 하지만 그들이 행동을 보고 일이 잘되어 감을 짐작할 수 있었다. 앙헬은 라디오를 켰다. 네 사람에게 길을 알려 주기라도 하듯, 하늘로 가는 길을 약속하는 밥 딜런의 노래가 흘러나오기 시작했다.

34

네 사람 모두 피곤한 상태였지만, 발각될지도 모른다는 불안감과 두려움으로 긴장을 늦출 수 없었다. 바다를 건너오느라 탈진해 버린 바리만 깊이 잠들어 있었다. 세비야에 들어섰을 때, 앙헬의 휴대 전화가 울렸다. 누구일까? 딱히 전화를 받을 일이 없었다. 앙헬은 가던 길을 재촉하려고, 노르에게 전화를 받으라고 했다.

"선생님을 찾아요. 경찰이래요."

전화를 받은 노르는 두려운 빛을 감추지 못하고 말했다. 앙헬은 아이들보다 더 긴장되었다. 자동차를 세우고 전화를 받은 앙헬은 몇 초 동안 아무 말 없이 저쪽에서 하는 말을 듣기만 했다.

"네, 알고 있습니다. 저는 사 층에 삽니다."

"……."

"앙헬 마르티네스입니다. 학교 선생이고요."

"……."

"제가 전화번호를 남겼어요. 필요한 일이 생기면 전화 거시라고요."

"……."

"가족이 있으신지는 모르겠습니다. 그분을 안 지는 얼마 안 되거든요."

"……."

"네, 물론이지요. 병원에 갈 수 있어요."

"……."

"좋습니다. 그렇게 해 보지요. 정말 감사합니다."

라시드와 노르는 앙헬이 설명하기를 기다리며 그를 바라보았다. 침묵 속에 몇 초가 흘렀다. 앙헬이 노르를 바라보았다. 노르는 발각되었다고 생각하고 바리를 보았다. 헤어져야 할지도 모를 상황에, 바리는 아무것도 모른 채 잠들어 있었다.

앙헬은 노르가 마음 아파하리라 생각하며 입을 열었다.

"네 이웃이 돌아가셨다는구나."

"누가요? 힐 할아버지가요?"

앙헬이 고개를 끄덕였다. 그 말을 듣고 라시드가 소리쳤다.

"나 참! 그 일 때문에 전화 온 거예요? 다들 왜 그래요? 그 늙은이가 우리랑 무슨 상관인데요? 죽는 건 당연한 거 아녜요?"

"닥쳐!"

노르가 동생이 깰 정도로 소리쳤다.

"너는 그런 말을 잘도 하는구나."

앙헬이 라시드를 나무랐다.

"그런 말이라니요? 조금 전까지만 해도 우리를 잡으려고 경찰이 전화한 줄 알았어요. 그런데 그게 아니라는 걸 알았는데, 좋아하면 안 돼요? 이해가 안 가요."

"마음이 아프겠구나, 노르. 네게 정말 소중한 분이었다는 걸 안다."

앙헬이 진심을 담아 말했다.

"네, 소중한 분이셨죠. 선생님, 제게는 아버지 같은 분이셨어요. 모르시겠지만 제게 모든 걸 가르쳐 준 분이시죠."

"알고 있다, 노르. 요 며칠 그분과 이야기를 나눴거든."

"그런데 왜 선생님께 전화가 왔죠?"

라시드가 물었다. 두 사람이 왜 그토록 슬퍼하는지 통 알 수가 없었다.

"내 전화번호를 봤다는구나. 우리가 떠나던 날, 힐 선생님을 찾아갔는데 뵙지 못했지. 그래서 쪽지에 내 전화번호를 적어서 문틈에 넣었거든. 경찰은 내가 그분 가족이거나 그분과 잘 아는 사람인가 싶어서 전화한 거야. 가족은 전혀 없으신 모양이구나."

"그런 것 같아요. 혼자 사셨거든요."

"그래, 서둘러야겠다. 영안실로 모셨는데 아무도 없다는구나. 장례식에 참석하고 싶다."

"저도 가고 싶어요, 선생님."

노르가 눈물을 머금고 말했다.

"저한테는 아무 말 마세요. 묘지에 들어가기도 싫고, 죽은 사람 옆에 있기도 싫어요."

라시드가 말했다.

알파라체에 도착하자, 앙헬은 자동차를 세우고 아이들에게 내려서 각자 따로 가자고 했다. 넷이 함께 오는 모습을 바벨탑 사람들한테 보이고 싶지 않았다.

앙헬은 헤어지기 전에 라시드를 다시 불렀다. 라시드가 가까이 다가오자 손을 내밀었다.

"라시드, 함께 가 줘서 정말 고마웠다. 이미 알고 있었지만, 네가 좋은 애라는 걸 확실히 알게 됐어."

라시드는 앙헬의 손에 자기 손을 마주치면서, 습관대로 슬쩍 내빼듯 말했다.

"선생님들은 거짓말을 쉽게 잘도 하시는군요."

앙헬이 시동을 걸고 언덕길을 오르는 동안, 세 아이는 도망치듯 양쪽 길로 사라졌다.

35

앙헬이 문을 열고 들어가자, 루시아가 다녀갔던 흔적이 느껴졌다. 마치 밤의 요정이 방마다 지나간 듯 깔끔하게 정리되어 있었다. 앙헬은 짐을 풀었다. 식탁 위에 메모가 몇 개 있었고, 열쇠가 하나 놓여 있었다. 메모는 날짜별로 순서대로 놓여 있었다. 앙헬은 메모를 하나씩 읽어 갔다.

첫 번째 메모는 간단했다.

부엌에 떡갈비가 있어요. 제가 만든 건 아니에요. 병원에서 받아 왔어요.

두 번째 메모를 읽었다.

1층에 사시는 힐 선생님께서 어디 가셨는지 물으셨어요.

다음 메모에서는 초조함이 묻어났다.

힐 선생님을 병원으로 모셔 갔어요. 노인께서 떠나시기 전에 선생
님에 대해 다시 물으셨어요. 제게 집 열쇠를 맡겨 놓으셨어요. 이유
는 선생님께서 아실 거라고 하셨어요.

그다음 메모를 읽고, 앙헬은 가장 감동했다. 완전히 잊고 있던
일에 대해 적혀 있었다.

호세 이에로의 책을 읽었습니다. 몇몇 시들은 이해할 수 없었지
만 아주 좋았어요. 안달루시아 사람들의 추위에 대한 시를 찾았
습니다.

마지막으로 이런 메모가 있었다.

목요일부터 여행을 갑니다.

앙헬은 메모를 한 번씩 더 읽었다.
첫 번째 메모를 읽고 앙헬은 감동했다. 서로 친해지게 하는 친절

한 행동 같았다.

두 번째 메모를 보고는 힐과 중단된 대화, 앞으로 다시 불러도 대답 없을 노인이 떠올랐다.

세 번째 메모를 읽고는 삶이 우리를 데려가는 숨겨진 길에 대해 생각했다. 그분, 힐은 누구였는지, 누구였기에 자신의 삶에 들어왔다가 자신이 유언 집행인인 듯이 그분의 열쇠를 받게 되었는지에 대해서도.

네 번째 메모를 보고는 미소가 피어올랐다. 그 메모는 한 떨기 꽃이었다. 아니, 알지 못하는 사이에 떨어져 싹을 틔우기 시작한 꽃이었다.

앙헬은 잠시 자리에 앉아 메모들을 바라보았다. 조그맣고 읽기 어려운 루시아의 글씨. 앙헬은 무척 기뻤다. 그 글들을 읽으며 어른 한 명과 편안히 대화를 나누는 느낌이 들었다. 며칠 동안 아이들과 나눈 것과는 다른 대화였다. 다시 생각해 보니, 자신이 지나치게 충동적으로 행동한 것 같았다. 도덕적 책임감이 무엇인지 자신이 잘못 이해하고 덤벼들었던 것 같았다. 앙헬은 침대에 몸을 던졌다. 지금은 그저 쉬고 싶었다. 시간이 조용히 흐르는 듯했다. 그렇다. 시간이다. 앙헬의 옛 시계에서 똑딱이는 소리가 공기 중에 떠다니듯 들려왔다.

어제도 오늘도 슬프고 가난한 시인
밤을 지새운 철학자
내가 가진 구리 동전에
어제의 황금이 있네

36

앙헬은 어렴풋이 초인종 소리를 듣고 잠에서 깼다. 자신이 어디에 있는지 금방 떠오르지 않았다. 여행은 끝났어도, 그의 무의식은 아직 바벨탑에 정착하지 못하고 있었다. 앙헬은 눈을 뜨고 정신 차리려고 애를 썼다. 다시 초인종이 울렸다. 앙헬은 힘겹게 몸을 일으켰다. 몸이 정신을 따라잡지 못하고 있었다. 앙헬은 누구인지 물었고, 낯익은 목소리가 들렸다.

"너니? 네가 왜 여기 있지?"

앙헬은 문 앞에 서 있는 노르를 보고 물었다.

"장례식장에 같이 가자고 하셨잖아요."

앙헬은 까맣게 잊고 있었다. 논리적인 사고력을 모조리 끌어모아, 지난 줄거리를 기억해 내려고 애썼다. 장례식장, 죽음, 힐. 그러다 자동차 안에서 받았던 전화를 기억해 냈다.

앙헬은 노르한테 들어오라고 말하고 화장실로 향했다.

"몇 시니?"

앙헬이 화장실에서 물었다.

"일곱 시예요. 이 시간에 가자고 말씀하셨어요."

화장실에서 나오기까지 시간이 걸렸다. 머리가 젖은 채로 앙헬은 얼굴을 닦으며 나왔다.

"네가 안 왔으면 일어나지도 못했을 거야. 동생은? 집에 있니?"

"네, 선생님처럼 곯아떨어져서 아직 자고 있어요. 숙모가 선생님을 찾아뵙겠다고 하셨어요."

"신경 쓰지 마시라고 전해 드려."

앙헬은 잠시 가만히 있었다. 그러다 입을 열었다.

"노르, 피곤하구나. 이번 일로 무척 피곤해."

"이해해요, 선생님. 이제 더 하실 일은 없어요. 지금까지 해 주신 일만으로도 평생 감사드릴 거예요."

"아직 할 일이 있어. 네가 같이 가 주면 좋겠구나."

앙헬은 식탁으로 가서 루시아의 메모 옆에 있는 열쇠를 들었다.

"무슨 열쇠인지 아니?"

앙헬이 열쇠를 보여 주며 노르에게 물었다.

노르는 모르겠다는 몸짓을 보였다.

"힐 선생님 댁 열쇠야. 거기서 뭔가를 꺼내 와야 해. 그분이 내게 부탁하신 게 있거든. 그 자리에 네가 같이 있어 주었으면 해."

"제가 왜요?"

"왜냐하면 우리가 가져올 게 네 것이거든. 우물쭈물하면 늦을 수도 있어."

노르는 무슨 뜻인지 몰라 어리벙벙했다. 하지만 앙헬을 굳게 믿었기에 망설임 없이 앙헬을 따라나섰다.

두 사람은 집을 나와 7층으로 올라갔다. 둘은 보는 사람이 아무도 없다는 걸 확인하고 힐의 집으로 들어가 문을 잠갔다. 갑자기 가슴이 무겁게 내려앉았다. 상속자들이 들어가기 전에 먼저 들어갔기 때문이다. 앙헬은 상식에 벗어난 행동을 했다는 생각이 들었다. 그러나 이번처럼 상속자가 없는 경우는 어떻게 해야 할까? 홀로 사는 사람이 많은 미국에서는 담당자가 따로 있다고 들었다. 이들이 독거노인이 죽은 뒤에 상속자를 찾거나, 시신을 맡으러 오는 사람이 아무도 없을 때 그 일을 처리해 준다고 했다. 하지만 여기서는? 판사를 기다려야 하나? 집주인을 기다려야 하나? 세입자가 사망한 사실을 알면 집주인이 와서 세간을 처분하는 걸까? 앙헬은 전혀 몰랐다. 힐이 맡긴 임무가 있다는 것만 알 뿐이었다. 힐이 앙헬에게 직접 유언 집행인의 자격을 주었고, 자신이 그 임무를 수행하고 있을 뿐이었다.

노르는 한 발짝도 더 나서지 못한 채 제자리에 서 있었다. 앙헬이 다급히 이 집에 온 이유를 아직도 알 수 없었다. 앙헬이 거실로 들어섰다.

"불 좀 켤래?"

노르는 이 집을 잘 아는 듯이 스탠드를 켰다.

"창문을 닫으렴. 안에서 불빛이 비치는 걸 밖에서 보면 우리가 뭘 훔치러 왔다고 생각할 수도 있으니까."

노르는 빛이 새어 나가지 않도록 창문을 닫았고, 앙헬은 책상 서랍을 열고 책을 집었다. 노르는 앙헬이 왜 그러는지 이해가 되지 않았다.

"이걸 찾으러 온 거란다. 노르, 보렴."

《구스만 데 알파라체》였다.

"이게 뭐예요?"

"아주 오래된 옛날 책이야. 힐 선생님은 이 책을 네게 주고 싶어 하셨어."

노르가 책장을 넘겨 보았다. 낯선 글자였다. 판화 그림도 있었다. 앙헬은 벽을 바라보았다. 벽에 걸려 있던 그림 액자는 이미 사라지고 없었다.

"제 거라고요? 왜요?"

"그 책을 팔아서 그 돈으로 네가 계속 공부하기를 바라셨어."

"하지만 저는…… 그럴 수 없어요."

"물론 그렇게 할 수 있어. 그게 힐 선생님의 뜻이니까. 그분이 이 책을 네게 전해 주고, 책을 팔 수 있도록 도와주라고 내게 부탁하셨지. 그러니 우선 그 책을 네가 보관해 두렴."

노르는 귀하고 소중한 것을 받들 듯이 책을 받았다.

"여기 더 있으면 안 되겠다. 어서 나가자."

앙헬이 초조히 말했다.

노르는 집에 들러 책을 갖다 두고, 다시 아래로 내려와 앙헬과 만났다.

"이제 장례식에 가자꾸나."

둘은 밖으로 나와서 차를 탔다. 병원에 도착할 무렵, 봄날의 하늘이 마지막 빛을 비추려고 안간힘을 쓰고 있었지만 이미 어둑어둑해지고 있었다. 큰 병원에서 늘 그렇듯, 앙헬과 노르는 어디로 가야 할지 몰라서 길을 헤맸다. 다행히 친절한 자원봉사자를 만나 길을 찾아갈 수 있었다.

앙헬은 자신이 뭘 해야 할지 몰랐다. 경찰한테 전화를 받았을 때 이미 그곳에 와야겠다는 도덕적인 의무감이 들었다. 어쩌면 그 번호가 자신의 번호는 맞지만, 자기는 힐의 가족이 아니라는 사실, 또 시신을 맡을 사람이 누구인지 자기도 모른다는 사실을 확인해 주고 싶었는지도 몰랐다.

앙헬은 안내대로 갔다. 안내원이 사망자의 성을 물었다. 노르가 '아마도르'라고 대답했다. 안내대에 있던 사람이 서류를 앞뒤로 넘기기 시작했다. 마치 모든 사망자가 갑자기 사라지기라도 한 것 같았다.

"언제 돌아가셨지요?"

"정확한 날짜는 모르겠어요. 화요일이었던 것 같아요."

"이름이 뭐라고 하셨지요?"

노르는 힐이 죽은 날이 이미 과거임을 처음으로 실감하고 마음이 찔리듯 아팠다.

"힐 아마도르예요."

안내원은 다시 사망자 명부를 뒤적였다. 마침내 기록을 찾았는지, 고개를 들고 안경 너머로 앙헬을 바라보았다.

"그분은 십칠 일에 돌아가셨어요. 벌써 이틀이 지났네요. 틀림없이 이곳에는 안 계실 거예요."

"그러면요?"

"화장터로 모셔 갔거나, 기증 센터에 있을 거예요. 관리소에 가서 물어보셔야겠어요."

앙헬은 힐의 시신을 찾아 나서는 것이 노르에게 끔찍한 일이 되리라고 판단했다. 그쯤에서 멈추는 쪽이 나았다. 가족도 아니면서 그의 시신을 찾은들 무엇을 할 수 있겠는가? 앙헬은 그만두기로 마음먹고 돌아섰다.

"이쯤에서 그만두는 게 좋겠다, 노르. 이제 그분에 대한 기억을 추억으로 간직하자꾸나."

노르는 고개를 숙이고 앙헬의 결정을 받아들였다. 힐이 죽었다는 소식을 들었을 때부터 모든 게 끝났다는 사실은 알고 있었다. 그래도 마음속으로 마지막 노력을 해 보고 싶다는 바람이 있었다.

앙헬과 노르는 자동차에 올라탔다.

"노르, 우리가 할 일은 기도뿐이라고 생각해. 네가 신자인지 어떤지는 모르겠지만. 네가 하고 싶은 대로 하렴."

"힐 할아버지는 우리 자신만을 믿어야 한다고 가르쳐 주셨어요."

노르는 재킷 주머니에서 시디 한 장을 꺼냈다.

"이거 틀어도 돼요?"

앙헬은 아무 말 없이 시디를 받아 플레이어에 넣었다. 여자 가수의 슬픈 목소리가 흘러나왔다. 같은 선율이 되풀이되는 노래였다. 그 노래는 조금씩 차 안을 감싸고, 두 사람의 마음마저 감싸 주었다. 거리도 슬픈 가락에 전염되어 길을 걷는 사람들마저 작별을 고하는 몸짓을 하는 듯이 보였다.

"이 가수 아세요? 트레이시 채프먼이에요. 힐 할아버지랑 저랑 같이 들은 음악은 이것뿐이었어요. 힐 할아버지는 클래식을 좋아하셨어요. 근데 클래식은 제가 싫었어요. 제가 좋아하는 음악은 힐 할아버지가 듣기 힘들어하셨고요. 그런데 이 가수의 노래만큼은 좋아하셨어요. 그래서 할아버지랑 같이 이 노래를 들으며 가사를 번역했어요. 힐 할아버지는 가사를 이해하지 못한 채 노래 듣는 걸 못 참으셨거든요."

앙헬은 노란불이 켜진 신호등을 바라보았다. 신호등이 바뀌기를 기다리는 동안, 장례식장 안내원이 했던 말이 귓가에 맴돌았다.

"이곳에는 안 계실 거예요."

웬일인지 복음서에 나온 구절이 떠올랐다. '너희가 찾는 그분은 이곳에 계시지 않는다.'

앙헬은 힐을 위해 기도했다.

37

앙헬은 주말까지 신문과 빵을 살 때 빼놓고는 집 밖에 나가지 않았다. 되도록 주위를 둘러싼 세상을 잊고 쉬기로 했다. 해야 할 일도 제쳐 두고, 내면으로, 책 속으로 파고들기로 했다. 앙헬은 단순하고 기계적인 일을 했다. 수업 준비를 하고 학생들이 제출한 리포트를 살펴봤다. 방학이 끝나면 돌려줘야 할 것들이었다. 두 달 전부터 바람만 불면 시끄럽게 굴던 거실 창문 빗장도 고쳤다. 그런 뒤 앙헬은 시계 수리 일로 돌아갔다. 필요한 재료는 모두 있었다. 20세기 중엽의 진기한 시계가 두 개 있었다. 카빌도 광장에 열린 벼룩시장에서 구한 시계였다. 일요일마다 대성당 앞에 벼룩시장이 섰다. 앙헬은 때때로 그곳에 가서 낡은 시계를 사곤 했다. 장사꾼들은 망가진 시계를 찾는 앙헬을 보고 놀라워했다. 오직 더 싸다는 이유로 그런 시계를 산다고 생각하고, 앙헬에게 그런 식으로는 시계를 제대로 수집할 수 없다고 충고했다.

하지만 앙헬은 수집을 위해서가 아니라 기계를 다시 고치고 싶어서 고장 난 시계를 구했다. 움직임을 멈춘 시계를 보면 시계에 생명을 돌려주고 싶었다. 자신에게 도전하는 일이기도 했다. 이성을 갖춘 생명력, 질서정연한 생명을 되살리고 싶었다. 앙헬은 삶이 바로 시간이라고 생각하면 기분이 좋아졌다. 우리에게 정해져 있는 시간을 소비하며 사는 것이라고 말이다. 앙헬에게 있어 시계를 수리하는 일은, 시간이 시계 톱니바퀴 사이에 멈춰 있지 않도록 고치는 일이었다.

앙헬은 돋보기를 눈에 대고 시계 위에 몸을 구부렸다. 이쪽 시계에서 망가진 부품을 꺼내고, 저쪽 시계에서 새 부품을 꺼내어 다시 이쪽 시계에 옮겨심기하듯 맞춰 넣었다. 부품을 제대로 끼우고 시간을 맞춘다. 그러다 갑자기 똑딱 소리가 나며 시계가 부활한 듯 다시 움직이면 그때만큼 흥분되는 순간은 없었다. 앙헬은 때때로 기대했다. 누군가는 시계가 멈추던 그때의 시간과 세계로 돌아가는 신비로운 일을 겪기를 말이다.

어느 순간 시계가 멈추었고, 여러 해 동안, 아니 수 세기 동안 시간의 늪에 닻을 내리고 있다. 그러다가 프랑켄슈타인 박사처럼 생명을 조립한 자신의 손길 속에서 생명체가 새로이 움직이기 시작한다. 앙헬은 이러한 장면을 떠올리며 즐거워했다. 시계를 보면서, 시계도 자신의 마음을 느끼고 있으리라 생각했다. 시계의 본질을 마치 자신의 본질인 듯이 이해했다. 그 허름한 시계방에 처음으로 다가갔을 때에는 상상도 못 했던 일이었다. 당시 유리창 너머로 이웃의 시간을 수리하는 베나벤테의 시계공이 보였다. 영원토록 시간에 대해 열정을 품었던 사람. 그 첫날이 기억났다. 앙헬은 창 앞에 걸음을 멈추고, 가게 안에서 스탠드 불빛 아래 있던 시계공을 빤히 쳐다보고 있었다. 시계공은 돋보기를 눈에 대고 손에 핀셋을 들고 있었다. 마침내 시계공이 고개를 들고, 입을 벌린 채 자신을 바라보고 서 있는 아이를 발견했다. 시계공은 눈에서 돋보기를 치우고, 창문을 열고 물었다.

"너, 시계 좋아하니?"

앙헬은 인제 와서 '철학자가 되지 말고 시계공이 될 걸 그랬나.' 하는 생각이 들었다. 시계공이 되지 않았다는 사실에 혼란스러워하는지도 몰랐다. 앙헬은 라이프니츠가 시계에 대해 고찰한 내용을 바탕으로 석사 논문을 쓰기 시작했다. 그 논문을 베나벤테의 시계공에게 바칠 생각이었다. 그렇지만 자료가 부족하여 얼마 안 가 시계라는 주제를 포기했다. 게다가 영혼에 관심을 가지기 시작하며, 시계에 대해서는 완전히 흥미를 잃어버렸다.

앙헬은 시계공이 역사에 보였던 열정이 떠올랐다. 역사상 특별한 이정표가 된 날짜에 대단한 관심을 보였다. 앙헬은 시간을 움직이는 톱니바퀴에 대해 지식을 쌓았고, 시계공의 부탁에 따라 시계공에게 역사 교과서를 크게 읽어 주었다. 둘의 조화는 이미 준비된 것이었다는 생각이 들었다. 서로 상대방 안에서 자신의 꿈이 이뤄지는 모습을 보니까 말이다. 시간과 소망, 시간과 사랑. '삶의 황혼 무렵 우리의 사랑이 드러나리.' 이 말은 앙헬이 열아홉 살 때부터 마음에 품고 온 말이다. 황혼과 사랑. 변할 수 없도록 완성된 작품. 생에 대한 책임감.

순간 다음과 같은 시가 머릿속에 떠올랐다.

해가 진다.
모든 것이 이루어졌다.
수확의 때다.

앙헬은 신문 앞면에 이 시를 썼다. 더 필요한 말은 없었다.

38

바벨탑에 사는 사람 모두 지난밤 일어난 일을 믿을 수 없었다.

"어떻게 그런 일이 일어날 수 있었지?"

누군가 묻자, 다른 누군가가 "아무도 몰랐어." 하고 대답했다.

앙헬은 학교에 와서 그 사실을 알게 되었다. 복도에서 마주친 베르타가 이야기해 주었다.

"선생님을 다시 뵈어서 기뻐요. 엄마가 걱정하셨어요. 선생님께 무슨 일이 일어났나 싶어서요."

어머니가 걱정하더라는 인사에, 앙헬은 괜스레 놀랐다.

"메모를 남겨 놓았는데."

"어젯밤에 바벨탑에서 무슨 일이 생겼는지 아세요?"

"무슨 일? 아무 이야기도 못 들었는데."

"경찰이 왔었어요. 삼십 분이나 건물을 둘러싸고 있었는데, 아무도 몰랐죠."

앙헬은 눈썹을 비볐다. 앙헬이 놀라거나 걱정스러울 때 하는 행
동이었다.

"일제 검거가 있었대요. 스테파노 집에서요. 경찰이 스테파노를
잡아갔어요. 라시드도 있었고요."

앙헬은 그 이름을 듣자 망치로 머리를 한 대 얻어맞은 기분이었
다. 언젠가 일어나리라 짐작했지만, 절대 일어나지 않기를 바란 일
이었다.

"라시드라고? 라시드도 있었어?"

"파타출라가 봤대요. 옆집에 살고 있어서 시끄러운 소리를 듣고
밖으로 나온 거죠. 경찰이 파타출라를 보고는 사정없이 거리로 내
몰았대요. 일이 다 끝날 때까지 못 들어가게 막았고요. 경찰은 먼
저 시디가 든 상자와 컴퓨터를 가지고 나왔어요. 그러고 나서 스테
파노와 스테파노의 아버지가 수갑을 찬 채 끌려 나왔고요. 그 뒤
를 따라서 라시드와 볼펜 팔던 아이가 나왔어요."

베르타는 자기가 눈물 흘리는 모습을 친구들이 볼까 봐 잠시 뒤
돌아섰다.

"저도 놀랐나 봐요, 선생님."

"네가 겁낼 건 없잖니."

"제가 그 집에 들어갔었잖아요. 기억하시지요? 그 집에 말이에
요. 제가 그 시디를 봤어요. 제가 그 집에 있었다는 걸 들키면, 제

가 일러바쳤다고 생각할 거예요."

"그 일은 잊어버려라! 네가 그 일과 아무 상관 없다는 건 알고 있으니까. 라시드도 그렇게는 생각 안 할 거야. 너를 좋아하고 있기도 하고."

"제가 자기를 좋아하지 않는다는 것도 알아요."

"나도 알아. 라시드와 이야기해 봤어. 너한테 나쁜 짓을 하지 않을 테니 마음 놓고 있어도 돼. 자, 이제 교실로 가렴."

앙헬은 베르타가 전해 준 소식에 마음이 아팠다. 운명이 모든 독화살을 라시드에게 쏜 것 같았다. 이제 라시드에게 무슨 일이 일어날까? 행운은 라시드한테서 돌아선 것만 같았다. 라시드는 감옥에 갈까? 라시드를 고향으로 돌려보낼까? 라시드는 무엇을 할 수 있었을까?

복도는 이리저리 지나다니는 아이들로 복잡했다. 앙헬은 꼼짝 않고 서 있었다. 다음 수업이 있는 교실로 들어가야 할지, 밖으로 뛰쳐나가야 할지 알 수 없었다. 학생 하나가 앙헬과 부딪쳤다. 아이들이 그렇듯, 앙헬에게 미안하다고 사과하는 대신 친구 탓을 하며 자기들끼리 승강이를 벌였다. 늘 그렇다. 성가셨다. 아이들 때문인지 자기 때문인지 몰랐다. 여기서 잘못한 사람은 아무도 없다. 모든 일은 다른 사람 때문에 일어난다. 종이 울렸다. 의욕도 없이, 하는 일에 대한 확신도 없이, 수업에 들어가야 했다. 앙헬은 플라톤의 동굴로 들어가는 사람처럼 교실로 들어갔다. 무엇이 진리고, 무엇이 진리가 아닌지, 무엇이 껍데기고, 무엇이 현실인지 말하려는 자신은 누구인가 생각했다. 자신이 플라톤의 동굴에 갇힌 포로 같았다. 현실에서 상처받은 포로 같았다. 순간 앙헬은 현실을 증오했다. 현실의 빛은 고통스러워서 영원토록 어둠 속에 머물고 싶었다. 참을 수 없을 만큼 만족스럽지 못한 존재마저 평온히 감싸 주는 것이 어둠 아니었던가.

39

앙헬이 바벨탑으로 돌아오는데, 탑 입구가 정신없이 복잡했다. 앙헬은 낡은 가구와 식탁, 의자, 옷가지를 당황스러운 눈길로 바라보았다. 복권 파는 자리에 앉아 있던 파타출라가 설명해 주었다.

"칠 층 노인의 집을 비우고 있어서 그래요."

앙헬은 '칠 층 노인'이라는 말을 나직이 되뇌었다. 기분이 나빴다. 한 사람에 대한 기억이 그 한마디로 요약되다니. '칠 층 노인.' 한 인간의 존재가 그토록 시시하게 요약될 수 있다니. 앙헬이 죽으면 사람들이 그를 뭐라고 부를까? 4층 선생, 그게 다일까?

"집을 비우는 사람은 누구예요?"

앙헬이 궁금해서 물었다.

"폐품 수집상이지요. 안 가져가는 게 없어요. 값나갈 만한 것도 없겠지만요. 오히려 치워 주는 값을 받아야 할걸요."

그 집을 비우다니, 앙헬은 슬퍼졌다. 이제 그 집이 지녔던 질서를 아무도 이해하지 못하리라. 죽음은 사람만 데려가는 것이 아니라 그가 사용했던 물건의 의미까지도 앗아가 버린다.

앙헬은 엘리베이터를 기다리며 생각했다. 저 수많은 책을 모으는 데 시간을 얼마나 들였을까? 그 책들을 읽으며 얼마나 많은 생각을 했을까? 그 생각들이 저 방 곳곳에 얼마나 친밀히 녹아들었을까? 그런데 그 모든 것이 '무'로 용해되고 있었다. 앙헬은 힐을 좀 더 일찍 알지 못한 것이 안타까웠다. 더 빨리 알았다면 더 친밀해졌을까. 삶이 무뚝뚝한 것임을 앙헬도 모르는 바는 아니었다. 속절없이 헤어지기도 하고, 다시는 만나지 못할 때도 있으니까.

엘리베이터에 불이 켜져 있었다. 사람이 타고 있는 걸 알려 주는 표시였다. 다른 층에서 문이 열린 채로 있거나, 고장일 수도 있었다. 앙헬은 몇 초를 더 기다렸다. 그래도 불이 꺼지지 않자, 걸어서 올라가기로 했다. 계단을 올라갈수록, 바벨탑이 자신을 압박해 오는 듯이 느껴졌다. 좁은 복도, 끝없이 늘어선 문, 건물 한가운데에 텅 빈 공간, 칠이 벗겨진 벽, 물이 새는 배수관, 집 안에서 나는 소리, 아이들의 울음소리, 여자들의 울음소리, 유령들의 울부짖음……

'내가 왜 여기 있지? 이 년 동안 살았으면 충분하지 않은가?'

2층에 올라가니 엘리베이터 문이 활짝 열린 채 앞에 의자 하나가 놓여 있었다. 한 남자가 힐의 집에서 나온 책이 든 선반을 꺼내

고 있었다. 얼핏 보기에 엘리베이터가 고장이 나 아래층으로 내려
가지 않은 듯했다. 남자는 힘들여 가구를 끌어내며 운이 나쁘다며
투덜거렸다. 선반에서 책이 떨어지고 있었다.

"도와드릴까요?"

남자의 등을 보며 앙헬이 물었다.

해서는 안 될 말이었다. 남자가 돌아서서 앙헬을 쳐다보았다. 그
얼굴을 보자마자, 앙헬은 구역질이 날 것 같았다. 그 흉터, 교활함
이 가득한 얼굴, 더러운 옷, 공격적인 행동…… 남자는 찬카였다.
폐품 수집상 또한 앙헬을 알아보고, 상스러운 말을 중얼거렸다. 앙
헬을 피하려고 몸을 숙이며 떨어진 책을 주웠다. 앙헬은 모른 척
지나가야 했지만, 화를 참지 못했다.

"사람을 때리라고 시키고, 그다음에는 독수리처럼 남은 물건까
지 챙겨 가시오?"

찬카는 고개를 들지 않았다. 그러나 누구 이야기를 하는지 알고,
책을 집으며 중얼거렸다.

"뭘 원하시오? 왜 나를 내버려 두지 않는 거요?"

"이젠 만족하시오? 스테파노와 라시드가 잡혀갔소. 당신이 경찰
에 알리지 않았다는 걸 누가 알겠소? 당신이 하는 그 더러운 일에
다른 사람이 끼어들어 경쟁하는 걸 참지 못한 거 아니오!"

"그 일과 나는 아무 상관 없소. 나한테 뭔가를 얻어 내려는 거라
면 아무 소용 없을 거요."

찬카가 사납게 말했다.

앙헬은 물러서지 않았다. 찬카에게 꼭 해야 할 말이 생각났다.

"당신이 그 여자아이, 나비에게 한 짓을 고발하겠소."

"그 여우 같은 년은 벌써 떠났어."

앙헬은 그런 표현에 화가 났지만, 떠났다는 말에 귀가 솔깃했다.

"어디로?"

"궁금하면 경찰한테 물어보시오. 경찰이 그 도둑년을 찾고 있다는 걸 알아 두시지!"

"무슨 말이오?"

"내가 그년을 고발했거든. 그 못된……."

찬카는 욕을 쏟아 놓으려고 하다가, 상대방은 다른 세계 사람이라고 생각한 듯 말을 거두었다.

"개처럼 갈 곳 없이 헤매고 다니던 걸 거두어 줬더니, 고마운 줄도 모르고 내 돈까지 훔쳐가 버렸소. 내 돈을 훔쳐서 도망갔단 말이오!"

앙헬은 그 말을 듣고 힘이 났다. 갑자기 기뻤다. 이제 나비가 찬카와 함께 있지 않다는 말인가! 마침내 이놈한테서 해방되었단 말인가!

"어디로 갔소?"

책을 주워 든 찬카는 고개를 들고 앙헬을 쳐다보았다. 입가에 교활한 미소를 지었다.

"왜, 그 검둥년이 맘에 드셨소?"

찬카가 비아냥거리며 물었다.

앙헬은 더는 참지 못하고 찬카한테 달려들었다.

"이 쓰레기 같은 놈아! 교활한 하이에나 같으니라고!"

앙헬이 달려들자, 찬카는 엘리베이터 안으로 몸을 피하려고 했지만 앙헬의 주먹을 피하지 못했다. 찬카는 자기가 당한 것을 알고 앙헬 얼굴로 책을 집어 던졌다. 행운은 늘 뻔뻔한 인간에게 따르는 듯, 엘리베이터가 움직이기 시작했다. 앙헬이 당황한 틈을 타, 찬카는 문을 닫고 내려갔다.

앙헬은 다시 정신을 차리려 했다. 싸움을 계속할 생각은 없었다. 기운이 빠졌다. 자기한테 날아온 책이 눈에 띄었다. 안토니오 마차도의 《시》였다. 운명의 장난 같았다. 시집으로 공격을 받다니! 앙헬은 시집을 주머니에 넣었다. 그리고 썩어 빠진 것을 뒤에 남겨 놓는 사람처럼 바닥에 침을 퉤 뱉었다.

40

그날 오후부터 앙헬은 몸이 아프기 시작했다. 시간이 지날수록 더 아팠다. 왜 열이 오르는지, 관절이 왜 아픈지 알고 있었다. 긴장이 쌓인 순간마다 그렇게 아프곤 했다. 그대로 계속해서는 안 된다고, 쉬어야 한다고 몸이 말해 주는 듯했다. 몸을 회복하려면 침대에 누워서 쉬어야 했다. 앙헬은 뜨거운 수프를 준비했다. 그러나 먹을 수가 없어서 식탁에 놓아두었다. 텔레비전 뉴스를 틀지도 않았다. 앙헬은 소파에 기대고 앉았다. 복도에서 주운 책이 주머니에 있다는 게 생각났다. 앙헬은 책을 꺼내 펼쳐 보았다. 메모가 적혀 있고, 시에는 밑줄이 그어져 있었다. 십자 표시를 해 놓은 시도 있었다. 주인이 선택한 시일 것이다. 무슨 이유로 그 시를 선택했는지는 알 수 없었다. 그것은 죽음이 남긴, 해석할 수 없는 또 다른 메시지였다. 사랑의 시 옆에 표시된 저 십자 표시는 뭘까? 왜 이 구절에 밑줄을 그었을까? 앙헬은 책장을 넘기다가 빨갛게 동그라미를 친 시를 보았다. 그 시를 읽기 시작했다.

어제도 오늘도 슬프고 가난한 시인
밤을 지새운 철학자
내가 가진 구리 동전에
어제의 황금이 있네

앙헬은 이 시를 읽고 웃음 지었다. '마차도식 농담'이 담긴 시였다. 힐이 처음에 앙헬에게 인사했던 말이었다. 앙헬은 찬카가 하필 그 책을 던진 것이 단순한 우연은 아니라는 생각이 들었다. 힐이 '마차도식 농담'이 뭔지 설명해 주려고 한 듯이 느껴졌다. 앙헬은 이제 이해했다. 시간은 우리를 낙원에서 끌어내어 이 세계로 추방했다. 금은 구리로, 사과는 지혜로, 자연은 문명으로, 믿음은 자유로 바뀌었다. 우리는 인간이 되기 위해 불리한 교환을 해야 했다.

때마침 초인종이 울려 앙헬은 몽상에서 빠져나왔다. 문을 여니 루시아가 서 있었다.

"돌아오셨군요. 사라지신 줄 알았어요."

루시아가 기쁜 목소리로 말했다.

"사라질 뻔했지요. 그런데 보세요, 아직 이렇게 있네요."

앙헬은 들어오라는 손짓을 했다.

"제가 열이 좀 있어요."

"무슨 일 있으셨어요? 안색이 안 좋으세요."

"아무것도 아니에요. 쉬면 됩니다. 이틀만 쉬면 괜찮아지겠지요."

"휴가를 가셨던 거예요, 출장을 가셨던 거예요?"

"이야기가 길어요, 루시아. 그리고 다른 사람한테 해도 될 이야기인지 모르겠어요."

"이야기 안 하셔도 괜찮아요. 저도 다른 사람의 비밀을 알고 싶지 않아요. 제 비밀만으로도 충분하거든요."

루시아는 앙헬의 삶에 간섭하듯 보이기 싫었다.

"이상하게도 당신한테는 이야기하고 싶군요. 당신이라면 직장 동료보다도 저를 더 잘 이해하실 것 같아요."

이 말에 두 사람 다 놀랐다. 루시아는 앙헬이 자신을 신뢰한다는 점에 놀랐다. 앙헬은 자신이 루시아를 믿는다는 말을 거침없이 한 점에 놀랐다. 루시아가 입을 열어 당황스러운 순간을 잠재웠다.

"좋아요. 저는 일을 해야겠어요. 원하신다면 이야기를 먼저 듣겠지만, 지금은 침대에 가서 누우시는 게 좋겠어요. 이야기는 다른 날 해 주시고요. 열 때문에 땀을 많이 흘리고 계세요."

오래전부터 앙헬을 걱정해 주는 사람은 아무도 없었다. 그래서 앙헬은 루시아가 걱정해 주는 말을 듣고 감동했다. 그런 감정이 놀라워서, 자신에게 루시아가 특별한 여자가 될 거라는 생각이 들었다.

"루시아, 다른 곳에 가서 살면 좋겠어요."

앙헬은 방에 들어간 뒤에 이렇게 말했다.

"누군들 안 그러겠어요."

루시아의 대답이 열이 끓는 미로 속으로 한 번, 두 번 계속해서 들려왔다.

41

다음 날, 앙헬은 집에 있을 필요가 없었다. 아침이 되니 멀쩡히 나았을 뿐만 아니라 이상하게도 힘이 났다. 앙헬은 학교에 일찍 갔다. 평소대로 정신없이 일하다 보니, 어느새 반나절이 지나 버렸다. 언제나처럼 쉬는 시간에는 학생들이 찾아왔다. 앙헬은 몇 가지 일을 처리하고, 책을 한 권 빌렸다. 그러고는 누군가 늦게 제출한 리포트를 집어 들었다.

앙헬이 커피를 마시려고 학교 카페에 들어섰을 때, 베르타가 신이 나서 다가왔다.

"선생님, 선생님. 스테파노 집에서 제가 수첩을 되찾은 일 기억하시죠? 그 수첩에 썼던 내용을 제대로 다시 썼어요."

"뭐를 썼길래 그렇게 신이 났니?"

"소설이에요. 사실, 시작 부분만 썼어요. 선생님이 말씀하셨듯이,

다 쓰기 전까지는 소설도 아니고, 이야기도 아니고, 시도 아니라고 말씀드리고 싶어요. 지금 한창 쓰고 있어요. 컴퓨터로 쓸 거예요."

"기쁘구나, 베르타. 재미있는 이야기를 갖는다는 게 쉬운 일이 아니지. 네가 그렇게 좋아하는 모습을 보니 상당히 재미있겠는걸."

"맞아요, 재미있을 거예요. 수첩에 적어 놓았던 게 도움이 되었어요. 그런데 다시 보니 인물들은 조금 바꿔야 하겠더라고요."

"잘됐구나. 인물들이 너한테 이야기를 바꾸라고 한다면, 그건 소설이 살아 있다는 뜻이란다. 언제나 말했지만, 좋은 소설은 작가한테도 새로운 발견을 안겨 준단다. 이야기를 쓰며 진짜 말하고 싶었던 게 뭔지 알게 되거든."

"바로 그걸 저도 알게 되었어요."

"제목은 정했니?"

"제목은 '아이고, 추워라.'가 될 것 같아요."

베르타가 진지하게 하는 말은 아닌 듯했다. 저주받은 표현인지, 축복받은 표현인지 모를 시구가 앙헬의 삶에 또다시 나타났다.

"그런데 왜 제목을 그렇게 붙이려고 하니?"

"엄마 때문에요. 언젠가 엄마가 복도에 서서는, 그 시 구절을 로봇처럼 되뇌시더라고요. 전 엄마가 사랑에 빠졌다고 생각했어요."

그 말에 앙헬은 깜짝 놀랐다. 수줍은 마음으로 베르타가 하는 말에 귀를 기울였다.

"수첩에 적었던 인물은 권투 선수였어요. 그런데 지금은 철학 선생님으로 바뀌었어요."

베르타는 스스럼없이 이야기를 이어 갔다.

"선생님처럼 다른 지방에서 온 사람이에요. 카스티야 지방에서
요. 그리고 안달루시아 사람들이 춥다고 하는 말을 듣고 웃어요.
아주 복작복작한 아파트에 살아요. 가난한 사람들이 사는 동네라
여러 가지 사건이 생기고, 그 결과로 삶이 바뀌지요."

앙헬이 어렵다는 듯이 눈썹을 추어올렸다.

"문학 선생님과 이야기하는 게 낫겠구나. 나한테 그런 문학적 감
성은 이성적으로 다가오지 않거든."

"네, 충분히 이성적이지 않죠."

베르타가 의미심장한 미소를 지었다. 훨씬 더 성숙해 보였다.

"선생님, 마르코스가 봤다는 환영 말이에요. 글쎄, 환영을 본 척
한 거였어요. 제 관심을 끌려고 꾸며 낸 일이었죠. 제 수첩을 쓰레
기장에 버린 애가 바로 마르코스였거든요. 곰 인형 옆에 제 수첩을
두고서는, 곧 찾으러 가면 된다고 생각했대요. 저랑 같이 있고 싶었
다는데, 다른 방법은 없었을까요? 어떻게 그렇게 바보 같은 생각을
했는지 모르겠어요. 그 말을 믿은 제가 더 바보였지요. 마르코스도
제 소설 속 인물이 될 거예요. 거짓 예언자 아니면 사랑에 실패한
인물로요. 그자가 한 거짓말을 모두 비웃게 만들 거예요."

"인상 깊은 인물이 되겠구나. 사랑에 실패한 인물, 그가 한 거짓
말은 모조리 비웃음을 받는다니. 강렬해서 마음에 든다. 일 년 동

안은 추워서 얼어 죽을 지경이 안 되면 좋겠다. 그래야 우리가 네 소설을 읽지."

"꼭 읽게 되실 거예요. 약속드릴게요. 마르코스도 읽게 될 거예요. 자기 이야기를 쓰는 줄 알면 머리끝까지 화나겠죠?"

"살살 다루렴. 사랑이 벌을 받아야 하는 건 아니잖니."

"네. 그럼 내일 강당에서 뵐게요."

"내일? 왜?"

"시 낭송 있잖아요. 선생님도 낭송하시던데요? 행사 순서에서 봤어요."

앙헬은 순간 당황했다. 시를 한 편 읽어 달라던 동료 교사의 말을 완전히 잊고 있었다. 시를 고르지도 않았다. 하지만 이미 약속을 했고, 동료 교사가 했던 야릇한 말이 기억났다.

"선생님 같은 분도 시를 읽으실 수 있다는 걸 학생들이 알도록요."

시라……. 아니다, 앙헬은 어떤 시도 읽지 않기로 했다. 아니면 시가 아닌 시를 읽기로 했다. 철학적인 시, 감성이 빠진 시 말이다. 그렇다, 그 시다. 파르메니데스_{기원전 450년경에 활약한 이탈리아 출신의 그리스 철학자}의 시가 좋겠다.

존재하는 것은 존재하는 것이고
존재하지 않는 것은 존재하지 않는 것이다.

'누가 이 시를 이해하려나. 그래도 감성 넘치는 시가 아닌 것도 좋겠지.'

앙헬은 교무실로 향했다. 학교 정문 쪽에 난 창문 앞을 지날 때였다. 창밖으로 교문에 노르의 숙모가 서 있는 모습이 보였다. 노란색 웃옷에 초록색 터번을 두른 차림새였다. 옷 때문에 건강해 보이는 아름다운 몸매가 드러나지 않았다. 노르의 숙모는 감히 학교로 들어올 생각을 하지 못했다. 숙모는 앙헬에게 멀리서 손짓을 보냈다. 그러고는 한 남자아이에게 봉지를 건네며 앙헬에게 전하라고 부탁했다. 앙헬은 봉지를 받아 창가에서 열어 보았다. 파란 사과 두 개가 나왔다. 감사하다는 인사를 하려고 고개를 드니, 노르의 숙모는 이미 자리를 뜨고 없었다. 순간 앙헬은 인생이란 늘 개개인의 삶으로 이뤄진다는 생각이 들었다. 사람들의, 민족들의, 이민자들의 삶을 아우르는 인생이란 없다. 개인은 개인으로 존재한다. 절망에서 헤어 나온 노르와 노르의 숙모, 이젠 사라져 버렸지만 마을 밖에서 노예처럼 살다 자유로워진 나비 그리고 아, 라시드! 감옥에서 슬픈 여정을 앞둔 라시드 그리고 앙헬 자신. 자신이 겪은 슬픔과 어울리지 않게 인간답지 않은 이름을 지닌 앙헬_{천사라}_{는 뜻}. 앙헬은 사과를 한 입 베어 물었다. 그 행동으로, 앙헬은 한 번 더 인간으로서 사람들과 운명을 나누고 싶어졌다.

이 책의 원제는 '바벨의 방Una habitación en Babel'이다. 바벨이라는 단어가 주는 혼란스러움이 첫 장에서부터 물씬 풍긴다. 인간적인 아름다움이라고는 전혀 느껴지지 않는 거대한 건물에서 복작복작 사는 여러 사람의 이야기가 웅성웅성 들려온다.

잃어버린 수첩을 찾는 일에 목숨을 건 베르타와 베르타의 친구 마르코스, 베르타의 어머니 루시아, 아프리카에서 오고 있는 동생을 찾아 위험을 무릅쓰고 집을 떠난 노르, 이들이 다니는 학교의 철학 선생 앙헬, 노르의 후견인 역할을 해 주던 힐 선생, 쉽게 사는 길을 찾아 나쁜 길로 들어서는 라시드와 스테파노. 이들의 이야기가 하나씩 펼쳐지는 가운데 우리는 앙헬 선생의 내면 변화를 따라간다.

앙헬은 학생들의 이야기를 잘 들어 주는 진지하고 친절한 교사다. 그러나 아내를 잃은 뒤 낯선 곳으로 와 아무 의욕 없이 삶을 이어 간다. 그런 앙헬의 삶에 불법 이민 학생 노르가 갑자기 끼어든다. 아프리카에서 배를 타고 오고 있는 동생을 맞이하러 무작정

떠나 버린 것이다. 노르에게 닥친 상황을 앞에 두고 앙헬은 자신이 몰랐던 세상을 향해 한 걸음 성큼 내딛는다. 무슨 일이 어떻게 일어날지 모르는 상태에서 앙헬은 라시드와 함께 스페인의 남쪽 바닷가로 달려간다. 그리고 라시드의 도움으로 노르를 만나고 노르와 함께 노르의 동생을 데려온다.

이 과정에서 힐 선생의 역할은 절대적이었다. 스페인 내전을 겪고 망명에서 돌아와 책으로 둘러싸인 집에서 살던 힐 선생. 죽음을 앞두고서 노르의 모든 생활을 도와주던 그가 앙헬에게 새로운 세상의 문을 열어 준다. 자신은 세상을 먼저 경험하고 책 속으로 들어왔지만, 반대로 책 속에 묻혀 살던 앙헬은 이제 세상을 향해 나아가야 한다고 말하면서 말이다.

앙헬의 내면의 변화와 함께 앙헬과 노르와의 관계, 앙헬에게 고마워하는 노르의 모습 또한 무척 감동적이다. 누군가가 손을 내밀어 주고, 그 손을 잡을 수 있다면 그보다 더 다행스럽고 행복한 일은 없을 것이다. 그러한 감사의 마음을 나누고 간직하며 살아가는 삶이라면, 하루하루가 더할 나위 없이 특별한 시간들이 될 것이다.

불법 이민이라는 조금은 딱딱하고 어려워 보일 수 있는 문제를 다루고 있지만 단숨에 읽히는 작품이었다. 불법 이민이라는 말이 그리 낯선 단어는 아니지만 바닷물에 몸을 던지고 목숨을 걸면서까지 더 좋은 곳을 찾아나서는 아이들의 이야기 속에서 인간이 겪어야 하는 참혹한 현실에 마음이 아팠다. 지금도 더 나은 환경을 찾아서, 더 나은 미래를 찾아서, 알 수 없는 미래에 운명을 맡기며 새로운 길을 떠나는 사람들이 지구 곳곳에 수도 없이 많이 있을 것이다. 스페인의 거리 곳곳에서 어렵지 않게 이러한 아프리카 이민자 청년들을 만날 수 있다. 이제는 우리 곁에서도 어렵지 않게 만날 수 있는 상황이다. 누군가는 노르처럼 열심히 공부하고 자신의 미래를 개척해 나가겠지만, 어쩔 수 없이 라시드처럼 절망에 빠지는 경우도 있을 것이다. 이러한 어려운 환경에 처한 모습들이 결코 남 일로만 넘길 수 없는 것은 우리 모두 인간이라는 현실 안에서 함께 살아가는 존재이기 때문이 아닌가 싶다. 그래서 상황은 달라도 삶의 여정에서 누구나 비슷하게 겪어 가는 이야기와 감정이 있다는 사실, 다름과 같음이 공존하는 것이 우리 삶의 현실이라는 사실을 깨우쳐 준 작품이었다.

삶의 막다른 골목에 다다랐다고 생각했던 앙헬에게 새로운 세계로 나아가는 문이 열리는 과정, 용감하게 그 문을 열고 나와 새로운 세상을 경험하고 내면에서 만족과 기쁨을 얻는 앙헬의 모습에서 언제라도 다시 시작할 수 있는 힘과 희망을 볼 수 있어서 좋았다. 이 작품을 읽는 우리도 앙헬이 얻었던 그 내면의 기쁨과 새로운 힘을 얻을 수 있기를 바라는 마음이다.

김정하